그날로
다시 돌아가
널 살리고 싶어

그날로
다시 돌아가
널 살리고 싶어

제1판 1쇄 2023년 4월 14일

지은이 우대경
펴낸이 이경재

펴낸곳 도서출판 델피노
등록 2016년 8월 11일 제2020-000082호
주소 서울시 양천구 신정중앙로 86, 덕산빌딩 5층
전화 070-8095-2425
팩스 0505-947-5494
이메일 delpinobooks@naver.com
ISBN 979-11-91459-57-9 (03810)

그날로
다시 돌아가
널 살리고 싶어

우대경 장편소설

 델피노

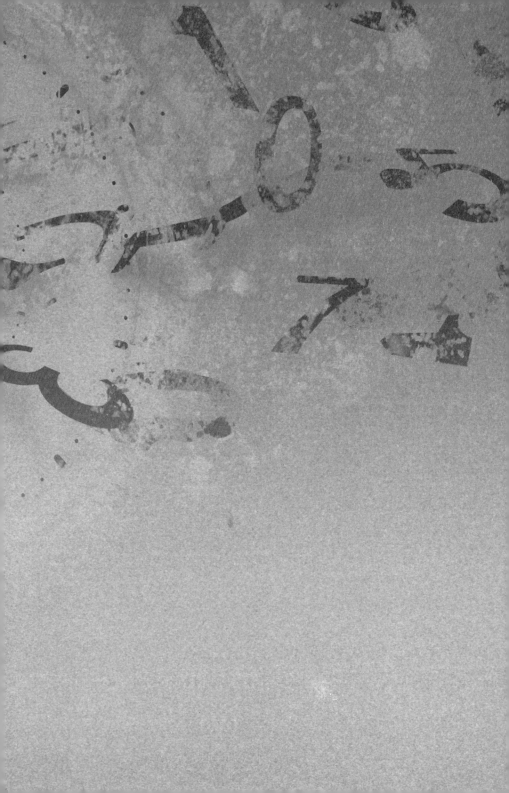

목차

프롤로그
14년 전

"죄송합니다. 조카가 죽어서요. 상례식장에 빨리 가야 하는데…. 죄송합니다. 정말 죄송합니다…. 먼저 좀 타도 될까요? 하나밖에 없는 조카가 죽었는데요, 비행기가 자꾸 결항되다가 이제야…. 죄송합니다. 정말 죄송해요…."

택시를 기다리는 긴 줄에 대고 윤서가 연신 허리를 숙였다. 뒤따르는 민기도 윤서와 같은 말을 하며 함께 사죄했다. 짜증스레 뒤돌아보던 중년남성도, 나눠 낀 이어폰을 빼던 대학생 커플도, 아기 띠를 차고 있던 아기엄마도 눈물 범벅된 윤서의 얼굴을 마주하고는 아무 말 없이 그저 길을 내줬다.

"화주 시립 장례식장으로 가주세요. 최대한 빨리요."

택시 뒷좌석 문을 열면서 윤서가 목적지를 말했다. '최대한 빨리'라는 말에 절박함이 그득 묻어났다. 뒤따르는 민기가 택시문을 닫자마자 기사는 그 절박함에 응답이라도 하듯 힘껏 액셀을 밟았다.

"너무 늦었어, 우리. 어떡해."

"괜찮아, 괜찮아. 우리가 어떻게 할 수 있는 문제가 아니었잖아."

"그래도 너무 미안해. 언니 얼마나 힘들까…."

"메시지라도 보내놓자. 방금 김포 도착했다고. 곧 간다고."

민기가 손수건을 건네며 말했다. 윤서가 고개를 끄덕이고 휴대폰을 꺼냈다.

이제야 김포에 도착했어. 미안해. 빨리 갈게.

메시지를 찍고 있는데 룸미러를 통해 기사와 눈이 마주쳤다.

"기사님, 죄송한데요, 조금만 더 빨리 부탁드릴게요."

"예예."

택시 기사가 헛기침을 하며 속도를 높였다. 기사는 출발할 때부터 룸미러로 힐끔힐끔 윤서 내외를 쳐다봤다. 윤서는 그의 마음을 이해할 수 있었다. 누구라도 하염없이 우는 손님에게 눈이 갈 수밖에 없었을 것이니까. 그럼에도 우는 모습을 보여주고 싶지는 않았다. 두 문제는 엄연히 다른 것이었다. 윤서가 얼른 창밖으로 고개를 돌렸다. 하얀 가로등 불빛이 빠르게 지나갔다.

택시 안에서 적막이 흘렀다. 그 분위기가 어색했는지 택시기사가 라디오를 틀었다.

- 사건·사고 소식입니다. 커피믹스에 든 농약을 먹고 두 명이 죽은 '화주 농약 살인사건'의 피의자가 같은 반 친구로 알려졌습니다.

멍하게 바깥을 보고 있던 윤서가 미간을 찌푸리며 민기를 바라봤다. 민기의 표정도 일그러져 있었다.

"기사님, 꺼주세요."

- 피의자는 만 14세 미만의 촉법소년인데요,

"네?"

"라디오 좀 꺼달라고요."

- 형사처벌을 받지 않는 피의자에 대해 관심이 높아지고 있습니다.

"아, 이게 요새 난리인 그 사건이네요. 범인이 친구였네, 친구였어. 아따, 세상이 이렇게 무서운 겁니다. 손님."

두 사람이 대화하는 사이에도 라디오에서는 계속해서 뉴스가 이어졌다. 이내 윤서는 귀를 틀어막았다.

"기사님!"

민기가 조금 큰 목소리로 기사를 불렀다.

- 피의자는 죽일 의도까지는 없었다고 주장하고 있는데요….

"예예?"
"부탁 좀 드릴게요. 라디오 좀 꺼주세요."

양팔로 두 귀를 꼭 틀어막은 윤서가 애처롭게 룸미러를 바라봤다. 작은 거울 안에서 기사와 눈이 마주쳤다. 그제야 기사는 라디오를 껐다.

- 자세한 소식은.

그 순간 택시 안이 노란 불빛으로 번쩍였다. 윤서의 시선이 저절로 앞 유리창으로 향했다. 덤프트럭 한 대가 택시 앞 유리창을 가득 채우고 있었다.
"어, 어, 어…!"
택시기사가 급히 핸들을 꺾었다. 윤서의 몸이 한쪽으로 쏠림과 동시에 고막을 찢을 듯한 커다란 충격음이 그녀를 덮쳤다.

1장

**과거로 가는
일기장**

1. 현재, 은서, 온서 집

은서가 2층 작업실로 올랐다. 문을 열어둔 채 조각에 열중인 에리가 보였다. 에리의 등 뒤로 달큼한 땀 냄새가 올라왔다.

"좀 쉬었다가 하지."

"거의 다 했어요."

"받치는 손은 칼의 진행 방향 반대편에 있어야 한대도."

"걱정 붙들어 매셔요."

"홍시 먹다 이 빠지는 법이야."

"또, 또, 또 그 말."

"방심은 금물입니다."

"잘 알지요. 더 조심하겠습니다, 안 여사님."

에리가 늘 그렇듯 유쾌한 말투로 답했다. 가볍게 웃던 은서의 시선이 탁자 위에 있는 인형에 꽂혔다.

"토끼 인형이네? 잃어버렸다면서?"

"찾았어요. 옷장 뒤에서."

"이걸 왜 그리 좋아하는지 모르겠네."

"보통 토끼가 아니거든요."

"좀 교활하게 생기긴 했어도 특별한 건 모르겠는데?"

은서가 토끼 인형을 이리저리 살펴보며 짓궂게 말했다.

"교활이라니요. 제 걱정을 맡아주는 얼마나 착한 토끼인데요. 완전 마상."

"뭘 또 마음의 상처까지야. 그런데 이 토끼가 걱정 인형이라고?"

"그럼요."

"걱정 인형은 인간이란다. 과테말라에서 유래했고, 실로 감은 옷을 입고 있지."

"아이, 참. 누가 선생님 아니랄까 봐."

에리가 입술을 삐쭉 내밀고 고개를 절레절레 저었다.

"인간의 걱정을 맡으려면, 인간이어야지."

"인간이건 토깽이건, 걱정만 잘 맡아주면 되죠. 동심이 마르셨다니까, 안 여사는."

"그렇다고 쳐도 뭘 맡아주기에 토끼는 좀 약하지 않아? 맹수까지는 아니라도 초식동물은 좀…."

"우와. 토끼가 얼마나 용맹한지 모르시나 봐요?"

"모릅니다. 전혀 몰라요."

"토끼가 왜 토깽인지 아세요? 간땡이를 배밖에 내놓은 녀석이라 그래요."

"오호라. 별주부전."

"토, 깽이. 간, 땡이. 이 힙한 라임을 아시려나 모르겠네요."

에리가 '깽'과 '땡'을 유난히 크게 말하며 거만한 표정을 짓는 통에 은서는 그만 웃음이 터져버렸다. 그런 은서를 보며 에리도 따라 웃었다. 서로를 향해 웃는 얼굴이 웃겨서, 그리고 좋아서, 두 사람은 오래 웃었다.

한 시간 뒤, 은서가 작업실에서 나왔다. 1층으로 내려가던 은서가 커다란 사진 앞에서 멈춰 섰다. 웃음의 여운이 남아 있는 것에 죄책감을 느끼며 천천히 고개를 들었다. 14년 전에 죽은 아들이 미술대회 트로피를 들고 액자 속에서 환하게 웃고 있었다. 간땡이를 내놓은 토깽이 얘기를 듣기라도 한 것일까. 지훈도 에리의 웃는 얼굴이 좋았을까. 이린저린 생각에 잠겨 가만히 사진을 눈에 담던 은서가 모퉁이에 세워진 화병에서 먼지떨이를 꺼내 들었다. 먼지 한 톨 없었지만, 늘 그렇듯 액자 주변을 털었다. 텅 빈 눈으로.

그때, 초인종이 울렸다. 창밖으로 낯선 승용차가 보였다. 은서가 먼지떨이를 꽂고 천천히 월 패드로 쪽으로 갔다. 화면에는 모자를 눌러 쓴 남자가 보였다.

"누구세요?"

"저기….”

"무슨 일로 오셨죠?"

"저기…. 선생님. 저… 황성태입니다."

"황성태?"

순간 은서의 얼굴이 차게 굳었다. 절대 잊을 수 없는 이름, 황성태. 그는 아들을 죽인 문종오와 둘도 없던 사이였다. 끝까지 종오의 잘못을 감춰줬던 자였다.

"사죄드리러 왔습니다."

"여기가 어디라고!"

날 선 은서의 목소리에 성태가 놀란 듯했다. 한동안 우물쭈물 망설이던 그가 어렵사리 입을 뗐다.

"제가 얼마 남지 않았어요. 어⋯, 그러니까 시한부입니다. 그래서 말인데요, 제가 죽기 전에 꼭 드릴 말씀이 있어서요."

그의 말에 은서가 화면을 자세히 봤다. 깊게 내려앉은 다크서클, 수분 한 점 없는 퍼석한 피부, 앙상하게 도드라진 광대. 생기라고는 찾을 수 없었다. 기억 속 성태의 얼굴은 거의 남아 있지 않을 정도였다. 하나 그것이 동정의 이유가 될 리 만무했다.

"이제 와서?"

"선생님, 저는⋯"

"회개하고 천국에라도 가려고?"

"천국은 무슨요. 감히 제가요. 저는요 벌을 받은 것 같습니다."

"뭐?"

"제가요, 죽다 살아났는데요, 이걸 마지막으로 해야 할 것만 같아서요."

은서는 그의 궤변을 더 듣고 싶지 않았다. 대신 14년 동안 묻지 못했던 것을 물었다.

"내 말에 먼저 답해. 종오의 살인 계획을 알고 있었지?"

"⋯알고 있었습니다."

잠시 머뭇거리던 성태가 느리게 대답했다.

"한 번이라도, 단 한 번이라도 말린 적이 있니?"

"⋯아니요."

"쓰레기⋯."

"죄송합니다."

"괜찮다. 오늘은 퍽 기쁘니."

"그게 무슨⋯."

"네 모든 것을 경멸했다. 숨 쉬는 것도, 웃는 것도, 밥 먹는 것도. 늦게나마 신이 작은 소원을 들어준 것 같구나."

"선생님, 제 말을요, 한 번만…."

"그만. 그만해!"

"선생님…."

"그만해! 제발. 네가 자꾸 이러면 죽이고 싶어지잖아. 그냥 내버려둬도 죽을 놈인데…."

은서가 얼음처럼 차갑게 말했다.

"저는 선생님을 도와드리려고 왔어요."

"네가? 날 돕는다고? 됐으니깐 꺼지거라."

은서가 월 패드 화면을 끄고 안방에 들어갔다. 밖에서 알아듣지 못할 외침이 이어졌지만, 그녀의 마음을 돌릴 수는 없었다. 한동안 애원하던 소리가 점차 잦아들었다. 돌아갔나 싶을 무렵, 다른 목소리가 들렸다. 중년 여성의 목소리였다.

"성태야! 아이고, 성태야."

은서가 놀라서 거실로 되돌아왔다. 어느새 에리도 1층에 내려와 있었다.

"엄마, 사람이 쓰러져 있어요. 사람이요!"

"올라가 있어."

"119 부를까요?"

"내가 알아서 할게."

잠깐 에리에게 신경을 쓴 사이 바깥이 조용해져 있었다. 불안한 침묵에 급히 뛰쳐나갔더니, 한 여인이 성태를 업고 차를 향해 달리고 있었다. 놀란 은서가 재빨리 뒤따랐다. 뒷좌석에 성태를 태운 여인이 막

출발하려는 찰나 은서가 운전석 창문을 두드렸다.

"저기, 어떻게 된 일이죠?"

"우선 출발해야겠습니다. 전화할게요."

"누구신데요?"

"나중에요. 나중에 전화 드릴게요."

다급히 출발하는 차 뒤로 중년 여성의 급박한 목소리만 남았다. 은서의 가슴이 펄떡이고 있었다.

달이 어슴푸레 마당을 비추는 저녁. 은서는 마당에 앉아 가만히 생각에 잠겨 있었다. 바람이 가벼이 나뭇잎을 탔고, 풀벌레가 쓸쓸히 울었다. 규칙성 없이 뒤엉킨 그 소리가 외려 불안한 마음을 가라앉혔다. 깊어가는 밤의 고요한 소란을 깨뜨린 건, 휴대 전화 진동 소리였다. 모르는 번호였지만 한 사람의 얼굴이 떠올랐다.

"여보세요."

"안은서 선생님. 성태 엄마예요. 임선자요."

은서가 예상한 대로였다.

2. 현재, 은서, 병원

은서는 선자와 전화를 끊고 곧장 서울로 출발했다. 그녀의 말을 따르는 것이 맞는지 수없이 반문하는 사이, 어느새 병실 앞에 와있었다. 문 앞에 붙은 이름표가 보였다.

황성태

은서가 입술을 깨물며 천천히 병실 문을 열자 이름 모를 독특한 아로마 향이 훅 새어 나왔다. 그 향은 병실을 다른 색깔로 채색한 공간처럼 이질적으로 느껴지게 만들었다. 그녀가 경계하며 병실 안에 발을 내디뎠다. 병실 안에 죽은 듯 누워있는 성태가 보였다.

"와주셨네요. 감사합니다."

선자가 읽던 책을 덮으며 어색하게 인사했다. 은서의 시선이 선자가 보던 책으로 향했다. 가죽 케이스가 다 닳은 성경책이었다. 한눈에도 꽤 오래 사용했던 것임을 알 수 있었다. 하나 그녀가 기대한 물건이 아니었기에 선자를 쏘아보며 또박또박 말했다.

"약속한 거 주세요."

"드려야죠, 선생님. 죄송합니다."

선자가 얼른 서랍에서 일기장을 꺼내 내밀었다. 쭉 뻗은 선자의 두 손이 덜덜거렸다. 은서가 일기장을 휙 낚아챘다.

"그럼 가보겠습니다."

"선생님, 성태가 참 많이 힘들어했습니다."

"그래야죠. 인간이라면."

"정신병원에 있었어요. 그날 이후 환청과 악몽에 시달렸거든요."

"궁금하지 않네요. 조금도요."

선자는 아랑곳하지 않고 자신의 말을 이어 나갔다.

"자꾸만 목소리가 들렸대요. 지훈이, 채혁이 목소리가요."

예상치 못한 맥락에서 등장한 아들의 이름에 은서는 그대로 굳어버렸다.

"약도, 굿도 무용하더라고요. 그래서 정신병원에…. 6년 정도 전전했어요. 정신병은 나았는데, 대신 저렇게 되었죠."

가만히 멈춘 은서에게 선자가 다가와 얼굴을 들이댔다. 놀란 은서가 반사적으로 물러섰다.

"이게 다 저 때문입니다. 못난 어미 때문이에요."

"그게 왜 어머니 잘못이죠?"

"성태가 경찰에 신고하려고 할 때, 제가 말렸어요."

"뭐라고요?"

"그게…. 종오 아버지로부터 연락이 왔었거든요."

"네?"

"절 위한답시고 조언을 해줬어요. 성태가 아무 말도 못 하게 하라고요. 일이 잘못돼도 종오는 촉법소년이라 넘어가지만, 성태는 아니라고요. 형사 처벌을 받게 될 거라고 했어요. 평생 전과자로 살아야 한다고요. 그 말이 무서웠어요."

선자가 은서의 눈치를 보며 말했다. 은서는 전혀 몰랐던 일이었다.

"어머니. 사람이 죽었는데, 어떻게 그럴 수…."

"겁났어요. 죽자고 달려들 지탄과 비난이요. 감당할 자신이 없었어요. 한참 뒤에야 알았어요. 그게 조언이 아니라 협박이었다는 걸요."

"그걸, 지금 말이라고…."

"죄송합니다. 제가 눈을 감고, 귀를 닫았어요."

은서가 벌레라도 씹은 듯 인상을 썼다.

"죄송하다고요? 참…. 참 싫네요."

"네?"

"정말 싫다고요."

"뭐가요, 선생님⋯."

"14년이나 지나고서, 이딴 식으로 가볍게 사과하는 거요."

"가볍지 않아요. 선생님."

"저는요, 그날 이후로 가슴팍 한가운데가 찢어졌어요. 날 선 칼이 깊이 박혀 계속 도려내는 것 같다고요. 그런데 말이에요. 이런 상처를 지닌 사람이 제일 비참해질 때가 언제인지 아세요? 나 자신을 책망하게 될 때예요. 오랜 시간을 두고 곱씹고 곱씹으며 왜 그런 일이 생겼는지 따지다 보면요, 결국에 나를 탓하게 되죠. 그때 내가 다른 선택을 했더라면, 조금만 빨리 낌새를 알아챘더라면 하는 멍청한 생각을 하게 된다고요. 난 잘못이 없는데, 그걸 알고 있는데, 문득 나 자신을 몰아세우는 모습을 발견할 때 어떤지 아세요? 처참해져요. 무너진다고요. 그게 얼마나 기분 더러운지 모를 거예요. 그러니까⋯, 그러니까⋯."

은서가 눈을 꼭 감고 숨을 천천히 내뱉었다.

"아셔야 해요. 어설픈 사과는 닥치고 있는 것보다 못하다는 걸요."

"선생님⋯."

"지금에서의 사과는 대체 누굴 위한 거죠? 저요? 지훈이요?"

"그건⋯."

"아니요. 이건 당신들을 위한 거예요. 가해자들을요!"

"선생님⋯."

"당신 맘 편해지려 이딴 식으로 함부로 사과하지 마세요."

일기장을 챙긴 은서가 더는 말도 섞기 싫다는 표정으로 매몰차게 돌아섰다. 병실 문을 열고 나가려던 찰나, 은서가 뒤돌아서 물었다.

"그런데 제 연락처는 어떻게 아셨죠?"

"그, 그게 14년 전 그대로더군요. 왜 우리 통화했었잖아요."

순간 오래전 기억이 떠올랐다. 지푸라기라도 잡고자 성태에게 전화를 걸었던 옛날의 기억이. 수십 번 시도 끝에 전화를 받은 사람은 선자였다.

'우리 애는 이번 일과 상관없어요. 아무것도 모른다고요.'

부정하고,

'괜히 휘말리면 우리 애까지 곤란해져요. 안 된다고요.'

거절하다,

'다신 전화하지 마세요!'

끝내 뚜뚜뚜, 소리로 은서를 울린 그날의 통화. 은서가 눈을 질끈 감았다가 이내 고개를 저었다. 은서가 무슨 생각을 하는지 알 리 없는 선자가 눈치 없이 말을 했다.

"선생님. 우리 애가 죽기 전에 용서해 주실 수는 없을까요. 편히 눈 감게 도와주세요."

은서는 가슴 깊은 곳에서 뜨거운 무언가가 느껴졌다.

"편히 눈을 감아요?"

"그, 그게⋯."

"죽을 때까지 용서하지 않을 겁니다. 죽어서도 종오와 성태는 용서 못 해요."

"일기를 보시면 마음이 좀 풀리실 수도⋯."

"아니요. 절대요."

은서가 어금니를 부술 듯 이를 악다물고 병실을 나섰다. 선자의 흐느끼는 소리가 뒤따랐지만, 은서는 뒤돌아보지 않았다.

3. 현재, 은서, 은서 집

자정이 훌쩍 넘어서 집에 온 은서는 곧장 2층으로 향했다. 먼저 자겠다고 메시지를 보냈던 에리가 이불을 걷어차고 자고 있었다. 곤하게 잠든 에리를 보는데, 눈시울이 붉어졌다. 아기처럼 곤하게 잠든 모습을 보자니 에리가 처음 엄마라고 불러주던 때가 떠올랐다. 은서는 에리를 조심스레 껴안고 소리없이 뜨거움을 흘렸다.

"조만간 다 말해줄게."

은서는 잠든 에리의 얼굴을 조심스레 매만지다 목까지 이불을 덮어준 뒤 나왔다. 그녀는 곧장 안방으로 갔다. 옷을 갈아입을 새도 없이 침대에 걸터앉아 일기장을 펼쳤다. 긴장감으로 가슴이 떨렸다. 그 진동이 손까지 이어졌는지 일기장도 떨리고 있었다.

본격적으로 읽기 전에 종이를 쭉 넘겼다. 총 13개의 글이 있었다. 날짜도 없는 짧은 글이었는데, 글의 형식만 따지고 보면 일기라고 보기 어려울 정도였다. 오랜 기간에 걸쳐 쓴 건 분명했으나, 한눈에도 별 정성을 들이지 않았다는 걸 알 수 있었다. 한두 줄에 그친 날도 많았으며, 틀린 글씨는 검게 칠해 덮기 일쑤였다. 은서는 번호를 붙여가며 하나씩 읽어 나가기 시작했다.

1번

재수 없는 놈이 전학 왔다. 문종오. 사내자식이 계집애처럼 허여멀건 걸 보니 서울놈이 맞나보다. 딱 싸가지 없을 관상이다. 벤츠 타고 온건 좀 부럽네.

2번

종오와 둘이서 뚱땡이를 괴롭혔는데 재밌었다. 뭔가 통하는 것 같다.

3번

이지훈, 백채혁. 둘 다 태워버리고 싶다. 재수 없는 놈들.

4번

이지훈 그놈이 할망구한테 돈을 받고 있었다. 어쩐지 돈을 많이 쓴다 했다. 가식적인 놈. 어디 가서 뒈졌으면 좋겠다.

5번

와우, 대박! 오늘 토론 시간에 종오가 안은서 선생에게 한 방 먹였다! 다른 선생도 아니고 안은서를! 죽인다, 문종오!

6번

며칠 전부터 종오가 지훈이와 채혁이를 죽이겠다고 했다. 난 콧방귀를 뀌었다. 제발 그렇게 좀 해보라고도 했다. 그런데 장난치고는 너무 진지하다. 오늘은 그라목손을 고체로 만들기까지 했다. 놈의 눈에서 광기가 보였다.

7번

하교 후, 30분 정도 배회하다가 공터로 갔다. 그쯤이면 놈들이 농약을 먹었지 싶었다. 그런데 막상 보니깐 무서워 죽는 줄 알았다. 지훈과 채혁이 찌걱찌걱 게거품 뿜고 있었다. 119 신고를 하는데 손이 후들거렸다. 그런데 진짜 죽으면 어쩌지?

8번

자꾸 놈들 목소리가 들린다. 잠만 자면 꿈에 나타난다. 그라목손을 알고 썼다는 걸 말하라고. 종오에게 벌을 주라고. 나는 모든 사실을 말하려 했다. 이건 배신이 아니다. 어차피 종오는 촉법소년이라 벌을 안 받으니까. 그런데 엄마가 결사적으로 반대했다. 어디 가서 그거 말하면 인생 조진단다. 무섭고 외롭다.

9번

정신병원에서도 환청과 악몽은 끝나지 않는다. 요새는 그 할망구까지 꿈에 나온다. 번지수 잘못 찾는 할망구 때문에 죽겠다, 아주. 이렇게는 못 살겠다. 죽으면 환청도 악몽도 없겠지. 내일은 좀 더 깊게 그어야겠다.

10번

끝났다. 환청과 악몽이! 갑자기 싹 나았다. 이만큼 괴롭혔으면 됐다고 생각하는 거냐? 제발 좀 내 인생에서 꺼져라. 정신병원에 입원까지 했으면 나도 할

만큼 했다. 퇴원해서 집에 오니깐 기분 째진다.

11번

푸하하하! 하하하하하하하! 어쩐지 악몽과 환청이 나왔다 했다. 이거였어? 큰 병원에 가보라고 할 때 싸하다 했지. 복막이 뭔 줄도 모르는데 거기에 암이 생기다니. 5년 생존율이 10% 미만이라고? 인생 재밌네.

12번

조금 전, 문종오가 찾아왔다. …놈은 하나도 변하지 않았다.

13번

지금도 선명하다. 무섭도록 새까만 그곳과 거기서의 거래가. …저승이었을까.

은서는 인상을 가득 쓴 채 마지막 장까지 읽고는 소리가 나게 일기장을 덮어 버렸다. 그녀는 일기장의 뒷면을 보면서 생각을 정리했다. 여과 없이 감정을 배설한 것으로 보아 누군가에게 보여줄 생각이 없었다는 것은 분명해 보였다. 긴 시간에 걸쳐서 썼지만, 각각의 사건에 대한 짧은 소회가 대부분이라 무엇을 말하고자 하는지도 알 수 없었다. 특히 마지막 일기에 나온 저승과 거래에 관한 내용은 짐작조차 가지 않았다. 미친 소리 같았다. 흙탕물을 뒤흔든 것처럼 혼탁하고 답답했다. 처음에는 몰랐다. 그 뿌연 혼합물이 오래 지속될 어떤 감정을 가리고 있다는 사실을. 일기를 곱씹자 앙금이 가라앉듯 불쾌하고 저릿한 아픔이 드러났다. 불태우고 싶다고까지 표현한 아들에 대한 적개심, 그라목손을 다루는 과정, 농약을 마신 아들을 최초로 목도하는 장면, 살인자 종오와의 재회…. 일기의 내용은 아프도록 쓰라렸다. 다만 그런 와중에도 한 가지 확실해진 것이 있었다. 종오가 의도적으로 지훈을 죽였다는 것. 오래 품었던 물음표가 마침표가 되는 순간이었다. 우습고도 가엽게도 작은 기쁨이 느껴졌다. 그러나 흐릿한 의심이 선명해졌다는 기쁨도 잠시, 14년이나 지난 현재 이 일기장으로 마땅히 할 수 있는 게 없다는 걸 깨달았다. 재심은 언감생심 바랄 수도 없었고, 종오를 찾아가 그때 왜 거짓말을 했냐며 따질 수도 없었다. 다시 혼탁하고 답답해졌다. 성태가 죽기 직전에 찾아와 욕을 먹어가며 이 일기장을 주려 했던 것이 이해되지 않았다.

4. 현재, 은서, 은서 집

덮었던 일기장의 맨 뒷장을 다시 펼쳤다. 낙서가 빼곡했다.

라이터 라이터 라이터 라이터 라이터 라이터 라이터 라이터 라이터 라이터 라이터 라이터 라이터 라이터 라이터…

한 단어만으로 적힌 낙서. 얼마나 **빽빽하게** 썼는지 자세히 보지 않으면 지면이 검은색으로 보일 정도였다. 강한 필압으로 인해 종이가 너덜거렸다. 라이터에 관한 것은 일기에 한 번도 등장하지 않았으므로, 낙서의 의미는 짐작되지 않았다. 답답한 마음에 가만히 일기장을 들여다보던 은서는 어쩌면 찾아내지 못한 비밀이 있을지도 모른다는 생각에 이르렀다. 헛된 희망일지 몰랐으나, 달리 할 수 있는 것도 없었으므로 일기를 읽고 또 읽었다. 그렇게 십수 번째 읽기만 반복하던 차였다. 7번 일기와 8번 일기 사이에서 이질감이 느껴졌다. 일기장의 양쪽 끝을 벌렸다. 종이를 찢은 흔적이 보였다.

글자가 틀려서 찢은 것은 아닌 듯했다. 다른 오자는 새까맣게 덮어 버리거나, 줄을 그어 버렸기 때문이다. 찢긴 부분의 우둘거리는 촉감을 매만지던 그녀가 서랍에서 수첩을 꺼냈다. 눈을 감고 생각에 잠겼던 그녀는 차분하게 궁금증을 정리해나갔다.

의문1. 찢어진 페이지에 있던 내용은?
의문2. 할머니의 정체는?
의문3. 종오가 병문안 왔을 때 한 얘기는?
의문4. 마지막 페이지 낙서의 의미는?

저승에서의 거래는 궁금하지도 않았다. 그런 허무맹랑한 말에 신경을 쏟을 여력도 없었다. 은서는 그저 수첩을 뚫어지게 바라보며 생각에 잠길 뿐이었다.

얼마의 시간이 흘렀을까. 창가에서 경쾌한 산새 소리가 들렸다. 창밖을 보니 어슴푸레 동이 트고 있었다. 꼬박 밤을 새운 거다. 한숨을 내쉬며 휴대폰을 집었는데, 진동이 울렸다. 성태 모친이었다.

일기를 읽고 난 뒤라 선뜻 받고 싶은 마음이 들지 않았다. 그러나 진동은 멈추지 않았다. 두 번, 세 번, 네 번…. 전화가 계속해서 울렸다. 차단할까, 고민하던 찰나 일순 소름이 돋았다. 성태가 죽은 건 아닐까, 하는 생각이 들었던 거다. 생각이 거기에 미친 은서가 반사적으로 전화를 받았다. 뜻밖에도 발신인은 성태였다.

"선생님. 접니다."

그의 목소리에는 힘이 없었다.

"정신이 든 모양이구나."

"다녀가셨다고 들었어요."

"그놈이 돌아왔니? 무슨 얘길 나눴어?"

은서가 다짜고짜 따져 물었다. 종오라는 이름을 입에 담기도 거북해 그놈이라 했지만, 성태는 곧잘 알아듣는 눈치였다.

"일기 보셨네요. 귀국했다고 합니다. 얼마 전에요."

"계속 머무른다니?"

"그건 잘 모르겠습니다."

"너는 대체 왜 이 일기장을 준 거야?"

"이쪽으로 오시면 말씀드릴게요."

"나보고 거기로 가라고? 또?"

은서가 거칠게 쏘아붙였다. 성태는 공손한 목소리로 답하려고 애썼다.

"죄송합니다. 제가 갈 수가 없습니다. 몸이 이래서."

"그냥 전화로 해라."

"꼭 만나 뵙고 말씀드려야 합니다. 오늘이 마지막일지 몰라서 그럽니다."

"그럴 거면 됐다. 그만 끊겠…."

"지훈이 만나게 해드릴게요."

"뭐?"

아들을 만나게 해주겠다는 그 말. 말도 안 되는 말임에도 심장이 잠시 멎은 듯했다.

"제 말을 다 듣고 끊으신다면 다시는 연락 드리지 않겠습니다. 약속할게요."

"말해라."

"저승에 갔었습니다."

"이런 미친⋯."

"어떻게 해야 믿으실지 모르겠네요. 제 남은 생을 전부 걸고 맹세합니다. 진짜입니다."

"저승에 갔다고?"

"저승⋯이었던 것 같습니다. 거기가."

"거기서 거래를 했다고?"

"네."

"무슨 거래를 했는데?"

"선생님을 과거로 보내게 해달라고요."

"과거로? 나를? 장난해?"

"맹세코 진짜입니다."

"웃기는구나. 너의 무엇과 바꿨는데?"

"남은 목숨요."

"그래서 네가 얻는 게 뭔데?"

"기회요. 잘못을 바로잡을 기회."

은서는 혼란스러웠다. 그가 내뱉는 말은 허무맹랑했으나, 그의 태도

만은 진심으로 느껴졌기 때문이다. 그녀가 감정의 동요를 드러내지 않고 다시 물었다.

"내가 과거로 가면 미래가 달라지기라도 하니? 우리 지훈이가 살아 돌아와?"

"그건, 선생님이 하기 따라 달라지겠죠."

"너 정말⋯."

"만나서 말씀드릴게요. 시간이 많지 않다는 것만 기억해주세요."

말이 안 됐다. 미친 소리로 치부해도 전혀 이상할 것 없는 헛소리였다. 잠깐이나마 흔들린 자신이 부끄럽게 느껴져 전화를 끊었다. 그 순간 과거의 몇몇 장면이 스쳤다.

'제발 살려만 주세요. 어떻게든 살려만 주세요. 뭐든지 다 할게요!'

의사 앞에서 무릎 꿇고 빌었던 자신의 모습과

'제발, 이렇게 죽지 마. 내 무슨 일이든 다 할 테니 제발⋯.'

장례식 때 울부짖었던 자신의 모습이었다. 순간 머리가 하얘졌다. 지훈을 살리기 위해서라면 뭐든 다하겠다고 빌었던 그녀였다. 불가능하다는 걸 알면서도 매달렸던 그녀였다. 그런데 막상 지훈을 만나게 해주겠다는 성태의 말을 미친 소리로 치부하고 시도조차 하지 않는 자신을 깨달은 거다. 고개를 돌려 화장대 거울을 봤다. 표리부동한 여인이 있었다. 죽은 아들을 살려 놓으라는 말도 안 되는 소원을 빌어 놓고는, 정작 과거로 보내준다는 말에는 콧방귀나 뀌는 여자가 흐린 눈으로 그녀를 응시하고 있었다.

'시간이 많지 않다는 것만 기억해주세요.'

그의 말이 귓가에 울렸다. 끝내 속고 말더라도 일단 믿어봐야 할 것 같았다. 그러지 않으면 나중에 후회로 남을지 모른다는 생각이 들었다. 돌처럼 굳었던 몸을 거친 심장 박동이 깨부쉈다. 마침내 벌떡 일어선 은서가 일기장과 가방을 들고 뛰쳐나갔다. 허둥지둥 차에 오르며 에리에게 메시지를 보냈다.

급한 일이 있어. 얼른 다녀올게. 아침은 시리얼로 챙겨 먹으렴.

그러자 곧장 답장이 왔다.

안 그래도 오늘 아침은 시리얼 먹고 싶었는데. 역시 안 여사는 나랑 통한다니까요.

새벽인데도 에리가 깨어 있던 모양이었다. 애써 밝게 보낸 메시지라는 게 보여서 미안한 마음이 일었다.

고마워, 딸. 사랑해.

사랑해요. 제가 더 많이요, 엄마.

에리의 문자를 읽으니 힘이 났다. 심호흡을 크게 하고 시동을 건 은서가 힘껏 액셀을 밟았다. 성태의 말을 믿어보기로 한 이상 시간을 지체할 수 없었다. 은서의 차가 단숨에 서울을 향해 달렸다.

병원 근처에 다다른 은서가 성태에게 전화를 걸었다.
"어디로 가면 돼?"

"응급실로 들어오시면 화장실 옆에 비상 엘리베이터가 있어요. 그걸 타고 꼭대기 층에 오세요."

그의 말대로 비상 엘리베이터를 타고 꼭대기 층으로 갔다. 문이 열리자 휠체어를 탄 성태가 책을 읽고 있었다. 선자가 들고 있던 가죽이 해어진 성경책이었다. 은서를 본 그가 성경책을 덮으며 말했다.

"와주셔서 감사합니다, 선생님."

그의 인사에 말문이 턱하고 막혔다. 충만한 에너지가 보였기 때문이다.

"아팠던 거 아니야?"

"이상하게 힘이 나네요."

괘씸한 기분이 든 은서가 성태를 치훑었다. 어딜 봐도 영락없는 환자였다. 그런데도 그의 눈빛만은 빛나고 있었다. 순간 서늘한 냉기가 느껴졌다. 죽기 전 마지막 불꽃이 아닐까 하는 생각이 들었던 거다.

"네가 했던 말 전부 진짜지? 하나라도 거짓이면 죽을 줄 알아."

"아이고. 전부 다 진짜예요. 죽이시지 않아도 곧 죽을 거구요. 잠깐 바깥으로 가실래요? 요 며칠 하늘을 통 못 봤거든요."

마음이 급한 은서와 달리 성태가 태평하게 웃으며 말했다. 은서는 여유로운 그의 모습에 화가 났다.

"진짜 과거로 갈 수 있는 거지?"

"저기 가서 대답해 드릴게요."

성태의 시선이 옥상 문을 향하더니 휠체어에 머물렀다.

"나보고 밀라고? 저기까지?"

"부탁드립니다."

그가 태평한 미소를 보이며 눈을 감았다. 그 미소를 보는 은서의 마음이 어지러웠다. 허무맹랑한 이야기에 속아 꼭두새벽에 서울까지 온 걸로 모자라 병수발까지 할 판이었다. 다른 사람도 아니고 종오의 절친한 벗을 위해서. 다 때려치우고 돌아가고 싶은 마음이 일었다. 하지만 지금 돌아서면 지금까지의 노력이 수포가 될 것이었다. 골이 났지만, 따를 수밖에 없었다. 은서가 뜨거운 숨을 뱉으며 휠체어를 거칠게 밀었다.

제한구역 : 관계자 외 출입 금지

"관계자 외 출입 금지라잖아!"

그녀가 잠긴 문 앞에서 신경질을 냈다. 그러나 성태는 여전히 편안한 표정이었다. 그가 끙, 하는 소리를 내며 일어서더니 제집 문인 듯 태연하게 도어락 앞에 섰다.

"샵 1414 샵."

입으로 숫자를 외며 버튼을 누르자 문이 열렸다. 성태가 대수롭지 않은 듯 어깨를 으쓱거리곤 다시 휠체어에 앉았다. 은서가 쓴웃음을 지으며 다시 휠체어를 잡았다. 그녀가 휠체어를 옥상으로 밀었다. 문턱을 넘자 탁 트인 공기가 느껴졌다. 성태가 허파 끝까지 신선한 공기를 눌러 넣듯 크게 숨을 들이마셨다. 그러더니 손가락을 들어 한쪽을 가리켰다. 은서는 말없이 손가락이 향하는 곳으로 휠체어를 밀었다.

손끝이 향한 곳에 벤치가 있었다. 다시 끙, 하는 소리와 함께 휠체어에서 일어난 성태가 벤치에 앉았다. 그가 고개를 치켜들어 하늘을 바라봤다. 얼마 남지 않은 생을 온몸으로 느끼는 듯 보였다. 은서는 마음이 급했지만, 잠시 그에게 시간을 주기로 했다. 두 사람 사이를 적막이 채웠다. 그제야 그녀는 따스한 아침 햇살, 선선한 바람, 적당한 도시의 백색 소음을 느낄 수 있었다. 그녀는 마음이 한결 편해지는 것을 느꼈다. 얼마나 지났을까. 성태의 얼굴에 오묘한 미소가 피어올랐다. 그리고 천천히 입을 열었다. 편안한 표정과는 다른, 전혀 예상할 수 없던 말이었다.

"문종오, 그놈도 천벌 받아야 합니다."

5. 현재, 은서, 병원 옥상

종오의 천벌. 은서가 염원하고, 또 염원하던 일이었다. 신이 있다면, 아니 세상에 조그만 정의라도 남았다면 반드시 이뤄져만 할 일이라 여겼다. 그럼에도 그 말이 성태의 입을 통해서 나오는 건 예상할 수 없었다. 은서가 서릿발 내린 목소리로 물었다.

"어떻게 하지? 놈에게 천벌을 주려면."

"과거로 가셔야 해요."

하늘만 보던 성태가 천천히 고개를 돌렸다. 서로의 눈이 마주쳤다. 둘 중 누구도 고개를 돌리지 않았다.

"아니기만 해."

"아직 못 믿으세요? 제 말을 믿고 여기까지 오셨잖아요."

"널 믿어서가 아니라, 후회를 남기기 싫어서야."

"그게 그 말 아닌가요?"

성태가 여전히 은서를 똑바로 응시하며 물었다.

"다르단다. 엄연히."

"제가 보여드릴게요. 기적을요."

"그래야지, 꼭. 그런데 너, 그놈 연락처 아니?"

병원에 오는 내내 일기장을 곱씹던 은서는 어쩌면 성태가 종오의 연락처를 알고 있을지도 모른다는 생각이 들었다.

"압니다. 드릴까요?"

"물론이지."

"폰 주시겠어요? 제가 입력해 드릴게요."

은서가 폰을 꺼내 성태에게 넘겼다. 묘한 긴장감에 입안이 바짝 말랐다. 성태는 번호를 외웠는지 곧장 그녀의 폰에 연락처 하나를 입력했다.

"진짜 이게 그놈 번호야?"

"맞습니다."

순간 은서는 어떻게 저장해야 할지 잠시 머뭇거렸다. 자신의 폰에 종오의 이름을 남기기 싫었다. 막연하게 '그놈'이라고 저장하는 것은 지은 죄에 비해 지나친 호의였다. 잠시 고민하던 그녀는 'murderer'로 저장했다. 메신저의 친구 목록을 최신화하자 프로필 하나가 나타났다. 딱 한 장의 사진만 있었는데, 실내에서 한강을 내려보며 찍은 사진이었다.

"얼굴은 없구나."

"거실에서 찍은 사진인가 봐요. 허세가 좀 보이죠?"

은서는 대답 없이 그저 사진만 바라볼 뿐이었다. 심경이 복잡해졌다. 당장 전화 걸어 그간 못 했던 말을 퍼붓고 싶은 충동도 일었고, 만천하에 살인자 연락처라고 공개하고 싶기도 했다. 하지만 그럴 수 없었다. 여차하면 그가 연락처를 바꿀지 몰랐기에, 결정적인 순간까지 쥐고 있어야 했다. 이런저런 생각에 머리가 지끈거릴 때쯤 성태 손에 들린 성경책이 눈에 들었다.

"손에 그거. 네 거였어?"

"아뇨. 어머니 건데요. 그냥 좀 읽어볼까 해서 들고 왔어요."

"너 원래 이렇게 독실했니?"

"독실하긴요. 초등학교 졸업 선물로 받은 성경책이 지금까지 같은 자리에 쭉 꽂혀 있기민 한길요. 한 페이시노 안 봤어요."

"그런데 그건 왜 들고 있어?"

"어머니가 요즘 부쩍 성경책을 붙들고 계셔서요. 이거 읽으면 위로가 좀 되나 싶어서 한 번 읽어봤어요. 안 되네요, 저는. 하루아침에 되는 게 아니겠죠. 당연히. 선생님은 성경책을 읽어보셨나요?"

성태가 성경책을 들고서 은서를 바라봤다.

"생소리 그만하고, 본론만 말해. 과거로 가려면 어떻게 하면 돼?"

"보기보다 성격이 급하시네요."

"시간이 얼마 없다고 한 건 너였어."

"참, 그랬네요. 그럼 시작해보겠습니다. 먼저 저와 악수하시구요, 일기를 소리 내 읽으세요."

"그리고?"

"끝인데요."

"그렇게 간단해?"

은서가 의심 가득한 눈초리로 성태를 노려봤다.

"역시 너무 간단하면 외려 불신하게 된단 말이죠. 조금 더 복잡하게 알려드릴게요. 먼저 악수하시고, BTS의 <ON> 안무를 지민과 똑같이 추세요. 그리고 저를 한 번 안아주신 뒤 일기를 소리 내 읽으시면 됩니다."

자신의 농담에 만족했는지 성태의 입꼬리가 올라갔다. 은서의 눈에 그 모습이 곱게 보일 리 없었다.

"죽을래?"

"곧 죽는 대도요."

"농담 그만해. 재미 없으니까."

"그러니까, 간단하니 얼마나 좋아요?"

"그건 그렇다고 치고. 과거에 갈 땐 나로 돌아가는 거니?"

"아뇨."

"설마…."

"제 모습으로 돌아가십니다. 제 일기잖아요."

"왜 하필…."

은서의 눈동자가 흔들렸고, 그 모습을 본 성태가 다시 겸연쩍게 웃었다.

"생각만큼 나쁘지 않을 겁니다. 그저 오롯이 제가 되신다고 생각하시면 편할 거예요."

"과거로 갈 수 있는 횟수는?"

"한 일기당 한 번요."

"한 번 떠났을 때 돌아오는 시간은?"

"어…. 그건 저도 모르겠네요."

"뭐? 몰라?"

"저도 직접 가본 적이 없거든요."

은서가 잔뜩 미간을 찌푸렸다.

"그럼 지금 말하는 것들은 어떻게 알아?"

"설명하기가 좀 힘들어요. 굳이 말하자면 그냥 알게 됐어요."

"설명해. 개떡같이 말해도 찰떡같이 알아들을 테니."

"이걸 어떻게 설명하나….."

"무슨 거래를 했나며?"

"그게요. 서로 대화를 한 게 아니에요."

"그럼 어떻게 했어?"

"사진 같은 장면을 봤달까요. 예고편처럼요. 제가 포기해야 할 것과 선생님이 얻게 될 것을요."

"그러니깐 그걸 어떻게 봤냐고?"

"손을 맞댔어요. 상대는 그게 손이 아닐 수도 있었겠지만요."

하나의 대답은 열 개의 질문을 만들었다.

"네가 봤다는 그 예고편. 거기서 나는 복수에 성공했니? 종오가 천벌을 받아?"

"결말을 다 보여주는 걸 예고편이라고 하지 않죠."

"아, 머리야. 도저히 오늘은 안 되겠다. 생각할 시간을 좀 줘."

"세월아 네월아 할 시간이 없어요. 보시다시피 제가 오늘내일하고 있어서요."

"자꾸 재촉할래? 사기꾼처럼?"

"진짜 얼마 남지 않았어요. 이걸 보세요."

그가 자신의 가냘픈 팔을 겨우 들어 보이며 말했다. 도어락 비밀번호를 누를 때보다 훨씬 힘겨워 보였다. 은서는 그가 과장해서 힘겹게 팔을 드는 게 눈에 보여 괘씸했다.

"면전에서 이런 말 좀 그렇지만, 네가 죽어도 일기는 남잖아."

"와. 지금 말씀 너무 섭섭한데요?"

"곧 죽을 너로선 듣기 좋은 이야기는 아니겠다. 틀린 말은 아니지만."

"제가 어지간히 싫으셨나보…."

"당연하지."

은서가 말을 잘라먹으며 단호하게 말했다. 그러나 성태는 오히려 가볍게 웃으며 말했다.

"아쉽지만요, 제가 죽게 되면 더는 이 일기를 못 보세요."

"왜?"

"말씀드렸잖아요. 거래했다고요. 제 목숨이 다하면 거래는 끝납니다."

"진짜야?"

"그럼요. 그러니 서두르세요."

"네 말에 이렇게 끌려 다니는 게 맞는지 모르겠다."

"혼란스러우신 거 이해해요. 묻고 싶은 것도 많으시겠죠. 그런데요, 백문불여일견이잖아요. 한 번 다녀오시고 물어보시는 건 어떠세요? 우선은요."

"알았어. 일단은."

그의 말대로 은서는 묻고 싶은 게 산더미 같았다. 그의 말은 논리도, 개연성도 없었다. 하나 성태 말대로 먼저 경험하면 의문들이 조금 더 쉽게 풀릴 것 같았다.

"하나의 일기에 한 번 과거로 간다고 했지?"

"넵."

은서가 일기장을 꺼내며 물었다. 총 13편의 일기 중 별 내용이 없는 편을 골라야 했다. 고민 끝에 두 번째 일기를 펼쳤다.

"참, 또 하나 중요한 게 있어요."

"예고편만 봤다는 놈이 아는 건 많구나."

"이게 제일 중요하거든요."

"뭔데?"

"절대 문종오를 죽이면 안 됩니다."

"뭐?"

은서가 당혹스러운 표정으로 되물었다. 성태 역시 은서의 표정을 보고 화들짝 놀랐다.

"그 반응은 뭐예요? 죽이려고 하셨어요?"

"당연하지. 싹을 뽑으러 가는 거 아냐?"

"저를 살인마로 만드시려고요?"

"안 될 게 뭐야? 너도 그땐 촉법소년이잖아. 아, 생일이 지났으려나."

"불문율을 어기는 거예요."

"네가 어떻게 알아?"

"그냥 안다니까요. 아무튼, 죽이면 안 돼요. 죽일 수도 없고요."

"그건 내가 알아서 할게."

"아이고, 선생님. 참…."

"설마 때리는 것도 안 돼?"

"그것까지 안 되기야 하겠어요."

"나 참…. 네 말을 도무지 믿을 수 없다."

"믿으세요. 다른 수도 없으시잖아요."

"나쁜 놈."

은서가 성태를 노려보며 말했다.

"선생님은 제가 못한 걸 하실 수 있을 거예요."

"네가 못한 거? 그게 뭔데?"

"종오가 제일 숨기고 싶어 하는 걸 꺼내는 일이요."

"수수께끼 좀 그만해, 제발. 안 그래도 미칠 것 같으니까!"

은서가 벌컥 짜증을 냈다. 오늘만 해도 벌써 몇 번이나 화를 냈지만, 성태는 이번에도 미소를 보였다.

"할 수 있어요. 선생님이라면. 필연적으로."

더 화내고 따져봤자 성태는 말만 빙빙 돌릴 거라는 걸 직감했다.

"넌 여기 있을 거니?"

"그럼요."

성태가 오른손을 내밀었고, 은서가 그 손을 잡았다. 그 위에 두 사람이 다시 차례로 손을 덮었다. 모든 손이 하나로 모인 순간, 찌릿한 통증이 느껴졌다. 동시에 시종일관 미소를 짓던 성태의 낯빛이 확연히 어두워졌다고 느꼈으나, 기분 탓인지 정말로 그러한지는 알 수 없었다.

"이제 모든 준비가 끝났습니다. 마지막으로 부탁이 하나 있습니다."

"무슨?"

"어머니를 너무 미워하지 말아 주세요."

"그건 쉽지 않네."

"그저 아들자식 하나 보고 그러신 겁니다. 남은 평생 죄책감에 시달리실 거예요."

"아닌 건 아닌 거야."

"저 하나를 위해서 했던 일이에요. 부탁드려요."

"생각은 해볼게. 대신 나도 부탁 하나 해도 될까?"

"말씀하세요."

"과거로 가게 되면 네 휴대폰이나 돈을 좀 써도 될까?"

"그럼요. 맘껏 쓰세요."

"폰에 있는 메시지나 사진도 좀 볼게."

"그걸 왜요?"

"뭐라도 건질까 해서."

"아, 그렇게 하세요. 도움이 될만한 게 있을지는 모르겠지만요."

"난 허락받았다."

"좋아요. 그럼 가볼까요? 과거로."

"잠깐, 네 생일이 언제지?"

"4월 14일요. 그건 또 왜요?"

"4월 14일…. 알았다."

은서가 고개를 끄덕이고서 두 번째 일기를 펼쳤다.

2번

종오와 둘이서 뚱땡이를 괴롭혔는데 재밌었다. 뭔가 통하는 것 같다.

"종오와 둘이서…, 악!"

소리 내어 일기를 읽자, 글씨가 하나씩 사라져갔다.

"사라졌어. 글자가, 글자가 사라졌어!"

놀란 은서가 소리를 지르는데도 성태는 그저 힘없이 웃을 뿐이었다. 안심해도 된다고, 이미 알고 있었다고 말하는 것 같았다. 그가 했던 말이 떠올랐다.

'한 일기당 한 번요.'

글자가 사라지니 한 일기를 한 번밖에 못 쓰는 게 당연했다. 그녀는 친절하지 않은 성태가 자세히 설명하지 않았을 뿐 정해져 있던 과정이라 생각했다. 마음속에서 피어나는 두려움을 애써 외면한 채 일기를 읽어 나갔다.

"…뚱땡이를 괴롭혔는데 재밌었다. 뭔가 통하는 것 같다."

일기를 다 읽자 모든 글씨가 흔적도 없이 사라졌다. 지우개로 지운 게 아니라 애초에 글씨가 없었던 것처럼. 은서가 거칠게 내달리는 심장을 느끼며 조용히 눈을 감았다.

6. 과거, 은서, 골목길

천천히 눈을 뜬 은서는 숨이 턱하고 막혔다. 눈을 뜬 곳이 병원 옥상이 아니라 낯선 길거리 한가운데였기 때문이다. 깜짝 놀라 팔로 몸을 감쌌을 때 다시 한번 놀라고 말았다. 전혀 다른 촉감이 전해졌던 터다. 팔이 단단했다. 그녀가 낯선 팔과 몸통과 다리를 차례로 살폈다. 완벽한 남자 몸이었다. 성태 몸으로 시공간을 이동한 것이 실감이 났다. 얼른 얼굴을 확인하고 싶었다. 도로에 주차된 차로 재게 걸어갔다. 희미하게 비치는 유리창에는 짧게 머리를 자른 남학생이 놀란 얼굴로 서 있었다. 중학생 황성태가 분명했다. 순간 오한이 든 것처럼 은서가 바들바들 떨었다.

"야! 빵! 빵성태!"

뒤에서 누군가가 소리치며 다가왔지만, 그때까지도 그게 자신을 부르는지 몰랐다. 그가 어깨를 툭 치고서야 은서는 뒤를 돌아봤다. 성태 또래로 보이는 중학생이었다. 교복 명찰에 강동하라고 적혀 있었다.

"저기…."

뭐라고 말을 하려다 황급히 말을 삼켰다. 변성기 남학생 목소리가 나왔던 거다.

"배고프냐? 말을 하다 먹기는, 븅신. 아씨. 나 오늘 피시방에서 완전 개털렸다. 아오, 열 받아."

"나 지금 바빠. 내일 얘기해."

"바쁘기는. 네가 숙제를 하냐? 학원을 가냐? 네가 뭐가 바빠?"

변명을 생각하던 순간 병원에서 만난 선자가 떠올랐다.

"엄마 심부름. 급한 거."

"아, 그래? 어머니 일이면 빨리 가야지. 내일 학교에서 보자."

"어, 어. 그래."

은서는 쭈뼛거리는 동하를 두고 도망치듯 자리를 벗어났다. 다리에 힘이 들어가지 않아 걸음새가 요상했지만, 꾹 참고 으슥한 골목으로 숨어들었다. 주변에 아무도 없는 걸 확인하고서야 자리에 주저앉을 수 있었다. 모든 것이 믿을 수 없을 정도로 생생했다. 은서는 꿈일 지도 모른다는 생각에 아프도록 허벅살을 꼬집고 뺨을 두드렸다. 혀도 깨물어 보고, 머리도 쥐어뜯었다. 하지만 긴박한 순간, 영화에서 봤던 방법들은 하나같이 쓸모없었다. 그리고 보면 영화에서도 한 번도 성공한 적 없던 방식이었다.

한숨을 내쉰 은서가 불현듯 몸을 더듬었다. 바지 주머니에 휴대폰이 있었다. 'SKY' 마크가 있는 하얀색 폴더폰이었다. 떨리는 손으로 폴더를 열었다.

2008년 3월 29일, 오후 5시 37분

"황성태. 아직 촉법소년이네."

은서가 혼잣말하고선 전화번호부를 살폈다. 종오 번호는 저장되어 있지 않았다. 메시지에도 종오와 관련된 내용은 없었다. 이어서 앨범도 열었다. 수백 장의 사진이 전혀 관리되지 않은 채로 있었다. 구도가 잘못된 사진, 비슷한 사진이 몇 장씩 중복되어 있었지만 역시 종오가 찍힌 사진은 없었다.

"정리라고는 전혀 모르고 사는군."

폰에서 특별한 단서를 찾지 못한 은서는 성태를 다시 만나면 사건 당시의 일을 자세히 물어봐야겠다고 생각했다. 그때 온몸에 닭살이 돋았다. 돌아가는 방법에 대해 전혀 듣지 못한 것이다. 과거로 가는 방법에만 집중했던 터다. 가장 중요한 걸 알려주지 않은 성태가 원망스러웠지만, 언제나처럼 책망의 끝은 자신을 향했다. 그녀가 자책하며 주먹으로 머리를 세차게 쥐어박았다.

계속 이렇게 있을 수만은 없었다. 일기에 따르면 성태는 오늘 종오와 함께 뚱땡이라는 아이를 괴롭힐 것이었다. 우선 종오부터 만나야 했다. 그녀가 골목을 나와 큰길을 걷기 시작했다. 서울에서 김 서방 찾기가 따로 없었지만, 묘한 확신이 들었다. 곧 종오를 만나게 될 거라고. 그녀가 온몸의 촉각을 곤두세워 길거리를 배회했다. 한참을 걷던 은서의 눈에 허름한 피시방 간판이 들었다. 순간 동하가 했던 말이 머리를 스쳤다.

'나 오늘 피시방에서 완전 개털렸다. 아오, 열 받아.'

두근거림을 느끼며 은서가 피시방 쪽으로 걸어갔다. 피시방의 왼편에는 훤한 스티커 사진 가게가 있었고, 오른편에는 사람 두 명 정도가 겨우 지나갈 음습한 골목이 있었다. 피시방 양편의 분위기가 퍽 대조적이었다. 조금 더 가까이 가자 남학생 목소리가 들렸다. 소리가 들리는 쪽으로 걸어갔다.

피시방 우측 틈새 공간에 교복을 입은 남학생 두 명이 있었다. 한 명은 뒷모습만 보였고, 한 명은 얼굴이 보였다. 얼굴이 보이는 학생은 고도비만의 체구, 커다란 안경, 곱슬머리였다. 은서는 그가 창만이라는 것을 알아챘다. 14년 전, 지훈이 죽은 뒤 종오의 행적을 뒤쫓았을 때 종오가 유난히 창만이라는 아이를 괴롭혔다는 것을 알게 되었다. 창만을 봤을 때 직감했다. 뒷모습밖에 보이지 않는 나머지 한 명은 종오일 것이라고. 얼마 후면 소년법을 악용해 아들을 죽일 놈. 그놈이 은서 앞에 있었다.

'절대 문종오를 죽이시면 안 됩니다.'

성태가 강조했었던 규칙. 그녀는 그 규칙을 무시하기로 했다. 손해 볼 것이 없었다. 지훈의 사건이 일어나기 전에 종오를 죽일 수만 있다면, 아들이 살아날 것이었다. 성태가 살인자가 된다 한들 촉법소년이라 종오처럼 풀려날 것이었다. 실패한다고 해도 은서에게는 아직 일기가 많이 남아 있었다. 한 번쯤 놈을 죽일 시도를 하는 것이 합리적이었다. 게다가 그녀는 내심 성태를 100% 신뢰하지 않았다. 드러난 몇몇 진실이 이면의 모든 것을 보장하지 못함을 알았다. 협잡꾼은 몇 없는 진실을 도드라지게 만드는 법. 성태의 말대로 과거로 왔다고 하나, 알 수 없는 이유로 그녀를 속일지도 몰랐다. 놈의 과거 행적을 생각하면 충분히 의심할 만했다.

피시방 맞은 편에 공구점이 보였다. 지갑에 돈이 있는 걸 확인한 은서는 단숨에 공구점으로 갔다. 만 사천 원을 주고 칼집이 있는 칼을 샀다. 공구점을 나서며 칼날을 꺼내 손가락 끝을 베어 보았다. 예리한 칼날이 지나간 자리에 핏방울이 몽글 피어올랐다. 온몸의 신경이 곤두섰다. 긴장되었지만, 두렵지는 않았다. 후회하지 않을 자신 있었다. 놈을 벌하지 못했던 법. 소년원조차 보내지 않았던 법. 그런 법을 대신해 자신의 권리를 실현하는 것뿐이라고 스스로 정당화했다. 은서가 칼을 허리춤에 숨기고 조용히 다가갔다.

"전학 왔다고 꼽주냐고?"

"그, 그게 아니라….."

"왜 사람을 말랑하게 보냐고!"

종오가 위협적인 목소리로 몰아세우고 있었다. 창만은 핏기 없이 하얗게 질려있었다. 그 일방적인 흐름 사이를 은서가 비집고 들어갔다.

"뭐해, 거기서?"

"성, 성태야. 너까지 여기 웬일이야?"

은서의 등장에 창만의 낯이 한층 어두워졌다. 구원자를 본 눈이 아니었다. 맹수에게 궁지에 몰렸는데 또 다른 맹수를 본 표정이었다.

"성태, 여기 웬일이야?"

은서의 등장을 반긴 건 종오였다. 아들을 죽인 추악한 살인자. 피가 거꾸로 솟는 기분이 들었다. 당장 달려들어 죽이고 싶었으나, 곁에 있는 창만을 먼저 보내야 했다. 어린 창만에게 살인 장면을 보여줄 수 없었다. 은서가 이를 악물고 종오를 노려봤다. 아무것도 모르는 종오가 반갑게 손을 들고 인사했는데, 그의 손에 동전이 가득 들려있었다. 종오가 왜 동전을 잔뜩 가지고 창만을 협박하고 있는지 알 수 없었다.

"뭐야, 그 동전은?"

"아, 이거 재밌는 거지. 이게 뭐냐면….."

그녀는 종오의 말을 무시하고 창만을 바라봤다.

"창만아, 너 먼저 집에 가."

"뭐, 뭐라고?"

"집에 가라고!"

"왜 갑자기….."

"그냥 가."

"네가 그러면 더 무섭단 말이야….."

창만의 목소리가 심하게 떨렸다.

"그냥 빨리 들어가."

"밤에 또 불러내려고?"

"부르긴 뭘 불러. 빨리 들어가. 어서!"

은서가 답답한 마음에 인상을 썼다. 그 표정을 본 창만이 몸을 부들 떨었다.

"내가 아직 뚱땡이랑 할 말이 남았어."

종오가 은서의 어깨를 잡으며 말했다. 은서가 신경질적으로 그 손을 뿌리쳤다.

"이거 놔!"

"황성태, 왜 이래?"

두 사람 사이에 묘한 신경전이 펼쳐졌다. 그사이 눈치를 보던 창만이 가방을 들고 후다닥 도망쳤다.

"뚱땡이, 너 내일 학교에서 봐!"

종오가 도망가는 창만을 향해 소리쳤다. 종오가 창만의 뒤통수에 시선을 꽂고 괘씸함과 분함을 쏟아내는 순간, 은서의 눈에 그의 목덜미가 들어왔다. 은서는 바로 지금이라는 생각이 들었다. 허리춤에 숨겨둔 칼을 꺼내 종오에게 달려들었다. 서슬 퍼런 칼날이 반짝였다.

"이 살인마, 죽어버려!"

놀란 종오가 비명조차 지르지 못한 채 반사적으로 얼굴을 감쌌다. 그의 팔이 스스로 제 시야를 가렸고, 하얀 목이 또다시 드러났다. 은서가 노렸던 곳이었다. 사과의 말 한마디를 하지 않은 목구멍이 있는 그곳.

째앵, 째앵, 째앵. 종오가 쥐고 있던 동전이 시멘트 바닥에 떨어져 만든 쇳소리가 들렸다. 분위기에 맞지 않는 쇳소리와 상관없이 은서는 오직 종오의 목만 바라보고 있었다. 찰나의 시간이 슬로비디오처럼 느껴졌다. 은서가 겨눈 칼끝이 종오의 목에 닿았다. 그 순간 새하얀 빛이 눈앞에 펼쳐졌다. 이상했다. 폭발음도 없이, 갑자기 이런 빛이 나타날 리 없었다. 너무 환한 빛에 은서는 눈을 감을 수밖에 없었다.

7. 현재, 은서, 병원 옥상

"아악!"

은서가 눈을 뜨며 비명을 질렀다. 피를 흘리며 나뒹굴어야 할 종오가 없었다. 그가 있어야 할 땅바닥에 성태의 일기장만 있을 뿐이었다. 그제야 그녀는 병원 옥상의 벤치로 돌아왔다는 걸 깨달았다. 심장이 터질 듯이 뛰고 있었다. 가쁜 숨을 몰아쉬며 옆을 보는데, 성태가 고개를 푹 숙인 채 졸고 있었다.

'성공했을까?'

은서가 눈을 감고 생각하다 돌연 휴대폰을 꺼내 들었다. 종오를 죽이는데 성공했다면 그날의 사건이 검색될 리 없었다. 종오를 찌르려 했던 감각이 남았는지 손이 떨렸다. 여러 차례 오타를 낸 후에야 은서는 원하는 검색어를 입력할 수 있었다.

화주 농약 살인사건

한동안 입력하지 않았던 단어. 부디 아무것도 검색되지 않길 바랐건만 오래된 뉴스들이 가득 나타났다. 검색된 기사 중 하나에서 은서의 사진이 있었다. 장례식장에서 오열하는 장면이었다. 은서가 얼른 화면을 껐지만 아픈 기억이 되살아나 입안이 썼다.

답답한 마음에 일어나 옥상을 천천히 걸었다. 첫술에 배부를 수 없다고 스스로 위안하며 벤치로 돌아왔는데 성태가 여전히 졸고 있었다. 은서가 그의 어깨를 두드려도 꼼짝도 하지 않았다. 기어코 잡아 흔들고 뺨도 때렸지만, 침만 흘릴 뿐이었다. 불안한 생각이 들었다. 은서가 황급히 성태를 휠체어에 앉히고 달렸다.

엘리베이터에 오르자마자 7층과 닫힘 버튼을 두드렸다. 엘리베이터가 천천히 내려가기 시작했다. 1초가 1시간처럼 느껴졌다. 엘리베이터 문이 채 다 열리기도 전에 은서가 소리쳤다.

"도와주세요! 의식을 잃었어요!"

얼굴이 길쭉한 간호사가 가장 먼저 달려왔고, 하나둘 모여든 의료진이 성태를 다급히 데리고 갔다. 은서는 다리에 힘이 풀려 주저앉았다. 그때 누군가 은서의 어깨를 두드렸다. 선자였다.

"선생님, 지금…, 저기가…, 우리 성태인가요?"

은서가 고개를 끄덕였고, 선자가 두려움과 원망이 뒤엉킨 얼굴로 의료진을 뒤따랐다. 은서가 불안한 눈동자로 그녀의 뒷모습을 바라봤다.

그토록 죽어버리길 바랐던 성태였는데, 정작 이렇게 죽을지도 모른다는 생각이 드니 공포가 밀려왔다. 떨리는 손을 감추고자 바지를 꽉 움켜쥐었다. 팔에 잔뜩 힘이 들어가 몸이 경직됐다. 머리도 아파져 왔다. 시공간 이동은 아직 실감이 나지 않았고, 그 일에 대해 물을 수 있는 유일한 사람은 의식을 잃었다. 그가 이대로 죽는다면 더는 시공간 이동이 불가할 터였다. 나아가 그의 죽음에 자신이 연관될지도 몰랐다. 은서는 꼼짝도 못 한 채로 그 자리에 서서 복잡한 심경을 오롯이 뒤집어쓰고 있었다.

"일기장!"

급하게 성태를 데리고 오느라 옥상에 일기장을 두고 온 게 떠올랐다. 은서가 엘리베이터로 달렸다. 일기장을 잃어버려서는 안 됐다. 성태의 목숨은 그녀가 어찌할 수 없는 문제였지만, 일기장을 지켜내는 것은 그녀의 몫이었다. 숨을 할딱이며 도착한 옥상의 방화문에는 잠금장치가 보였다. 그녀는 성태가 외웠던 번호를 떠올렸다.

'샵 1414 샵.'

띠리릭. 도어락 특유의 디지털음이 채 끝나기도 전에 문을 열어젖히고 곧장 벤치로 달렸다. 다행스럽게도 일기장이 있었다. 은서가 자리에 풀썩 주저앉았다. 온몸에 힘이 남아나질 않았다. 쓰러지듯 벤치에 기대 가만히 일기장을 살피던 그녀는 깜짝 놀라고 말았다. 처음보다 글씨가 연해져 있었기 때문이다.

'아쉽지만요, 제가 죽게 되면 더는 이 일기를 못 보세요.'

성태의 말이 귓가에 맴돌았다. 혼란스러웠다. 이 낡은 일기장이 과거로 가는 열쇠가 된다는 사실도, 거기에 복잡한 규칙들이 따른다는 것도 믿기지 않았다. 시공간 이동에 대한 설명서가 있으면 얼마나 좋을까 생각했다.

이런저런 잡념에 사로잡혀 일기를 살펴보던 중 한 가지 생각이 뇌리를 스쳤다. 13번 일기가 시공간 이동의 설명서가 될지도 모른다는 생각이었다. 총 13편인 일기는 1번부터 6번까지는 살인사건이 일어나기 전, 7번은 살인사건이 일어난 날, 8번부터 12번은 살인사건이 일어난 뒤의 이야기였다. 모든 일기는 살인사건과 관련된 내용이었는데, 오로지 13번 일기만이 그렇지 않았다. 어쩌면 성태가 말했던 모종의 거래를 알게 될지도 모른다는 생각이 들었다. 은서가 13번 일기를 펼쳐서 읽어 나갔다.

13번

지금도 선명하다. 무섭도록 새까만 그곳과 거기서의 거래가. …저승이었을까.

한 글자씩 글자가 사라지는 모습은 여전히 믿기지 않을 만큼 신기했다. 글씨가 모두 사라진 종이를 가만히 보던 은서가 눈을 감았다.

8. 과거, 은서, 어둠 속

감았던 눈을 뜬 은서가 당혹감에 팔을 휘저었다. 분명 크게 눈을 떴는데도 아무것도 보이지 않았기 때문이다. 시력을 잃은 공포에 온몸의 털이 곤두섰지만, 이내 깨달았다. 앞이 보이지 않는 것이 아니라, 어떤 수식어로도 표현되지 않을 본연의 어둠 속에 있다는 것을. 가만히 서 있는 것도 무서울 지경이었다. 은서는 곧바로 주저앉아 어둠 속에서 바닥을 더듬었다.

그때 아주 먼 곳에서 하얀 점 하나가 보였다. 티끌만 한 점은 마치 은서에게 다가오는 듯 점차 커졌는데, 이윽고 거대한 형상으로 환히 빛났다. 커다랗고 새하얀 빛을 보던 은서의 몸에 소름이 끼쳤다. 칠흑 같은 어둠에서 눈부시게 밝은 빛을 똑바로 마주하는데도 전혀 눈부시지 않았기 때문이다. 물리학적으로 설명되지 않는 현상 앞에서 은서는 은연중 느꼈다. 그 빛이 자신을 해하려는 존재가 아니라는 것을. 그 순간 성태가 했던 말이 떠올랐다.

'손을 맞댔어요. 상대는 그게 손이 아닐 수도 있었겠지만요.'

그 기억이 떠오르자 그녀는 겁도 없이 빛을 향해 팔을 뻗었다. 그녀의 손이 빛과 맞닿았다. 그러자 손바닥에 형언할 수 없이 따뜻하고 포근한 느낌이 들었다.

순간 주변이 밝아지며 여러 장면이 펼쳐졌다. 영화관 스크린처럼 한쪽 면만 보이는 것이 아니라, 은서를 감싼 모든 공간에서 보였다. 마치 가상현실 플랫폼 속에 들어온 것 같았다.

은서와 성태가 병원 옥상에서 두 손을 맞잡는 장면, 은서가 건장한 청년이 된 지훈-청년이 된 지훈을 본 적 없지만, 은서는 그가 지훈임을 단번에 알아챘다-의 손을 잡는 장면, 성태가 지훈의 품에 안겨 서글피 우는 장면, 에리가 종오를 칼로 찌르는 장면, 지훈이 우유를 마시는 장면, 은서가 콩나물국을 먹으며 우는 장면, 주택이 불타는 장면, 은서가 막대로 종오의 머리를 내리찍는 장면, 성태가 어느 할머니 옆에서 우는 장면, 종오가 그라목손을 들고 있는 장면, 성태가 벽에 피로 글씨를 적고 있는 장면, 성태와 선자가 병원에서 대화하는 장면, 은서와 에리가 납골당에 있는 장면, 그리고 성태가 종오의 목을 칼로 찌르는 장면. 마지막 장면이 끝나자 리모컨으로 TV를 끈 듯 순식간에 어둠 속으로 돌아왔다. 그녀의 눈앞에는 크고 새하얀 빛만 있을 뿐이었다.

대부분 직접 보지 못했거나 실제 일어나지 않은 장면이었다. 은서가 직접 경험한 것은 첫 번째와 마지막 장면뿐이었다. 보여진 장면 속에서 은서는 늙었다가, 젊었다가, 다시 늙기를 반복했다. 때로는 행복했고, 때로는 서글펐다. 은서 없이 지훈, 성태, 종오만 나오는 장면도 있었다. 시간순서도 맞지 않고, 맥락도 파악할 수 없는 장면들을 본 뒤 어지러워 속이 매스꺼울 지경이었다. 개중 가장 은서를 혼란스럽게 한 건 에리가 칼을 휘두르는 장면이었다. 피로가 역력한 모습의 에리가 종오의 옆구리를 찌르고 있었다. 불안할 정도로 생생했다.

그때 그녀에게 다가왔던 빛이 뒤로 물러섰다. 그러자 눈이 부시기 시작했다. 이상하게도 빛이 멀어질수록 점점 더 눈을 뜨기가 어려워졌다. 은서가 얼른 고개를 돌렸으나 소용없었다. 그때 그녀는 깨달았다. 이 빛은 종오를 죽이려 했을 때 봤었던 새하얀 빛이라는 것을. 은서는 현실로 돌아갈 때임을 직감했다. 아직 궁금한 게 많다고, 지금 본 게 모두 사실이냐고 소리쳤다. 하지만 그녀의 외침은 어떤 음성으로도 만들어지지 않았다. 물음에 답하지 않아도 좋으니 몇몇 장면을 더 보여만 달라고도 외쳤지만, 물고기처럼 입만 뻐끔일 뿐 아무 말도 나오지 않았다. 이윽고 은서 주변은 한 줌의 어둠도 없이 밝아졌다. 은서는 눈을 감지 않기 위해 애썼으나, 더는 버틸 수 없었다.

9. 현재, 은서, 병원 옥상

다시 눈을 뜨자, 병원 옥상이었다. 두려웠다. 자신이 본 것이 어디까지 사실이고, 어디부터 허상인지 구분할 수 없었다. 그 와중에 놀라운 것은 그토록 빠르게 지나갔던 모든 장면이 믿을 수 없이 선명하게 기억에 남았다는 것이었다. 성태가 했던 거래와는 분명 다른 것을 본 것 같았다. 일순 과거로 갈 수 있는 일기장이 깊고도 무겁게 다가왔다. 하나 돌이킬 수도, 포기할 수도 없었다. 특히 조금 전 짙은 어둠 속에서 봤던 장성했던 지훈의 모습은 도저히 잊을 수 없었다. 그녀는 복수를 마치고 스스로 지옥에 가겠다고 다짐했다.

자리에서 일어서려는데 바닥에 떨어진 성경책이 보였다. 의식이 없던 성태를 급히 휠체어에 태우다 흘린 모양이었다. 그녀가 손을 뻗어 성경책을 주웠다. 낡은 가죽의 질감이 손끝으로 전해졌다. 은서는 일기장과 성경책을 챙겨서 다시 7층으로 갔다. 복도는 언제 그랬냐는 듯 한산해져 있었다. 그때 누군가 은서의 어깨를 두드렸다. 정신을 잃은 성태를 데리고 왔을 때 마주쳤던 얼굴이 길쭉한 간호사였다.

"저기요."

"네?"

은서가 등 뒤로 일기와 성경책을 감췄다. 간호사가 뒤로 숨긴 은서의 손을 살피며 물었다.

"어디 갔던 거예요? 그 난리를 만들어 놓고서."

"잠깐 뭐 좀 가지러…."

"아니, 몸도 제대로 못 가누는 환자를 어디로 데리고 갔었냐구요?"

"그, 그게…."

순간 떠오른 옥상 방화문에 쓰인 문구가 떠올랐다.

제한구역 : 관계자 외 출입 금지

"아, 답답해라. 정말 위험했다고요!"

"죄송합니다."

옥상에 갔다고 하면 일이 커질 것 같았다. 머릿속으로 다른 핑계를 찾았지만, 쉽사리 입이 떨어지지 않았다. 그때 어느샌가 나타난 선자가 은서 옆에 나란히 섰다. 의식을 잃은 성태에게 달려갈 때 두려움과 원망이 뒤엉켰던 그녀의 표정이 떠올랐다. 은서는 일이 더 꼬이게 생겼다는 생각이 들었다. 하나 선자의 입에서 나온 말은 은서의 예상과 전혀 달랐다.

"제가 잠깐 우리 애 좀 봐달라고 부탁했습니다. 급한 일이 있어서 그만."

"보호자 분, 이러시면 안 되는 거 아시잖아요. 어제는 몰래 병원을 빠져나가서 그 지경이 되어서 돌아오질 않나. 진짜 자꾸 왜 이러세요?"

"죄송합니다. 간호사 선생님."

"진짜 잘 좀 부탁드릴게요."

간호사가 맵게 다그치고 돌아섰지만, 선자는 그저 고개만 숙일 뿐이었다. 간호사가 떠나자 은서가 입을 열었다.

"옥상에 다녀왔어요."

"역시, 그랬군요."

"그리고 이거…"

은서가 선자에게 성경책을 건넸다.

"이걸 왜 선생님이…."

"성태가 들고 왔었어요. 성태는 좀 어떤가요?"

"안정을 찾는 중입니다."

은서는 자신과 손을 맞잡은 뒤 성태의 상태가 안 좋아진 것 같아 미안한 마음이 들었다.

"빨리 회복하길 빌겠습니다. 죄송해요."

"아이고, 무슨 말씀을요. 제가 죄송하죠. 어제도 제 아들을 용서해 달라는 이기적인 부탁이나 하고…."

"일기를 봤어요. 어머니께서 경찰에 신고하는 걸 말리셨더라고요."

"할 말이 없습니다. 입이 열 개라도."

"그건 자식을 위한 게 아니에요."

"그때는 몰랐어요."

"정말 잘못하신 거예요. 어머니 마음을 이해하지 못하는 건 아니지만요."

"선생님…."

선자가 은서에게 허리를 숙였다. 은서가 얼른 그녀를 일으키며 말했다. 차마 용서한다는 말까지는 나오지 않았다. 대신, 그녀의 손을 꽉 잡아줬다. 옥상에서 성태와 손을 맞잡았던 것처럼. 오랜 시간 병상에 아들을 둔 지친 여인에게 조금이나마 힘을 나눠주고 싶었다. 그 마음이 통했는지 성태 모친의 눈물이 은서의 손 위로 뚝 떨어졌다. 많은 것이 담겨있는 눈물이었다.

10. 현재, 은서, 은서 집

은서가 집에 돌아왔을 때 에리는 작업실에 있었다. 은서를 본 에리가 엷은 미소를 지었다. 천사 같은 그 미소에 불안과 피로가 잊히는 듯했다.

"아침은 먹었어?"

"맛있는 시리얼 먹었죠. 엄마는요?"

은서는 그제야 지난밤부터 물 한 모금 안 먹은 게 떠올랐다.

"벌써 먹었지. 그런데 배가 또 고프네. 내려가서 더 먹어야겠다. 간 김에 뭐 좀 가져다줄까?"

"괜찮아요."

은서가 주방으로 내려와 식빵과 녹차를 꺼냈다. 데우지도 않은 식빵에 차가운 녹차를 삼키듯 급히 해치웠다. 허기도 잊었다고 생각했는데, 순식간에 식빵 두 장과 녹차가 사라지자 자조적인 웃음이 났다. 기운을 차린 은서가 안방에 들어갔다. 낮게 숨을 몰아쉬며 지갑을 꺼냈다. 가장 안쪽 주머니에 성경 구절이 코팅되어 있었다. 레위기 24장 19절부터 21절이었다.

사람이 만일 그의 이웃에게 상해를 입혔으면 그가 행한 대로 그에게 행할 것이니 상처에는 상처로, 눈에는 눈으로, 이에는 이로 갚을 지라 남에게 상해를 입힌 그대로 그에게 그렇게 할 것이며 짐승을 죽인 자는 그것을 물어줄 것이요 사람을 죽인 자는 죽일 지니

지훈이 죽은 뒤 늘 품고 다니던 문구였다. 안 보고도 외울 수 있는

그 문구를 한 글자씩 곱씹으며 복수를 다짐했다.

잠시 후 은서는 휴대폰 카메라로 남은 11개의 일기를 찍었다. 채혁의 부친인 기주에게 보내기 위해서였다. 채혁은 사건이 있던 날 함께 그라목손을 먹고 죽은 지훈의 친구였다. 기주는 그 사건 이후 인간에 대한 혐오로 모든 관계를 끊고 살았다. 은서만이 유일하게 연락하는 사람이었다. 처지가 같았던 둘은 서로를 잘 이해했고, 함께 복수하기로 굳게 약속했다.

그러나 은서는 주저하고 있었다. 자신이 겪은 일을 차마 설명할 수 없었다. 한참을 고민하던 은서가 결국 사진을 기주에게 보냈다. 그러자 곧 기주에게서 전화가 왔다.

"이게 다 뭔가요?"

"일기인데요, 잘 읽어봐 주세요."

"잠시만요."

수화기로 전해지는 기주의 숨소리에서 그의 흥분이 고스란히 느껴졌다.

"이거, 이거 어디서 났어요?"

"성태가 줬습니다."

"성태라면…, 황성태요? 문종오 친구? 이게 그놈 일기입니까?"

"네."

"그놈이 왜 이걸…."

"사과하고 싶었답니다."

은서는 시공간 이동에 대해서 만큼은 솔직하게 털어놓는 것 대신 함구를 택했다. 장님 코끼리 만지는듯한 설명밖에 안 될 것 같았기 때문이다. 저승과 관련된 13번째 일기가 이미 사라졌기 때문에 기주가 눈치챌 리 없었다.

"미친놈이 죽을 때가 되었나."

"그렇다네요. 시한부랍니다."

"정말요? 이렇게 감사할 수가. 천벌이네요, 천벌. 그놈은 그렇게 죽어도 쌉니다. 천하의 나쁜 놈. 문종오도 빨리 뒈져야 할 텐데. 그나저나 일기는 다 사실일까요?"

"그렇게 생각해요. 지는요."

"문종오는 다 알고 있었네요. 그라목손이었다는 걸…. 계획적이었어요."

"완전히요."

"우리가 옳았네요."

"그러게요."

"…그런데 우리가 옳았다는 게 왜 더 슬플까요?"

아팠던 과거가 목에 걸린 듯 그의 목소리가 잠겼다. 그의 목에 걸린 게 무엇인지 알아서, 눈물이 그득 고였을 그의 얼굴이 떠올라서 은서도 목이 메었다.

"이제와 재판의 결과를 바꿀 수 없으니까요."

"은서 씨. 재심은 어렵겠죠?"

"아무래도요."

"그나저나 최근에 성태가 종오를 만났네요. 무슨 얘길 했다던가요?"

"그건 저도 잘 모르겠습니다."

"무슨 작당을 했든 상관없습니다. 그토록 기다렸더니 이런 날이 오긴 오네요. 제가 당장 찾아가 죽이겠습니다."

예상을 벗어난 기주의 말에 깜짝 놀란 은서가 자세를 고쳐 앉았다.

"안 됩니다. 그런 일차원적인 복수는."

"복수에 일차원, 이차원이 어딨어요?"

"처절하게 갚아줘야 해요. 이 일기장이 힘이 되어 줄 거예요."

"그딴 일기장으로 뭘 어떻게요? 은서 씨. 다른 방법이 없어요. 자꾸 이것저것 고민하지 마세요. 장고 끝에 악수 두니까요. 그놈이 미국으로 돌아가기 전에 죽이는 게 제일 깔끔합니다."

"제가 착각했네요."

"뭐가요?"

"괜히 알려드렸어요. 종오가 귀국했다는 것도, 일기장도."

흥분하는 기주를 보면서 종오의 연락처는 안 주는 편이 좋을 것 같다는 생각이 들었다.

"그게 아니라. 제 말은…."

"제대로 복수해요! 그저 그런 복수말고, 진짜 복수로요. 우리 힘을 합쳐서요. 약속했잖아요!"

"…그게 될까요?"

"안 되면 그때는 마음대로 하세요."

"저는요, 영 불안합니다. 그놈이 또 미국으로 내빼면요? 어떻게 할 건데요? 지금이 기회예요. 시간을 끌면 안 된다고요."

"제게 시간을 조금만 주세요. 오래 걸리지 않을 거예요."

"좋은 수가 있으세요?"

기주의 물음에 은서가 잠시 뜸을 들였다가 말했다.

"지금부터 만들어 보려고요. 좋은 수를. 꼭."

11. 10시간 전, 에리, 은서 집

밤 12시가 훌쩍 지난 시간. 먼저 자겠다고 문자를 보낸 에리였지만, 잠이 오지 않았다. 낮의 일이 계속 생각났다. 낯선 손님과 언성을 높였다가, 급히 뒤쫓아가던 엄마의 모습이 지워지지 않았다. 생각이란 늘 그렇듯 떠올리지 않기 위해 애쓰면 애쓸수록 더 선명해졌다. 에리는 침대에서 일어나 작업실로 갔다. 공간을 바꾸는 것은 잠자리에서 피어나는 잡념을 지우는 좋은 방법이었다. 에리는 은서가 귀갓길에 볼까 봐 작은 스탠드만 켰다. 작업실이 연노란색으로 포근하게 채워졌다. 작업실 특유의 나무 냄새와 어울리는 불빛이었다. 비로소 불안이 조금 사라지는 것 같았다.

"엄마가 늦네."

에리가 토끼 인형에게 말했다. 그 뒤로도 열 번쯤 시계를 봤을 때, 멀리서 차가 접근하는 소리가 들렸다. 에리가 얼른 조명을 끄고 방으로 가 침대 위에 누웠다. 다가오는 발걸음 소리에 맞춰 에리의 심장도 콩콩 뛰었다. 이윽고 방문이 열렸고, 은서가 조심스레 에리의 얼굴을 매만졌다. 은서가 에리 이마에 입을 맞추고 목까지 이불을 덮었다. 다시 문이 닫히는 소리를 들었을 때 에리가 배시시 웃으며 잠들었다.

에리가 잠을 깬 건 1층에서 들리는 인기척 때문이었다. 조용히 나가기 위해 애쓰는 모습이 그려지는 인기척이었다. 따라 나가서 새벽부터 어디로 가는지 물으려다 마음을 접었다. 엄마에게 부담을 주기 싫었다. 또 미안하다고 말하게 만들고 싶지 않았다.

"조심히 다녀오세요, 엄마."

침대에 누워서 한 그 말에 답이라도 하듯 진동이 울렸다.

급한 일이 있어. 얼른 다녀올게. 아침은 시리얼로 챙겨 먹으렴.

에리가 메시지를 읽고 입을 삐죽거렸다.
"아, 밥 먹고 싶었는데."
그리곤 덤덤한 표정으로 엄지를 놀렸다.

우와, 안 그래도 오늘 아침은 시리얼 먹고 싶었는데. 역시 안 여사는 나랑 통한다니까요.

고마워, 딸. 사랑해.

사랑해요. 제가 더 많이요, 엄마.

에리는 다시 눈을 감았지만 잠이 오질 않았다. 낮의 일이 아닌 또 다른 이유였다. 에리는 근래 계속 긴장 상태였다. 만 14세 생일이 다가오고 있었기 때문이다. 시간이 부족하다는 생각이 가슴을 옥죄어 왔다.

에리는 자라면서 오빠의 사진과 영상을 종종 봐왔다. 지훈은 어릴 적부터 유달리 귀여웠고, 사랑스러웠다. 지금보다 훨씬 젊고 예쁜 엄마의 품에서 까르르 웃는 오빠를 보면 죽었다는 게 실감나지 않았다.

5학년 3월의 어느 날, 에리는 오빠의 죽음에 대해 접했다. 담임이 새로 온 옆 반 선생님에게 대단한 비밀이라도 알려주듯 말하는 것을 엿들었던 거다. 어른들은 자기들이 듣기에 작은 목소리면, 거기에다가 조금만 어려운 단어를 섞으면 아이들이 못 알아들을 거라고 생각한다. 하지만 그건 대단한 착각이다. 에리는 분명 '세간', '촉법소년', '그라목손', '독살'의 뜻은 몰랐지만, '세간을 떠들썩하게 했던 촉법소년 살인사건 있잖아요, 왜 그라목손인지로 독살됐다던. 그 피해자 동생이래요. 쟤가요.'라는 말이 풍기는 뉘앙스는 알아채고도 남았다. 두 사람의 애매한 표정-지금 생각하면 경악과 궁휼 사이의 어디라고 생각되지만, 그 당시 에리는 그들의 표정을 읽을 수 없었다-과 마주했을 때 누가 먼저랄 것도 없이 고개를 돌리는 모습은 그들의 말이 꽤 비밀스러운 내용이라는 걸 고스란히 방증했다.

당연히 그 대화는 각인되었고, 집에 오자마자 인터넷으로 검색하기에 이르렀다. 검색된 내용을 읽는 내내 심장이 터질 것 같았다. 그라목손이라는 독한 농약도, 오빠가 그 독약을 먹었다는 것도, 그걸 먹인 사람이 친구였다는 것도, 그 살인자가 마땅한 벌을 받지 않았다는 것도 도무지 믿기지 않았다. 이런 충격적인 일로 그 정도 표정밖에 짓지 않았던 두 선생님의 자제력이 대단하게 느껴질 정도였다. 그 이후로 에리는 혼자 있을 때면 그 사건에 대해 검색하곤 했다. 검색 횟수가 늘수록 에리의 감정은 바뀌어 갔다. 충격에서 분노로. 살인자가 마땅한 벌을 받지 않은 것은 도저히 이해할 수 없었다.

"가족의 복수는 가족이 하는 거야. 그게 진정한 가족이야."

언젠가부터 오빠의 복수를 직접 할 수 있으면 좋겠다는 생각을 해왔다. 자신 또한 촉법소년이라 형사 처벌을 받지 않을 것이었다. 그게 얼마나 무서운 생각이었는지 깊이 생각하지는 못했다. 에리는 그저 엄마의 삶을 구원해주고 싶었다. 그 생각밖에 없었다.

검색되는 기사에서 절절하게 울고 있는 엄마의 사진들을 봤다. 태어나 본 사진 중 가장 애통했다. 아카데미에서 여우주연상을 받았다고 한들 저런 슬픔은 연기할 수 없으리라. 그제야 그간의 의문도 풀렸다.

왜 매번 오빠 사진의 먼지를 털어주던 엄마가 슬퍼 보였는지. 직전까지 방긋방긋 웃다가도 그 사진 앞에서는 그토록 차게 식었는지. 한밤중에 계단에서 사진을 보며 왜 혼잣말을 했는지. 엄마는 그 사건에서 한 발짝도 빠져나오지 못하고 있었다. 그래서 에리는 복수를 꼭 하고 싶었고, 해야만 한다고 다짐했다.

2장

살인자의
친구가 되어

1. 과거, 종오, 화송중학교

　종오는 화주로 전학 온 뒤 이상스레 무리에 섞이지 못했다. 보이지 않는 벽이 있었다. 서울에서 무리의 중심에 있었기에 은근한 따돌림이 퍽 낯설었다. 이런 종오에게 유달리 살갑게 구는 놈이 하나 있었다.

　전창만. 종오는 본능적으로 깨달았다. 뚱뚱하고 안경을 낀, 땀을 뻘뻘 흘리고 있는 이 녀석은 서열의 밑바닥에 있다는 것을. 종오는 창만을 외면했다. 늑대가 배곯는다고 풀을 뜯을 수는 없었다. 대신 가까워질 적당한 친구를 찾았다. 종오 눈에 동하가 들었다. 스타크래프트에 반쯤 미친 녀석이었다. 녀석은 매일 피시방에서 내기를 하고 다녔다. 종오가 동하에게 다가가서 말을 걸었다.

　"너하고 스타 한 판 하려면 어떻게 해야 해?"

　"이 몸은 내기 아니면 안 해."

　"게임을 하면 인건비는 버는 게 맞지."

　"오호라. 스타 할 줄은 알고 이러는 거지?"

　"물 줄도 모르고 짖어댈까."

　"이 자식 좀 치나보네. 오늘 마치고 바로 가자."

　도박쟁이가 호구를 문 것처럼 동하가 활짝 웃었다. 종오는 속으로 웃을 뿐이었다. 종오에게 내기의 승패 따위는 중요치 않았다. 지더라도 몇 번 더 붙자고 하면 동하와 적당히 친해질 기회를 얻을 것이었다. 어른들이 밥을 사고, 술을 사는 이해관계에 대해 아버지로부터 귀가 따갑게 들었다. 돈을 쓰는 것만큼 상대와 쉽게 가까워지는 법은 없다고 했다. 호감을 사기 위해 어쭙잖게 돈을 쓰는 것은 한 수 접고 들어가는 모양이 될지 몰랐기에, 내기를 통해 돈을 쓰는 게 나았다. 잃어봤자 푼돈일 터겠지만, 운이 좋아 게임에서 이기기라도 한다면 무리로부터 받게 될 인정은 싸구려가 아니었다. 여러모로 괜찮아 보였다.

그날 오후, 하굣길에 종오는 동하의 패거리와 피시방에 갔다. 무리에는 창만도 있었다. 커다란 피시방 의자에 몸을 구겨 넣듯 기댄 동하가 뒤도 돌아보지 않고 말했다.

"어이, 뚱땡이. 콜라 하나."

그의 말에 주춤주춤 자리에 앉으려던 창만이 벌떡 일어났다. 동하는 창만이 주는 콜라를 받으며 고맙다는 말도 없었다.

"뚱땡쓰. 오늘 누가 이길 거 같냐?"

"당연히 동하 네가 발라 버리지."

창만이 동하에게 굽신거렸다. 반대편에 앉아 그 말을 들은 종오는 절로 인상이 써졌다. 종오가 눈에 힘을 주고 창만을 노려봤다.

"지금 나 무시한 거야?"

"그냥 생각을 말한 건데."

창만이 전혀 당황하지 않고 대수롭지 않게 대답했다. 둘의 대화를 지켜보는 무리의 시선이 느껴졌다. 종오는 얼굴이 붉게 달아오르는 것을 느꼈다.

"너 끝나고 나 좀 봐."

"지금 봐, 그냥. 뭘 나중에 봐."

종오는 창만과 신경전을 한다는 것 자체가 치욕스러웠다. 친구들이 자신을 낮잡아 볼 것 같아 짜증 났다. 창만의 뒤통수 휘갈기려고 자리에서 일어서려는데 어서 게임을 시작하자고 동하가 재촉했다. 종오는 일단 게임부터 하기로 했다.

피시방에서 살다시피 하는 동하와의 대결이 은근히 긴장도 되었으나, 막상 시작하니 상대도 되지 않았다. 동하는 최적화되어 있지 않은 빌드에, 멀티 태스킹도, 운영도 안 됐다. 종오는 동하에게 굴욕적인 패배를 안겼다.

"아오, 열 받네. 테란 상대로 스카우트까지 뽑는 건 너무 심한 거 아니냐? 게임 더럽게 하네, 진짜."

"극찬 고마워."

종오는 그날 동하에게 모두 이겼고, 오천 원을 벌었다.

"아줌마, 이거 100원짜리 동전으로 전부 바꿔주세요. 그리고 뚱땡이, 나 좀 보고 가."

종오가 계단을 내려가는 창만의 뒷덜미를 잡아끌고 피시방 옆 어두컴컴한 곳으로 갔다. 볕이 들지 않는 곳 특유의 꿉꿉한 냄새가 신경을 더 예민하게 만드는 곳이었다. 그가 창만을 노려보며 주먹으로 가슴을 툭툭 쳤다. 그제야 창만의 눈동자가 흔들렸다.

"너 아까 내 말 탁탁 잘 받아치더라."

"내, 내가 언제 그랬어?"

"내가 만만하지?"

"아니, 그게 아니라…."

"전학 왔다고 꼽주는 거야? 어?"

70

종오가 창만의 얼굴에 바짝 붙어서 힘껏 고함을 질렀다. 그때 뒤에서 낯선 목소리가 들렸다.

"전학생과 뚱땡이. 조합보소."

창만에게 온 신경을 쏟고 있던 터라 인기척을 느끼지 못했던 종오가 놀라 뒤돌아봤다. 성태였다. 일진 무리에 속하는 녀석의 갑작스런 등장에 창만이 말을 더듬었다.

"성, 성태야. 여기 웬일이야?"

"저기서부터 돼지 누린내가 진동하더라고. 서울 도련님은 뭐해? 여기서."

"대화 중이야. 애가 나를 말랑말랑하게 봐서."

"굴욕이네. 뚱땡이에게 말랑말랑하게 보이고."

"그래서 딱딱한 맛을 좀 보여주려고."

종오가 주머니에서 동전을 꺼내 들어서 창만의 얼굴에 동전을 튕겼다.

"아앗!"

"가만히, 가만히 있어. 손가락 다친다. 손 내려, 내려야지."

종오가 다시 창만의 얼굴에 동전을 튕겼다.

"앗! 아퍼. 종오야…."

"꽃으로도 사람을 때리지 말라지만, 돈이라면 달라지지."

"아악. 너무 아파…. 제발."

"이거 맞으면 다 네 돈이 되는 거야. 맷값치고 괜찮지 않냐? 최저 시급보다 비쌀걸?"

"안 받아도 돼. 그만, 그만해…."

"왜 이래. 아직 4,700원이나 남았는데. 창만아. 내 마음, 내 성의를 이렇게 거절하면 나 아주 속상해. 응? 나 서운하게 만들고 그럴 거야?"

"아얏. 아, 눈에 맞았어."

"괜찮아, 괜찮아. 눈으로도 벌고, 코로도 벌고 그러는 거지 뭐. 그러니까 나한테 왜 그랬어. 네가 날 말랑하게 보니깐 이렇게 딱딱한 맛을 보여주게 되잖아. 자, 자. 긴장풀어. 손 내리고. 어서 내리라니깐. 아직 4,600원 남았다."

창만이 연신 비명을 지르며 얼굴을 움켜쥐었다. 종오는 억지로 놈의 팔을 떼어 낸 뒤 다시 얼굴에 동전을 튕겼다. 옆에서 보고 있던 성태가 킥킥거리며 관심을 보였다.

"크하. 서울에서 왔다더니 매너가 다르네. 참신하다, 참신해. 돈지랄을 이렇게 하네."

"어이, 친구. 돼지 좀 잡아줄래?"

"좋지."

종오의 말에 성태가 좋다고 고개를 끄덕였다. 그러더니 얼굴을 가리지 못하도록 창만의 뒤로 가서 그의 팔을 제압했다. 종오는 성태에게 미소를 보인 뒤 창만의 얼굴에 동전을 튕겨댔다. 창만이 비명을 지를 때마다 성태가 무릎으로 허벅지를 찍었다. 뒤를 붙잡고 있는 성태 때문에 창만은 막지도, 소리를 지르지도, 쓰러지지도 못한 채 50개의 동전을 몽땅 얼굴에 맞았다.

"돈 벌기가 이렇게 힘든 거야. 알겠냐? 저기 구석에 굴러간 거까지 야무지게 주워가라. 그걸로 후시딘도 사고, 바나나우유도 사 먹고."

그제야 피시방에서 당한 굴욕이 씻기는 것 같았다. 무엇보다도 옆에서 봐주는 사람이 있어서 좋았다. 종오와 성태는 함께 돌아섰다. 그들 뒤에서 얼굴이 붉게 물든 창만이 떨어진 동전을 주우며 멀어져가는 두 사람을 바라보았다. 두 사람은 어느새 어깨동무를 하고 있었다.

2. 과거, 종오, 화송중학교

그날 이후 종오는 지훈의 무리에 낄 수 있었다. 성태의 적극적인 추천 덕분이었다. 종오의 합류에 노골적으로 불편한 기색을 내보이는 놈들도 있었지만, 막상 누구도 시비를 걸진 않았다. 종오는 천천히 무리에 녹아들기로 했다. 무리에서는 지훈과 채혁이 눈에 띄었다. 지훈이 대장이었고, 채혁이 바로 그 밑이라는 건 한눈에 알 수 있었다. 둘은 종오와 같은 반이기도 했는데, 그들은 종오를 그리 편하게 대하지 않았다. 종오 역시 자신을 곱게 보지 않는 두 사람이 좋을 리 만무했다.

그렇게 일주일쯤 지났을 때였다. 공터에서 채혁이 새하얀 운동화의 먼지를 털며 물었다.

"너 이제 마미가 학교에 안 데려다주냐?"

채혁의 비아냥이 아니꼽게 들렸다. 종오 역시 대답이 곱게 나가지 않았다.

"보면 몰라?"

"벤츠 타고 등교하는 거 진짜 재수 없었는데."

"뭐?"

"천하의 지훈이도 널 재수 없게 봤어. 마마보이야."

"천하의 지훈이는 또 뭐냐, 유치하게."

어이가 없어 종오가 실소했다.

"웃지 마, 확 쥐어패기 전에."

종오가 별다른 대답 없이 노려보자, 채혁이 다시 입을 열었다.

"너 저기 초소 안에는 들어가지 마라."

"초소? 저거?"

채혁의 손가락 끝에 건물이 하나 있었다. 초소라고 부르기에는 너무 컸는데, 과연 초소의 뜻을 알고 지껄이는 말인지 퍽 한심스러웠다.

"너는 저기 못 들어가."

"너는 들어갈 수 있냐?"

"당연하지. 원래 저기는 3학년만 들어갈 수 있는 곳이야. 2학년 중에서는 나하고 지훈이만 들어갈 수 있다고."

채혁이 종오의 얼굴 앞에 주먹을 들어 보이며 말했다. 길게 찢어진 눈에 자만심이 가득했다.

"골품제냐?"

"골, 뭐?"

"골품제."

"잘난 척하지 마, 인마. 내가 너 조지려고 했어."

"뭐 때문에?"

"네 눈깔이 맘에 안 들어서. 지금 그렇게 뜬 그 눈깔이. 비 오는 날 먼지 좀 내주려고 했는데, 지훈이가 봐주라고 하더라."

"지훈이가?"

"뭣도 몰라서 그런 거니까 두자고. 그 덕에 산 줄 알아, 인마."

고마운 마음이 들기는커녕 꼴에 대장 노릇을 하는 놈이 했다는 '뭣도 몰라서'라고 한 말이 가시처럼 턱 걸렸다. 순간 종오의 머릿속에 실실 웃으며 채혁을 말리는 지훈의 모습이 그려졌다. 그에게 만만해 보였다는 사실에 가슴 한가운데서 뜨거운 화가 치밀어 올랐다.

"더럽게 고맙네."

"더럽게? 말조심해. 애비가 판새인지 검새인지 몰라도 난 그런 거 안 따진다."

채혁이 주먹으로 그의 어깨를 강하게 쳤다. 종오는 아픈 티를 내지 않고서 채혁을 노려봤다. 두 사람의 눈빛 사이에서 긴장감이 흘렀다.

"너랑 빵성태 눈여겨보고 있어."

"성태는 너희 쪽 아냐?"

"그 자식 요새 못된 짓이 늘었더라. 애들한테 우유 셔틀 한 번 더 시키면 가만 안 둔다고 전해."

"네가 말해. 직접."

종오의 말에 채혁이 표정을 잔뜩 구겼다. '네가 감히?'라고 말하는 표정이었다. 어딘가 익숙했다. 일전에 창만을 겁박하기 위해 지었던 자신의 얼굴과 너무 닮아있었기 때문이다. 그것을 알아챈 순간 종오는 자존심이 무너져 내렸다. 그때 멀리서 지훈의 목소리가 들렸다.

"채혁아, 가자!"

"알았어!"

채혁이 냉큼 대답하더니 다시 종오를 노려봤다. 그러더니 갑자기 안면을 향해 주먹을 날렸다. 종오가 피하려다 뒤로 자빠졌다. 넘어지고 서야 알았다. 채혁이 때리는 척만 했다는 것을. 자빠진 종오를 내려보며 코웃음을 치던 채혁은 지훈이 다시 부르자 쏜살같이 달려갔다. 주인을 향해 달려가는 개처럼. 종오는 자신에게 수치심을 준 개에게도, 개 주인에게도 능멸감을 느꼈다. 서울에서는 겪지 못한 치욕이었다. 둘 모두를 죽여버리고 싶었다.

교실로 향하는 내내 분이 풀리지 않았다. 머릿속에서 채혁과 지훈에게 무수한 욕설을 퍼부었다. 교실에 도착해서 뒷문을 잡을 때까지도 손이 떨렸다. 부들거리는 손으로 천천히 뒷문을 열었다. 몇몇이 고개를 돌려 잠시 쳐다봤지만, 곧장 고개가 돌아갔다. 모든 아이의 시선이 한 곳에 쏠려 있었다.

"그러니까 고자질을 왜 했냐고? 왜? 바나나우유 하나 사주는 게 힘드냐? 돈도 주는데? 네 돈으로 사라는 것도 아닌데 그게 힘드냐고. 이?"

성태와 창만이었다. 창만이 궁지에 몰려 벌벌 떨고 있었지만, 누구도 말리지 못하고 있었다. 몇몇 아이들은 오히려 재밌어하는 눈치였다.

"이 자식이…."

성태가 주먹을 치켜들었다. 창만이 기겁하며 넘어졌다. 방금 전 종오가 넘어졌던 것처럼. 성태가 마치 조금 전의 채혁처럼 창만을 내려다보며 코웃음을 쳤다. 창만의 얼굴에 두려움이 나타났다. 분명 분노가 아니라 두려움이었다. 종오는 순간, 채혁의 눈에도 자신의 분노가 두려움으로 비추어진 건 아닌가 하는 생각이 들었다. 그때 교실 뒷문이 쾅 열렸다.

"황성태, 야 인마. 그 짓거리 하지 말랬지!"

지훈의 출견, 채혁이 일갈했다. 기고만장하던 성태는 순식간에 투견장에서 진 개처럼 힘없이 자리로 돌아갔다. 지훈은 창만의 손을 잡고 일으켜 세웠다. 어떤 위로의 말도, 다독임도 없이 그저 자리로 돌아가 앉아 성태를 노려봤다. 구경꾼들도 자리로 돌아갔다. 그 와중에 누군가 '지훈이 개멋있네'라고 했다. 종오가 고개를 들어 누가 그런 말을 했는지 살폈지만, 찾을 수 없었다.

하교 후 종오와 성태는 각각의 쓰라림을 안고 집으로 터벅터벅 걸었다.

"너 이제 빠유는 다 먹었네."

"바나나우유가 중요하냐, 지금. 아씨, 짜증 나."

"이지훈, 진짜 재수 없더라."

"아, 몰라."

"다른 애들은 그 자식 좋아해?"

"애들도 좋아하고, 형들도 좋아하고, 선생들도 좋아하지."

"그래?"

"공부도 잘하고, 그림도 잘 그려요."

"얼씨구."

"싸움까지 잘해."

"사람이 그렇게 완벽할 수가 있나. 분명 하자가 하나쯤 있을 건데."

"없던데."

"고추가 작겠지."

종오가 오른쪽 입꼬리를 올리며 비꼬았는데, 성태의 목소리에 더욱 힘이 빠졌다.

"아니야. 내가 저번에 봤어."

"그럼 빨리 뒈지겠지. 팔방미인은 단명하니까."

"남자는 미남이라고 부르지. 미인이 아니라. 병신아."

"에휴. 됐다, 등신아."

"너는 서울에서 왔다는 놈이 그렇게 무식하냐."

종오와 성태는 서로를 한심하게 바라봤다.

"이런 모지리. 이러니깐 맨날 당하지. 근데 넌 지훈이가 왜 뚱땡이를 챙기는 줄 알아?"

"잘난 동정심이지. 불쌍한 걸 못 참는 종자들 있잖냐."

"틀렸어. 그놈은 뚱땡이를 이용한 거야."

"뚱땡이를? 그럴 가치가 있나?"

"돋보이니까. 지가."

"아냐, 지훈이가 원래 좀 착하긴 해."

성태가 못마땅하지만, 인정할 수밖에 없다는 표정으로 말했다.

"너도 속고 있는 거야. 외지인만이 눈치챌 수 있어."

"그런가….'

종오가 침을 퉤 뱉으며 말했다.

"똥간 냄새가 얼마나 독한지는 딱 들어갔을 때만 알 수 있거든. 그 안에 있던 사람은 몰라. 그 냄새에 적응해 버린 뒤니까."

"냄새가 그렇게 독해?"

"못 견딜 만큼."

3. 현재, 은서, 은서 집

적막한 어둠이 까맣게 내려앉은 밤. 에리가 자는 것을 확인한 은서가 조용히 방문을 닫았다. 그녀는 1층 계단 중간에 있는 지훈의 사진 앞에서 잠시 멈춰섰다. 먼지떨이로 액자 모서리를 가볍게 털고서 사진 여기저기를 뜯어보던 은서가 낮은 목소리로 말했다.

"훈아. 있잖아. 어쩌면 말이야, 이제야 진짜 복수를 할 수 있을 것 같아. 법이 그르친 복수를 꼭 하겠다고, 엄마만 믿으라고 했지만 사실 뾔

족한 방도가 없었거든. 죽을 때까지 단 한 번의 기회도 없으면 어쩌나 걱정도 했었어. 네게 말은 못 했지만 말이야. 그런데 상황이 바뀌었어. 엄마는 지금 믿을 수 없는 일을 겪고 있어. 신께서 내 부탁을 들어주신 걸까. 아니면 네가 도운 걸까."

살아있는 아들을 대하는 심경으로 깊은 곳에 숨겼던 말을 꺼냈다. 그녀는 에리가 깊이 잠든 밤이면 지훈의 사진 앞에서 혼잣말하곤 했다. 처음에는 눈물이 그치지 않던 힘겨운 일이었다. 그저 그리움으로 이어갔던 일. 하지만 언제부턴가 사진 속 지훈에게 이런저런 말을 하는 시간이 하루의 피로를 푸는 행위가 되었다. 예전에는 10대 남자아이가 이해할 수 있는 수준의 단어를 골라야 했지만, 14년이 지난 지금은 성인과 대화하듯 이런 말 저런 말을 다 터놓고 해서 그런지도 몰랐다.

"그거 알아? 나 훌쩍 커버린 너 봤다. 어찌나 멋있던지. 찰나였지만 잊히지 않아. 얼마나 좋았는지 모를 거야. 늘 상상만 했거든. 14년이 지난 훈이는 어떤 모습일까, 하고. 그 모습을 다시 한번 볼 수 있다면 얼마나 좋을까. 훈아. 엄마가 잘 해낼게. 잘 해낸다는 게 어떻게 하는 건지는 나도 몰라. 그냥, 어떻게든, 바로 잡고 싶어. 어떻게든. 정말 어떻게든 말야."

그녀는 사진을 향해 미소를 보였다. 흐릿했지만 희망이 깃든 미소였다. 얼마 만에 느껴보는 기대감인지 가늠도 되지 않았다. 아들 앞에서 그런 미소를 지을 수 있어서 기뻤다.

아들과의 대화를 끝낸 그녀가 안방으로 갔다. 화장대 서랍을 끝까지 뽑아 숨겨둔 일기장을 꺼냈다. 일기장을 보자 두근거림과 답답함이 함께 밀려왔다. 신비로울 정도로 생생한 과거에 갈 수 있는 일기장이지만, 해결되지 않는 문제도 많았다. 개중 가장 큰 걱정거리는 현재로 돌아오는 방법을 모른다는 것이었다. 아무런 예고 없이 등장하는 새하얀 빛에 의해서 깨어날 뿐이었다. 만약 복수를 목전에 두고 새하얀 빛이 나타난다면 결정적인 기회를 놓치게 될 터였다. 지연할 수 있는 방법을 찾아야 했다.

또 다른 걱정은 직접 종오를 죽이지 못할 수도 있다는 것이었다. 지난 과거에서 종오의 목에 칼이 닿는 순간 깨어났다. 어쩌면 종오를 죽이지 못한다는 성태의 말은 사실일지도 몰랐다. 처음 과거로 돌아갈 수 있다는 말을 들었을 때, 가장 먼저 떠올린 건 지훈이 죽기 전에 종오를 죽이는 것이었기에 안타까움은 이루 말할 수 없었다.

일단 과거에 한 번 다녀오면 많은 궁금증이 해결될 거라고 했던 성태의 말은 거짓이었다. 시공간 이동을 경험하기 전 궁금증들이 가랑비였다면, 지금은 폭우처럼 쏟아지고 있었다. 하나 성태는 아직 의식을 찾지 못했고, 유일하게 실마리가 될 것이라 여겼던 13번 일기도 써버렸다. 스스로 답을 찾아야 했다. 은서가 일기장을 쥔 손에 꼭 힘을 줬다.

일기장을 넘겼다. 아직은 과거로 가는 것이 낯설었기 때문에 남은 일기 중 가장 덜 중요해 보이는 것을 골라야 했다. 살인을 준비하는 일기와 성태가 죽은 친구들을 처음 발견하는 일기를 고를 수는 없었다. 이런저런 고민을 하던 중 문득 맨 뒷장의 낙서도 시공간 이동을 할 수 있는지 궁금해졌다. 가능하다면 한 번의 기회가 더 있는 셈이었다. 조금은 떨리는 기분으로 맨 뒷장을 펼쳤다.

"라이터, 라이터, 라이터, 라이터, 라이터…."

아무런 변화도 없었다.

"낙서라서 안 되는 건가."

혼잣말을 한 은서가 다시 일기를 살피며 덜 중요한 부분을 골랐다. 그렇게 고른 것은 첫 번째 일기였다. 종오가 전학 오는 내용이었다. 아직 기회가 많이 남았으니 조금은 덜 긴장해도 된다고 자기 최면을 걸었지만, 생각과 달리 떨림이 진정되지 않았다. 이번 일기를 통해 지훈을 만날지도 몰랐기 때문이다. 전학생을 소개하는 시간이었다면 같은 반 지훈이 없을 리 없었다. 은서가 떨리는 마음으로 벽에 등을 기대앉았다. 하얀 조명 아래서 조심스럽게 일기를 읽어나갔다. 일기가 한 글자씩 지워지고 있었다.

1번

재수 없는 놈이 전학 왔다. 문종오. 사내자식이 계집애처럼 허여멀건 걸 보니 서울놈이 맞나보다. 딱 싸가지 없을 관상이다. 벤츠 타고 온건 좀 부럽네.

4. 과거, 은서, 화송중학교

감았던 눈을 서서히 뜨자 넓어지는 시야로 교실이 펼쳐졌다. 스피커 볼륨을 천천히 올린 것처럼 아이들 떠드는 소리가 조금씩 크게 들려왔다. 은서가 황급히 자신의 몸을 살폈다. 교복에 명찰이 붙어 있었다.

2744 황성태

세 번째 시공간 이동. 벽시계가 8시 14분을 가리키고 있었다. 아직 수업 시간 전이라 그런지 몇몇 아이들이 돌아다니고 있었다. 그녀가 고개를 이리저리 돌렸다. 그녀가 찾는 사람은 당연하게도 지훈이었다. 하나 지훈은 교실에 없었다. 그때 한 녀석이 은서를 불렀다.

"야! 빵성태!"

너무 큰 목소리에 깜짝 놀라고 말았고, 그러다 실수로 옆에 있는 친구를 치게 되었다. 거나란 넝치, 두꺼운 안경. 창만이었다. 은서가 반사적으로 사과했다.

"아, 미안."

"내가 미안해. 내가 거기 있어서….."

"무슨 말이야, 내가 쳤는데."

그녀는 공격적이지 않은 말투로 말했지만, 창만은 어찌할 바를 몰랐다. 평소 성태의 행실을 알 법했다. 은서는 잔뜩 긴장한 상대를 위해 더욱 부드러운 말투로 말했다.

"아냐. 괜찮아."

"그리고 이거 바나나우유….."

"이게 뭐야?"

"아, 아. 미안해. 빙그레는 다 팔렸더라고."

"뭐?"

"다른 데 갈 시간이 없었어. 지훈이 오기 전에 줘야 하니까….."

지훈. 그 이름에 은서의 심장이 저릿했다.

"참, 뭐가 자꾸 미안하다는 거야. 그러지 마. 바나나우유도 너 먹고."

"왜 그래, 무섭게. 내가 잘못했어. 다음부터는 꼭 빙그레로 사올게….."

은서는 어떻게 해야 할지 몰랐다. 절대 단번에 바뀔 관계가 아니었다. 그냥 웃으며 바나나우유를 받는 게 도와주는 거란 생각이 들었다.

"알았어. 고맙다. 잘 먹을게!"

내일부터는 안 사와도 된다는 말은 삼켰다. 은서가 현실로 돌아간 뒤에 발생할 일을 책임질 수 없었다. 그사이 처음 성태를 불렀던 녀석이 옆에 와서 앉았다. 첫 번째 과거로 갔을 때 만났던 동하였다.

"빵성태, 너 어제 박지성 경기 봤냐?"

"아니…."

"맨유 빠돌이가 웬일이래?"

녀석이 주먹으로 어깨를 가볍게 툭 쳤다.

"어제 어떻게 됐는데?"

"원 골대, 원 어시! 아, 골대는 진짜 아까웠단 말이지."

은서는 무슨 말인지 알아들을 수 없었지만, 동하의 상기된 말투로 미뤄봐서 대단한 성과가 분명했다.

"이야. 엄청나다! 역시 박지성 선수."

"뭐지 울 엄마 말투는?"

"아, 그게. 죽인다고!"

"이 자식, 오늘 좀 이상한데."

녀석이 고개를 갸우뚱하며 바라봤다. 당황한 은서가 동하를 툭 치며 말했다.

"뭐가 인마?"

"너 지금 뚱땡이가 빙그레로 안 샀는데도 그냥 보냈지?"

"바나나우유가 다 거기서 거기지. 안 그래?"

"그러니까 이상하지. 거기서 거기인 거 가지고 그 난리를 떨던 놈이 가만히 있으니까.”

동하의 말에 식은땀 한줄기가 등에서 빠르게 미끄러져 내려갔다. 자신이 성태가 아닌 것을 들킬 것 같았기 때문이다. 왠지 들키면 안 될 것만 같았다. 누구도 말하지 않았고, 이유도 몰랐지만 그래야 할 것 같았다. 뒤틀려 버린 시간에 갇히게 될지, 다시는 과거로 못 가게 될지, 어떻게 될지 몰랐다. 모를 때는 조심해야 했다. 그녀는 성태인 척 들뜬 목소리로 말했다.

“됐고, 어시는 어떻게 했어?”

“루니가 한 50미터쯤 치고 달리다가 호날두, 아니지…. 내가 헷갈렸다.”

가늘게 눈을 뜬 동하가 턱을 괴며 말했다.

“루니가 치달하다가, 반 데 사르에게 스루를 날렸어. 반 데 사르가 헛다리로 세 명을 제끼고 박지성에게 센터링을 올렸지.”

“역시 반 데 사르!”

“박지성이 다이빙 헤딩으로 퍼거슨에게 줬는데….”

동하의 말에 낯선 이름과 용어가 난무해 필사적으로 집중하며 들었다.

“줬는데. 그래서? 어떻게 됐어?”

“어떻게 됐을까?”

은서는 방금 동하의 입에서 나왔던 이름을 급히 떠올렸다.

“어…. 퍼거슨이 바로 넣었어?”

“그럼. 유망주 퍼거슨이 오버헤드킥으로 골을 넣었지.”

“와, 죽인다. 퍼거슨은 못 막지!”

“그치 맨유 유망주니까.”

"어린놈이 잘한다니까."

은서가 손뼉까지 치며 과장된 리액션을 했다. 그러자 동하가 손을 쑥 내밀어 은서의 볼을 잡아당겼다.

"완전 맛탱이 갔는데?"

"왜 또?"

"반 데 사르는 골키퍼야. 퍼거슨은 할아버지 감독이고. 유망주가 아니라. 약 먹었냐?"

그녀는 정체가 들킬지 모른다는 생각이 들어 모골이 송연해졌다. 분위기를 바꿔야 했다. 질끈 눈을 감았던 은서가 갑자기 미친 듯이 웃었다.

"푸하하하하!"

"얘 정신병원 가야겠는데?"

"속는 척 해봤다. 하여튼 넌 눈치가 그렇게 없어서 어떡하냐."

"아씨, 뭐야. 깜짝 놀랐잖아. 기억상실증 걸린 줄 알았네."

"야, 창만…, 아니 뚱땡이! 당장 와봐."

은서의 말에 멀리 있던 창만이 잽싸게 뛰어왔다. 되도록 다른 친구를 부르고 싶었지만, 이름을 아는 사람이 창만밖에 없었다.

"반 데 사르가 누구야?"

"맨유 골키퍼."

"퍼거슨은?"

"맨유 감독."

"봤지? 동하야. 얘도 아는 걸, 내가 모르겠냐?"

은서가 창만의 등을 다독이고 가라고 손짓했다. 잔뜩 움츠린 채 돌아가는 창만을 보는 마음이 콕콕 찔렸다. 반면 동하는 의심을 거둔 듯했다.

"그럼 그렇지. 오늘 마치고 피시방이나 가자! 내가 필살 빌드 하나 준비했다."

뭐가 신났는지 동하가 어깨를 들썩이며 사라졌다. 은서는 슬쩍 이마의 땀을 닦으며 한숨을 돌렸다. 두근거리는 심장이 조금씩 진정되고 있을 때 교실 뒷문 열리는 소리가 났다. 은서의 시선이 뒷문으로 향했다. 순간 사위가 고요해졌다. 그토록 보고 싶었던, 꿈에서도 그렸던, 아들 시훈이 있었다.

깔끔하게 세운 앞머리. 훤한 이마. 또렷하고 맑은 눈. 매끈한 콧날. 선명한 턱선. 어렸을 때 얼굴 그대로였다. 매일 사진으로만 보던 아들이 걸어오는 모습이 감격스러워 은서는 저도 모르게 지훈에게 한 걸음씩 다가갔다. 얼굴이 맞닿을 만큼 가까운 거리까지 간 그녀는 가만히 서서 지훈의 얼굴을 하나씩 뜯어봤다.

"내 얼굴에 뭐 묻었냐?"

영문을 알 리 없는 지훈이 당황한 말투로 말했다. 은서는 울음이 터질듯한 얼굴로 지훈의 손을 잡고 애절하게 매만졌다.

"훈아…."

"미쳤냐?"

옆에 있던 채혁이 은서를 밀쳤다. 뒤로 밀린 은서가 다시 지훈에게 걸어갔다.

"황성태, 너 뭐하냐?"

지훈의 입에서 나온 말에 은서는 자신이 성태의 모습을 하고 있었다는 걸 깨달았다. 서러운 반가움에 눈물이 차올랐다. 그 모습을 본 채혁이 잔뜩 미간을 찌푸리며 말했다.

"애 곧 울겠는데?"

"너 왜 그래?"

지훈이 놀란 얼굴로 은서의 어깨를 다독였다. 어깨를 토닥이는 손길에서 아들 냄새가 났다. 절대 잊을 수 없는 냄새였다. 순간 아들과의 추억들이 생생하게 그녀를 덮쳤다. 목욕을 시킬 때 울다가도 비눗방울만 보면 울음을 뚝 그쳤던 어린 지훈, 처음 사랑한다고 써준 편지에 뒤집힌 'ㄹ', 감기몸살에 걸리면 아들이 끓여줬던 콩나물국. 그동안 잊고 지냈던 많은 것들이 떠올랐다. 다른 감각들은 시상을 거쳐 대뇌로 전달되지만 후각은 곧장 대뇌로 전달된다는 것, 또 후각은 감정과 기억을 담당하는 부분에 곧장 연결된다는 것을 이론으로만 알았지 냄새 하나로 잊었던 추억까지 떠오를 줄은 그녀도 몰랐다. 더는 울음을 참을 수 없었다. 은서가 지훈의 품에 얼굴을 박고 울었다.

"이런 미친…. 게이냐?"

채혁이 소리쳤지만, 은서가 어찌나 서럽게 우는지 차마 둘을 떼놓지 못했다. 당황한 지훈도 가만히 있었다. 이해할 수 없는 장면에 아이들이 수군댔다. 어느 정도 시간이 흐른 뒤에야 지훈이 조심스레 은서를 밀어냈다.

"애 좀 화장실에 데리고 가."

지훈의 말에 채혁이 손을 내밀었지만, 은서가 손바닥을 내보여 거절의 의사를 보였다. 그녀는 혼자 화장실에 갔다. 거기서 못다 한 울음을 전부 토해냈다. 아들을 봐서 너무나 반가우면서도 그 마음을 표현하지 못하는 게 참 애달팠다. 눈물은 생각보다 쉬이 그쳐지지 않았다. 순간 13번 일기의 기억이 머리를 스쳤다. 칠흑 같은 어둠에서 봤던 여러 장면. 그중에 성태가 지훈의 품에 안겨 서글프게 우는 장면이 있었다. 알 수 없는 운명의 힘이 무섭게 다가왔다.

'이 또한 정해진 길일까. 그렇다면 지금 제대로 가고 있는 걸까.'

그런 생각에 이르자 마냥 울고 있을 수만 없었다. 미지의 결말을 향해 나아가야 했다. 찬물로 세수하고서 겨우 울음을 참아냈다. 그녀가 힘겹게 교실에 돌아왔을 때, 담임 교사가 칠판 앞에 서 있었다.

"황성태? 괜찮아? 울었다면서?"

"네….'

은서의 후배였던 김주미였다. 은서를 잘 따랐던 후배이자 지훈의 마지막 담임. 장례식장에서 서럽게 울던 모습이 마지막이었는데, 이렇게 만나니 만감이 교차했다. 하지만 은서의 마음은 곧 차게 식었다. 주미 옆에 선 전학생과 눈이 마주쳤기 때문이다. 문종오였다. 은서는 종오를 노려보며 자리에 앉으며 혼잣말을 했다.

"문종오….'

"너 쟤 알아?"

짝인 동하가 물었지만, 은서는 대답하지 않았다. 주미가 아이들 앞에서 말했다.

"자자. 집중. 오늘 한 명이 전학왔다. 전학생 자기 소개해."

"내 이름은 문종오야. 서울에서 왔어. 잘 부탁해."

옆에 있던 동하의 눈이 휘둥그레졌다.

"너 쟤 이름 어떻게 알았냐?"

은서는 아무 대답도 하지 않았다.

"주목, 주목. 이번 주 학교폭력 예방 주간인 거 알지? 이번 주에 걸리면 벌점 두 배야. 전학생 괴롭히지 말고 알아서들 조심해."

주미가 나갔다. 그러자 반 아이들이 전학생 주변에 몰렸다. 시계를 바라봤다. 8시 46분. 1교시 수업 전까지 14분이 남아 있었다. 시간은 충분했다. 그녀가 천천히 자리에서 일어났다. 몇몇 아이들이 종오 주위를 감싸고 있었다. 은서는 무리를 뚫고 들어가 종오를 잡아채 넘어뜨렸다. 그리고 전후 사정 설명 없이 종오를 마구 찼다. 남자 몸이라 그런지 퍽 강한 힘이 실렸다. 14년의 한을 담아서 힘껏 놈을 걷어차고, 또 차고, 또 찼다. 태어나서 누군가를 처음 때려보는 순간이었다. 심장이 터질 듯 펄떡였다. 모든 것이 끝났다고 여겼던 순간의 좌절들이 떠올라 허벅다리에 더 힘을 줬다. 미결로 남았던 삶의 숙제를 완결로 만들기 위해 발끝에도 힘을 실었다. 종오는 요령도 없이 마구 차는 은서의 발길질을 영문도 모른 채 잔뜩 움츠려 받아내고 있었다. 그러나 은서의 구타는 오래가지 않았다. 어느새 친구 서넛이 들러붙어 은서를 뜯어말렸다.

"황성태, 왜 이래?"

"아아악! 이거 놔! 놓으라고!"

그녀가 자신을 잡는 손을 뿌리치기 위해 발악했다. 몸은 뒤로 밀렸지만, 눈빛만은 종오를 쏘아보고 있었다. 은서는 이대로 끝낼 수 없었다. 그녀의 슬픔을 앙갚음하기에는 턱없이 부족했다. 은서가 울분을 담아 외마디 소리를 질렀다. 그때였다. 종오가 천천히 몸을 일으켜 세우더니 은서를 향해 달려들었다. 무서운 얼굴을 하고서. 그 순간, 번쩍 하얀 빛이 비쳤다. 시공간 이동의 끝을 알리는 빛이었다.

"안 돼, 아직은!"

은서가 소리를 지르며 필사적으로 눈에 힘을 줬지만, 주변 모든 것을 하얗게 덮어버리는 빛에 눈을 감을 수밖에 없었다. 은서는 자기 의지와 상관없이 눈을 깜박이고 말았다.

5. 현재, 은서, 은서 집

은서가 가쁜 숨을 내쉬며 깨어났다. 직전의 감정이 남아 심장이 벌렁거렸다. 이불을 걷고 벌떡 일어나 앉았다. 주변이 온통 깜깜했다. 뭔가 이상했다. 그녀는 분명 벽에 기대서 일기를 읽고 있었다. 안방 조명을 끈 적도 없었고, 이불은커녕 눕지도 않았다.

정신이 없었지만 휴대폰부터 꺼냈다. 어둠 속에서 허옇게 빛나는 액정이 잔뜩 미간을 찌푸린 그녀의 얼굴을 스산하게 밝혔다. 은서가 떨리는 손으로 사건을 검색했다.

화주 농약 살인사건

그녀의 기대와 달리 지훈이 종오에 의해 죽었다는 사실은 변화가 없었다. 내심 기대한 부분이 있었기에 입안이 썼다. 그녀는 성태와 종오를 원수 사이로 만들 작정이었다. 종오가 지훈을 싫어했던 이유가 성태에게 있을지도 모른다고 짐작했기 때문이다. 종오는 전학을 온 그 해에 지훈과 채혁을 죽였다. 그렇게 짧은 시간에 누군가를 죽일 만큼 싫어진다는 걸 은서는 도무지 이해할 수 없었다. 일기를 보면 성태는 지훈을 노골적으로 싫어했다. 종오가 성태와 늘 붙어 다니다가 감정이 전이된 것일지 몰랐다. 그래서 종오에게 달려들었다. 전학 첫날부터 사이를 틀어지게 만들기 위해서. 그러면 사건이 일어나지 않을까 하여. 하지만 일은 그녀의 추측대로 진행되지 않은 모양이었다. 관자놀이를 누르며 일어난 은서가 방에 불을 켜려 할 때였다. 방문이 열리며 에리가 고개를 내밀었다.

"엄마, 괜찮아요?"

6. 현재, 은서, 은서 집

세 번째로 과거에 다녀오고 3일이 지났다. 그 뒤로 독한 몸살을 했
다. 과거에서 아들을 보고 난 뒤 꽁꽁 덮어뒀던 그리움이 생살을 찢으
며 다시 피어나는 모양이었다. 감기로 인한 몸살이 아니어서인지 감기
약도 듣지 않았다. 그 모습을 보며 걱정에 차 있던 에리가 레토르트 식
품이 아닌 음식을 차린 건 3일 차 저녁이었다. 에리는 작은 반상에 따
뜻한 국과 밥을 내왔다. 콩나물국이었다. 은서는 눈물이 왈칵 터지려
는 것을 겨우 참았다. 그녀가 아플 때면 지훈이 콩나물국을 끓여주곤
했기 때문이다. 그때 온몸의 털이 곤추섰다. 13번 일기에서 콩나물국
을 먹으며 우는 장면을 봤었기 때문이다. 그때 봤던 상차림과 똑같은
밥상이 눈앞에 있었다. 은서는 심호흡을 크게 하고서 국물을 한입 떴
다. 뜨끈한 국물을 삼키는데 참았던 눈물이 뚝 떨어졌다. 그녀가 고개
를 숙인 채로 얼른 눈물을 훔쳤다.

"그렇게 맛없어요?"

"아니, 너무 맛있어."

"인터넷 레시피를 보고 만든 거긴 한데, 간마늘을 너무 많이 넣어버
렸어요."

"간마늘이 듬뿍 들어가야 개운하지."

"그래요?"

"맛있어. 아플 때는 간마늘이 듬뿍 들어간 콩나물국이 제일이더라."

은서의 눈치를 살피던 에리가 환히 웃었다.

"우와 기분 좋네요. 사실 끓이기 쉬워서 한 건데."

"정말 맛있어. 어떻게 이렇게 깊은 맛을 내지?"

"눈치 없이 엄마보다 잘 끓인 건 아닌지 걱정이네요. 아픈 사람 기 죽이면 안 되는데."

"진짜 눈치라곤 하나도 없네. 딸 요리 솜씨에 기가 죽는다, 죽어."

"그럼 국물까지 호로록 다 드시고, 약도 챙겨 드세요."

"이 온기가 약이야. 어떻게 이렇게 따뜻할 수 있는지, 참 좋다."

은서가 뱅싯 웃고는 콩나물국에 밥 한 그릇을 모두 말았다. 숟가락 으로 밥을 꾹꾹 눌러 비벼서 한 그릇을 깨끗하게 비웠다.

"보고만 있어도 배부르다는 말이 이런 건가."

"이것 봐, 완탕."

그녀가 에리에게 빈 그릇을 보이며 환하게 웃었다.

"3일 전에는 진짜 놀랐었다니까요. 처음에는 책보다 잠든 줄 알았 어요."

에리가 별것 아닌 일처럼, 우연히 생각난 이야기인 듯 가볍게 3일 전 일을 꺼냈다. 은서는 에리가 이 이야기를 꺼내기 위해 눈치를 보고 있 다는 것을 알았다. 기절한 듯 쓰러진 이유가 걱정되고 궁금했을 터임에 도 먼저 말을 꺼내지 않는 에리의 마음 씀씀이가 고맙고 미안했다.

그랬기에 은서는 과거로 가는 일기장에 대해 말하지 않는 게 좋을 것 같았다. 당장 자신도 감당하지 못하는 일을 에리에게 알릴 수는 없 었다. 예상치 못할 위험이 생길지도 모를 일이었다. 은서는 에리를 지 켜야 했다.

"내가 끙끙 앓았다고 했지?"

"아픈 사람처럼요. 괜찮냐고 말을 걸어도 대답이 없는 거예요. 잠귀가 그렇게 밝은 안 여사께서."

"갑자기 몸살 기운이 확 올랐나 봐. 이제는 괜찮네."

"다른 이유가 있었던 건 아니에요? 제가 모르는."

"그런 게 어딨어. 없어."

"저번에 새벽에 어디 다녀오셨잖아요. 급하게요. 그 뒤로 안색이 안 좋았어요."

성태 만나러 서울의 병원에 다녀온 일을 에리가 기억에 담아두고 있었던 모양이었다.

"아니야, 그 일은 별거 아니었어. 해결도 잘 됐고. 그런데 에리야, 네가 자는 걸 분명히 봤었는데. 어떻게 안방에 내려왔어? 그날 밤에 말야."

"아, 그게요. 요즘 이상하게 밤에 자주 깨요. 불안해서요."

"네가 불안할 게 뭐가 있어?"

"만 14세가 다가오니까요."

"만 14세? 그게 왜?"

만 14세가 주는 의미를 뼈저리게 알고 있는 은서였지만, 태연한 척 되물었다. 제발 에리가 그녀의 짐작과는 다른 말을 하길 바랐다. 은서의 물음에 에리가 우물쭈물했다. 13번 일기에서 봤던 장면 하나가 그녀를 더욱 불안하게 만들었다. 에리가 종오를 찌르는 장면이었다. 이런 그녀의 마음을 아는지 모르는지 에리가 천천히 말을 꺼냈다.

"제가 오빠의 복수를 하고 싶어요."

"뭐라고?"

은서가 제발 아니길 바랐던 말이었다. 에리의 결연한 표정이 결코 가벼이 내린 결정이 아니라고 말하는 것 같아서 더 불안했다.

"눈에는 눈. 이에는 이니까요."

"안 돼. 복수는 무슨 복수야. 네가 복수를 왜 해?"

"다 알아요. 엄마는 여전히 오빠를 그리워한다는 거. 하루도 잊지 않고 있다는 거."

"그거야 당연하지. 아들이잖아."

"그리움을 넘어 복수까지 생각하잖아요."

에리의 말에 은서가 석잖이 놀랐지만, 계속해서 내색하지 않으려 애쓰며 둘러댔다.

"네가 뭘 오해했는지 모르겠지만, 난 복수를 생각하지 않아. 오래전에 끝난 일이야."

"엄마가 그렇게 말해도, 제가 할 거예요."

"어떻게 복수를 하겠다는 건지 모르겠지만, 그리고 자세히 묻고 싶지도 않지만, 안 된다는 것만 알아둬. 난 내 딸을 그렇게 만들 수 없다."

"엄마가 만드는 게 아니에요. 제 선택이에요."

"에리야."

"저 알고 있어요."

"뭘 알고 있다는 거야?"

은서의 물음에 에리의 눈동자가 흔들렸다. 에리가 어떻게 말해야 할지 단어를 고르는 모습이 보였다. 고민은 꽤 길어졌고, 그 정적이 긴장감을 만들었다. 한참의 시간이 흐른 뒤 에리가 무겁게 입을 열었다.

"제가 엄마의 친딸이 아니라는 거요."

7. 과거, 14년 전, 은서, 김포 시 병원

택시에서 내린 은서가 병원으로 뛰어들었다. 펄럭이는 새까만 상복이 그녀의 다급함을 가쁘게 표현했다. 하루 종일 물 한 모금 넘기지 못했던 그녀는 남은 힘을 짜내며 달렸다. 숨을 할딱이며 수술실 앞에 도착한 은서가 헛구역질하는 사이 수술실에서 의사가 나왔다. 의사는 상복을 보고 흠칫 놀랐지만, 감히 사연을 묻지 못하는 얼굴이었다. 옆에 있던 간호사가 액정에 잔뜩 금이 간 휴대폰을 건넸다.

"여기 안윤서 씨 휴대폰입니다. 옷 속에 있었어요."

은서가 떨리는 손으로 휴대폰을 받았다. 의사가 힘겹게 입을 뗐다.

"구급대원이 덤프트럭과 충돌했다 하더군요. 택시기사분은 안전벨트를 하셔서 목숨은 구했지만, 뒤에 타셨던 두 분은 그렇지 않았던 모양입니다. 어…. 안윤서 씨는 두개골 골절이 있었고 뇌를 싸고 있는 막 안쪽에 급성 경막하 출혈이 심해서 최대한 빨리 수술을 진행했습니다만…."

"살려주세요. 선생님, 제발 살려주세요."

은서가 의사를 향해 절절하게 호소했지만, 의사는 그녀의 눈을 피했다.

"지금으로선 기적을 바랄 수밖에 없습니다. 기적이 일어난다고 해도 장애가 남을 수 있고요. 이민기 씨는 구급차에서 이송되는 과정에서 사망하셨고…."

이미 잔뜩 불안을 뒤집어쓴 그녀의 표정에 더 큰 공포가 파랗게 뒤덮었다. 은서가 말을 더듬거렸다.

"차에 아기는, 아기는 없었나요?"

"아기요? 아기에 대해선 못 들었는데요."

"갓난아기가 없었다고요?"

"차량에 아기가 있었다고 했나요?"

의사가 옆에 선 간호사를 향해 시선을 돌렸다.

"모, 모르겠어요. 잠시만요, 제가 가서 확인할게요."

별안간 질문을 받은 간호사는 눈이 땡그랗게 커지더니, 확인하고 오겠다는 말과 함께 어디론가 갔다. 그녀의 잰걸음을 바라보던 은서가 무언가가 떠오른 듯 갑자기 윤서의 휴대폰에서 통화 목록을 열었다. 깨진 액정에 '박선정 이모님'과 수차례 통화한 기록이 떠올랐다. 그녀는 곧장 '박선정 이모님'께 전화를 걸었다.

"애기 엄마, 이 새벽에 뭔 일이여요?"

어느 중년의 여인이 잠에서 덜 깬 목소리로 전화를 받았다.

"에리, 에리가 거기 있나요?"

"옴마. 애기 엄마 아녀요? 누구시죠?"

"저는 에리 이모입니다. 안윤서 언니요. 에리 있어요?"

"애기 엄마 언니요? 아, 그러면 에리 이모…. 아이고 시상에나! 에리 이모요?"

중년의 여인이 돌연 잠이 확 달아난 목소리로 놀라 되물었다.

"예, 맞습니다. 그런데요…."

"시방 상중 아녀요? 애기 엄마가 조카 장례식장에 간다고 급허게 올라갔는디. 우째유, 아들이. 그 어린 나이에. 나가 다 눈물이 나네. 시상에나. 울 언니도…."

자신을 향한 동정을 들을 여유가 없는 은서가 매몰차게 말을 끊었다.

"아주머니, 거기 에리 있냐구요?"

"예?"

"에리요. 이에리!"

"예예. 에리야 지 옆에서 새근새근 자고 있지요."

"정말요? 거기 있어요?"

"암요. 첨엔 애를 델꼬 갔는데, 비가 와서 뱅기가 안 뜨는거유. 우째유? 젖먹이를 그 찬데서 델꼬 있을 수 없잖유. 그니께 지가 이렇게 델꼬와서 재우고 있지유. 근디 무슨 사달 났슈? 여보세요? 여보세요?"

조카가 살았단 말에 은서는 다리가 풀려버렸다. 불행 중 다행이었건만, 그제야 동생 내외를 덮친 슬픔이 그녀의 가슴에 훅 파고들었다. 은서는 받아들일 수 없었다. 수술실 앞에서 무릎을 꿇은 은서가 어깨가 아프도록 울며 하늘을 원망했다. 터져 나오는 울음에 폐가 저렸지만, 멈출 수 없었다. 추악하고, 몰상식하고, 파렴치한 존재들이 길바닥에 널렸는데 이 고통이 본인을 향하는 건 말이 안 됐다. 무언가가 잘못되어도 단단히 잘못됐다는 생각뿐이었다. 분하고 원통했다. 꿈에도 생각하지 못한 아들의 죽음. 그 장례식을 찾아오던 동생 내외의 죽음. 그녀는 남은 날을 살아갈 자신이 없었다. 미어지게 비통한 울음이 병원을 가득 채웠다.

8. 현재, 은서, 은서 집

에리가 덤덤한 말투로 긴장을 숨기고자 했지만, 목소리 끝이 떨리는 건 숨길 수 없었다.

"뭐, 뭐라고?"

"알고 있었다고요. 제가 엄마의 친딸이 아니라, 조카라는 거…."

그 말에 은서는 더는 태연하지 못했다. 에리가 그 사실을 알 거라고는 생각조차 해본 적 없었기 때문이다. 아니라는 말조차 못 하는 은서에게 에리가 작은 수첩을 건넸다. 겉표지가 눈에 익었다. 윤서가 에리를 가졌을 때부터 매일 쓰던 육아 수첩이었다. 사이사이에 폴라로이드로 찍은 사진들이 끼어있는 수첩. 제주의 쪽빛 파도 앞에서, 돌담 너머 감귤나무 아래서, 아기 침대가 있는 윤서의 침실에서 윤서, 민기, 에리가 함께 있었다. 회색빛으로 흐려진 아픔이 선명하게 살아났다. 은서가 입술을 질끈 깨물었다.

"우연히 찾았어요. 사진 속 아기는 전데, 엄마는 엄마가 아니었어요."

"언제 처음 알았어?"

"6학년 때요."

"옷장 깊숙이 숨겼는데 어떻게 찾았니?"

"호기심 많은 아이는 집안을 훤히 안답니다."

"어제 전까지만 해도 상자 안에 있었는데. 이게 어떻게…."

"거기에 계속 있었어요. 좀 전에 보고 싶어서 잠깐 꺼내 봤어요."

예상하지 못했던 에리의 고백에 혼미해졌다.

"미안해. 정말 미안해. 너무 중요한 걸 숨겼어, 내가."

"미안하긴요. 제가 평생 감사해야죠. 이렇게 키워주셨는걸요."

"못난 핑계지만 널 위해 그랬어…."

"알아요. 저라도 그랬을 거예요."

은서는 평생을 두려워했다. 에리가 먼저 알게 될까 봐, 원망할까 봐. 하지만 에리는 원망은커녕 섭섭한 내색조차 하지 않았다.

"고마워, 에리야. 저기⋯."

"말씀하세요."

"엄마, 아빠가 궁금하지 않니?"

"해요⋯, 많이⋯, 궁금⋯. 정말요."

떠듬거리는 단어 사이로 켜켜이 쌓인 그리움이 느껴졌다.

"먼저 윤서는, 음⋯. 상자 같았어."

"상자요? 박스?"

에리가 놀란 듯 되물었다. 은서는 에리의 눈을 보며 고개를 끄덕였다.

"우리 엄마, 그러니까 에리 외할머니는 아이를 보면 강아지와 고양이로 구분하시곤 하셨어. 특별한 기준이 있거나 하진 않고, 인상이나 행동을 보곤 이분법으로 나누셨지. 내겐 '은서는 얼굴도 굉이상에, 행동도 영판 굉이다'라고 자주 말씀하셨어. 그래서 어릴 때부터 난 고양이와 닮았나보다 하고 생각했지."

"엄마는. 아, 그러니깐 제 친엄마는 고양이였어요? 강아지였어요?"

"나와 윤서는 4살 차이인데, 윤서가 3살 때 엄마가 돌아가셨어. 그래서 잘 기억이 안 나. 윤서가 고양이였는지, 강아지였는지. 당연히 윤서도 기억을 못했고."

"그랬구나. 그런데 엄마는 진짜 고양이 같아요."

"그치? 내가 좀 독립적인 구석이 있긴 하니까. 그런 내가 유일하게 기댈 수 있는 사람이 윤서였어."

"4살이나 동생인데요?"

"어른이 되고 나면 4살은 아무것도 아니란다."

"설마 고양이가 박스만 보면 쏙 들어가서 안정감을 느끼는 모습에 비유하신 거예요?"

"정답."

"와. 대박. 재밌어요. 외할머니가 불러주신 고양이라는 별명과 상자라니."

"세 사람이 이어지는 것 같지?"

"하나의 끈으로 연결된 것 같아요."

은서가 가볍게 웃더니, 휴대폰을 꺼내 에리에게 보여줬다.

"여기 봐. '내 상자'라고 저상되어 있지?"

"아직 번호를 안 지웠네요?"

"어떻게 지워. 내가 윤서를. 어떻게…."

"엄마…."

은서의 눈에 금방이라도 쏟아질 듯 눈물이 차올랐다. 그녀는 눈물을 흘리지 않기 위해 애쓰며 말했다.

"지극히 개인적인 설명이라 좀 그랬지?"

"충분합니다."

에리가 은서의 손을 꼭 잡으며 미소지었다.

"결혼은 내가 세간의 평균보다 조금 빨랐고, 윤서는 조금 늦었지. 윤서는 임신이 잘 안돼서 고생을 많이 했어. 늦은 나이에 낳았던 소중한 아이가 에리고."

"제가 그런 아이였군요."

"그런 아이지. 엄청 엄청 소중한. 윤서 이야기는 천천히 계속 말해줄게."

"기대하겠습니다. 그럼 아빠는요? 어떤 사람이었어요?"

"보자. 음…. 네 아빠는 책갈피 같은 사람이랬어, 윤서가."

"책갈피요?"

"윤서는 인생이 한 권의 이야기책과 같다고 했어. 한 사람의 역사와 희로애락이 담긴. 백과사전보다 두껍고, 전화번호부보다 빽빽한 그 책에서 사람들은 가끔 길을 잃는대. 무슨 이야기를 쓰고자 했는지, 어디쯤 썼는지 헷갈리는 거지. 아무리 정확한 비전을 갖진 사람도 그렇잖아. 그럴 때마다 민기 씨가 자신을 잡아줬대. 삶이란 책에서 지면을 낭비하지 않도록. 도서 <윤서>에서 주인공 윤서가 있는 곳에 항상 함께하는 사람. 잠깐 손을 놓쳐서 후루룩 몇 장이 쏟아져도, 윤서가 있던 그자리를 지키는 사람. 그런 사람이었대. 민기 씨는."

"그랬군요."

"이번에도 지극히 개인적인 설명이었지? 미리 준비했으면 좀 더 잘 설명할 수 있었을 텐데."

"딱 좋아요, 지금의 설명. 느낌이 와요. 두 분이 어떤 사람이었는지요."

"네 엄마, 아빠는 좋은 사람이었어. 그 좋은 사람들을 왜 그리 일찍 부르셨을까?"

"좋은 사람을 곁에 두고 싶은 마음 아닐까요?"

"그럴까?"

"분명 여기보다 더 행복하게 지내고 계실 거예요."

눈가가 아직 젖어 있는 은서가 에리를 보며 살며시 웃었다.

"그럼 나는 장수하겠는데? 에리의 비밀을 오래 숨긴 나쁜 사람이니."

"무슨 그런 섭한 말씀을. 장수는 환영합니다만요, 엄마."

순간 은서의 심장이 쿵 하고 바닥까지 떨어졌다. 매번 듣던 엄마란 말이 오늘따라 무겁고 죄스럽게 느껴졌다.

"있잖아…. 지금껏 염치없게도 감히 네 엄마 노릇을 했어. 다시 한 번 사과할게. 앞으로는 엄마라고 부르지 않아도 돼."

"무슨 말씀이세요!"

"난 진짜 네 엄마가 아닌 걸."

"아이, 참. 진짜 그런 말 하기 있기, 없기? 절 고아로 만들 거예요?"

"그, 그런 말이 아니라…."

"이 세상이 끝날 때까지, 제게는 엄마가 엄마예요. 여태껏 변함없었고, 앞으로도 변함없을 서예요."

은서는 가슴속 깊은 곳이 뜨거워지는 것을 느꼈다. 왈칵 눈물이 쏟아질 것만 같았다. 눈물을 들키지 않기 위해서 얼른 에리를 끌어안고 눈을 깜박였다. 은서의 마음을 아는지 에리가 팔을 뻗어 은서를 가득 안았다. 은서는 에리의 따뜻함을 느끼며 어렵게 입을 뗐다.

"두 사람은 지훈의 장례식장에 오다가 사고를 당했어. 교통사고…. 덤프트럭과…."

걱정과 달리 에리는 차분하게 은서의 말을 들었다.

"저는 거기 없었어요?"

"날씨가, 아니 하늘이 살렸지."

"네?"

"공항에 널 데리고 갔는데, 자꾸 비가 와서 결항이 된 거야. 차가운 공항에서 갓난아기를 계속 돌볼 수 없어서 결국 시터분께 맡겼대."

"그랬군요."

"진작 말해줬어야 했는데."

"괜찮아요. 지금이 딱 좋아요."

"네가 괜찮다는데 내 마음이 아리네. 왜 그럴까?"

"사랑하면 아리더라고요. 저도 그랬어요."

은서가 안고 있던 에리를 가볍게 떼 놓으며 물었다.

"정말? 에리 너도? 누구 때문에 아렸는데?"

"엄마요. 엄마가 오빠를 그리워하는 모습을 볼 때마다요."

"그, 그것도. 알고 있었어?"

"오빠 사진을 보고 말씀하시는 것까지도요."

"다 알고 있었구나."

"그동안 많이 아팠죠? 제가 낫게 해줄게요. 복수로요."

은서가 화들짝 놀라서 말했다.

"안 된다니까. 자꾸 아까부터 무슨 복수는 복수야."

"가족의 복수는 가족이 해야죠."

"안 돼. 무슨 그런 말을! 꿈도 꾸지 마!"

"저 다 알아요. 다 검색해 봤어요. 오빠가 어떻게 죽었는지, 엄마가 얼마나 힘들었는지."

"이에리. 그만해!"

은서가 뾰족해진 목소리로 엄중하게 말했다. 하나 그것이 그녀가 할 수 최대한의 꾸지람이었다. 그녀는 더 단호하게 에리를 제지하고, 꾸짖고, 나무라야 했지만 그러지 못했다. 처음부터 그랬다. 에리에게 지적할 일이 거의 없기도 했지만, 이상하게 에리에게는 마음이 약해졌다.

"제가 할게요. 저만 할 수 있어요. 왜냐면…."

"안 된다고!"

"왜냐면 전 아직 촉법소년이니깐요."

에리의 입에서 나온 촉법소년이라는 말에 온몸에 소름이 돋았다. 불현듯 13번 일기에서 봤던 장면 하나가 다시 떠올랐다. 피로한 표정의 에리가 종오를 칼로 찌르는 장면. 은서가 세차게 고개를 내저으며 말했다.

"너 그게 지금 무슨….”

"제가 원해서 하는 일이에요. 그러니 엄마가 조금만 도와주세요.”

"내 딸이 그러는 걸 볼 수 없어.”

"문종오가 어디에 있는지만 알려주세요. 그건 혼자 힘으로 할 수 없어요.”

"안 된다니깐.”

"문종오는 되는데, 왜 저는 안 돼요?”

"복수를 해도 엄마가 할거야!”

"엄마가 하면 벌 받잖아요.”

"에리야! 제발!”

"그건 진짜 복수가 아니에요. 진짜는 똑같이 갚아 주는 거예요. 촉법소년인 제가요!”

절절하게 애원하는 에리에게서 윤서의 얼굴이 보였다. 한 번 마음먹으면 자신이 얼마나 부서질지, 깨질지 신경 쓰지 않고 부딪쳤던 윤서. 평소 안온한 미소와 조곤조곤한 말투가 풍기는 인상 때문에 그녀를 유약하게 봤던 사람들을 꼭 한 번씩은 놀라게 했던 윤서. 에리에게 윤서가 오버랩 되자 더욱 불안해졌다. 그저 말리기만 해서는 에리를 막을 수 없음을 직감했다. 13번 일기에서 봤던 장면이 자꾸 눈에 밟혀 불안했다. 결국, 모든 것을 털어놓는 수밖에 없었다.

"아까 엄마가 끙끙거리면서 불러도 못 깨어났다고 했지.”

"그랬죠.”

"복수를 향해 가고 있었어. 한 걸음씩.”

"네?”

"지금부터 엄마가 하는 말, 꼭 믿어줘야 해.”

은서는 당황한 얼굴의 에리를 뒤로하고 화장대로 가 서랍을 끝까지 당겼다. 가장 깊숙한 곳에 성태의 일기장이 있었다. 일기장을 손에 쥐고 눈을 질끈 감았던 은서는 무언가 결심한 듯, 입술을 깨물며 일기장을 에리에게 건넸다. 에리는 영문도 모른 채 일기장을 받았다.

"이게 뭐예요?"

"과거로 가는 일기장."

은서는 에리에게 일기에 대해 털어놓았다. 읽으면 글자가 사라지고, 성태의 모습으로 과거에 갈 수 있다는 것을 포함해 알고 있는 모든 것을. 순서는 뒤죽박죽이었지만, 병원 옥상에서 손을 맞잡은 일부터 과거로 가 지훈을 만난 일까지 전부 말했다. 단 한 가지만 빼놓고서. 에리가 종오를 칼로 찌르는 장면을 봤던 것은 말할 수 없었다. 절대로.

9. 현재, 은서, 은서 집

"나도 처음에는 믿기지 않았어."

"누가 믿겠어요. 절대자와의 거래니, 시공간 이동이니. 오 마이 갓이다, 진짜."

"넌 믿는 모양인데?"

"그야 엄마 말이니까요. 처음에 일기가 총 열세 개였다고 하셨죠?"

"응."

"이미 읽었던 건 정말 형체도 없이 사라졌네요. 신기해요, 정말."

"그렇지?"

"여기 까맣게 덮어쓴 거요, 자세히 보면 전부 라이터라고만 적혔잖아요. 이걸로는 과거에 못 갈까요?”

“그건 읽어 봤는데, 아무 변화도 없더라.”

“표지 안에 있는 일기만 되는구나. 근데 이거 제가 읽어도 과거로 갈 수 있을까요?”

에리가 갑자기 일기장을 집어 들었다. 소리 내 일기를 읽었지만, 글자가 없어지지 않았다. 은서와 에리가 손을 맞잡아 봐도 소용없었다. 과서로 가는 것은 오롯이 은서의 몫인 듯했다.

“안 되네요. 아쉽다.”

“내 몫이야, 이건.”

“돌아오는 방법을 모른다고 하셨죠? 그 아저씨도 참. 알려주려면 제대로 알려주지.”

“어쩌면 애초에 통제할 수 없는 건지도 모르겠어.”

“너무 불안하잖아요.”

“뜻이 있는 곳에 길이 있겠지.”

“그런데 일기장 속 과거가 바뀌면 미래도 바뀔까요?”

“안 그래도 이번에는 그것부터 짚고 넘어가려고.”

“엄마, 우선은 조심, 또 조심하세요. 옆은 제가 지키고 있을게요.”

“든든하네. 우리 딸.”

은서가 에리의 머리를 쓰다듬고는 일기를 펼쳤다. 11번 일기였다. 종오를 만나지는 않지만, 궁금증을 해결하기에 딱 좋은 부분이었다.

11번

푸하하하! 하하하하하하하! 어쩐지 악몽과 환청이 나았다 했다. 이거였어?

큰 병원에 가보라고 할 때 싸하다 했지. 복막이 뭔 줄도 모르는데 거기에 암이 생기다니. 5년 생존율이 10% 미만이라고? 인생 재밌네.

마지막 문장을 읽음과 동시에 11번 일기가 완전히 사라졌다. 에리는 입을 다물지 못하고 있었다. 그 모습을 본 은서가 가볍게 웃으며 에리의 등을 따뜻하게 쓸었다.

10. 과거, 은서, 병원

눈을 뜨자 하얀 천장이 보였다. 침대와 이불이 느껴졌고, 낯설고도 익숙한 아로마 향이 났다. 그 향을 맡는 순간 눈치챘다. 성태 병실임을.

"아들, 일어났어? 잠깐만 기다려봐. 금방 나갈게."

화장실 안에서 선자의 목소리가 들려왔다. 성태 모친이 병실에 있다는 사실에 깜짝 놀랐다. 그녀가 화장실에서 나오기 전에 일을 시작해야 할 것 같았다.

"아니, 아니에요. 천천히 일 보세요."

은서가 큰 목소리로 대답하며 일어섰다. 몸이 천근만근이었다. 이 몸으로 혼자 옥상까지 올라갈 수 있을지 걱정될 정도였다. 은서가 힘겹게 링거줄을 뽑고 지갑과 외투를 챙기며 대답했다.

"어디 가려고?"

화장실 안의 선자가 마치 병실 내부를 보고 있는 듯 물었다.

"잠깐 바람 좀 쐬고 오려고요."

"누워서 쉬지 그래."

"너무 답답해서요."

"또 옥상에 가려고? 의사 선생님이 거기 가지 말라고 했잖아."

은서가 다시 한번 깜짝 놀랐지만, 내색하지 않고 말했다.

"살짝 다녀올게요."

"내일 수술인데. 그냥 있지 좀."

"수술하면 한동안 꼼짝도 못 하잖아요. 금방 다녀올게요."

은서는 어차피 실패로 돌아갈 수술이라는 걸 말하려다 말았다. 선자에게 지금 필요한 건 희망이었다. 수술만 하면 아들이 나아질 거란 희망. 은서도 엄마였기 때문에 누구보다 잘 알았다.

그녀는 선자와 마주치기 전에 서둘러 병실을 나갔다. 그길로 곧장 편의점으로 향했다. 생수 2L, 라이터, 잡지, 부탄가스를 사기 위해서였다. 하지만 병원 편의점에는 라이터, 부탄가스를 팔지 않았다. 그녀는 병원 밖에 있는 편의점에 가서야 원하는 물건을 구매할 수 있었다.

이어서 인근의 셀프주유소로 갔다. 물을 비운 페트병에 휘발유를 넣으려 했다. 그러나 생각처럼 잘되지 않았다. 페트병 입구가 주유기보다 더 작았던 거다. 환자복을 입은 사람이 끙끙대고 있는 모습은 주변의 의심을 사고도 남아 보였다. 식은땀이 흘렀다. 그때 나이가 연로한 직원 한 명이 은서에게 다가왔다.

"오토바이에 기름이 떨어져서요."

제 발 저린 은서가 얼른 둘러댔지만, 이내 얼굴이 빨개졌다. 환자복을 입고선 오토바이라니. 허술해도 너무 허술했다. 그녀는 그가 이것저것 따져 묻지 않을까 걱정했다. 휘발유를 팔지 않겠다고 할까 봐 걱정도 됐다. 하지만 염려와 달리 그 직원은 아무 말도 하지 않았다. 연로한 직원은 휘발유를 담는 내내 은서에게 조금의 관심도 주지 않았다. 은서에게는 고마운 무관심이었다.

모든 준비를 마친 그녀가 병원으로 향했다. 한 걸음, 한 걸음이 버거 웠다. 돌아가는 길에 벽을 잡고 몇 번이나 쉬었는지 몰랐다. 겨우 도착한 꼭대기 층에서 눈에 익은 도어락을 보자, 가슴이 떨리는 걸 느꼈다. 은서는 성태가 외며 눌렀던 번호를 다시 떠올렸다.

"샵 1414 샵."

띠리릭, 하는 소리와 함께 잠금이 해제되었다. 활짝 문을 열자 시원한 바람이 얼굴을 스쳤다. 그녀는 성태가 했던 것처럼 폐 끝까지 신선한 공기를 밀어 넣었다. 그제야 조금 살 것 같았다. 그녀가 이마에 맺힌 땀을 닦으며 안으로 들었다.

다행히도 옥상에는 아무도 없었다. 성태와 대화했던 벤치로 갔다. 잡지를 찢어 뭉치를 만들어 부탄가스와 함께 벤치 위에 뒀다. 물병에 채운 휘발유를 종이 뭉치와 벤치에 뿌렸다. 모든 준비가 완료되자 은서는 주머니에서 라이터를 꺼냈다. 태어나 불장난 한 번 해본 적 없었기에 방화를 하려니 손이 달달 떨렸다. 은서는 눈을 감고 다치는 사람이 없길 기도한 뒤 종이에 불을 붙였다. 그리고 남은 힘을 짜내 부리나케 도망쳤다.

"헉, 헉."

옥상을 나온 은서가 방화문에 몸을 기댄 채 거친 숨을 몰아쉬었다. 다른 사람이 들어가지 못하도록 자리를 지켰다. 그때였다. 엘리베이터의 문이 열리며 젊은 의사 두 명이 내렸다. 두 사람은 데칼코마니처럼 눈이 똥그래져서 은서를 위아래로 훑었다. 은서 역시 놀란 눈으로 그들을 바라봤다. 두 사람의 손에 담배가 있었다.

"환자분, 여기서 뭐 하세요?"

"아니, 그게…."

"여기 계시면 안 됩니다. 어서 내려가세요."

"옥상 바깥에 나가시려고요?"

"그건 환자분이 신경 쓸 일이 아니고요. 빨리 내려가시죠."

자신을 노려보는 두 남자의 시선에 떠밀려 입을 떼는 찰나, 펑 하는 굉음이 귀를 때렸다. 부탄가스의 폭발은 그녀의 생각보다 훨씬 파괴력이 있었다.

"아악!"

은서가 자신도 모르게 비명을 지르며 자리에 주저앉았다. 동시에 하얀 빛이 덮쳤다. 은서는 얼른 눈을 감았다.

11. 현재, 은서, 은서 집

다시 눈을 떴을 때, 에리의 목소리가 들렸다.

"엄마, 괜찮아요?"

"그럼. 괜찮지."

은서는 전혀 괜찮지 않았지만, 겉으로 천연한 표정을 지었다.

"옥상에 불은 냈어요?"

"제대로."

"누가 다치진 않았구요?"

"그럼, 당연하지. 내가 누군데."

은서가 어깨를 으쓱거리며 말했다.

"힘들었죠? 고생 많았어요."

"완전 스릴 있던데?"

"울 엄마에게 이런 면이 있는 줄은 몰랐네요. 돌아오는 방법도 알아냈어요?"

"아니. 그건 잘 모르겠어."

"그나저나 진짜 신기해요. 아까 글자 사라질 때 소리 지를 뻔했다니까요."

"독이 든 성배가 아니어야 할 텐데."

"흔들리지 마세요. 그토록 원했던 복수잖아요."

"그래, 그래야지."

에리가 휴대폰을 꺼내 S대학병원 옥상 화재 사고를 검색했다.

"아무런 기사가 안 나오는데요."

"아무래도 직접 가봐야겠어."

"이 늦은 시간에요?"

"잠깐이면 돼."

"날 밝으면 가세요."

"못 기다리겠어. 금방 다녀올게."

은서가 서둘러 옷을 챙겨 입었다. 에리의 이마에 가볍게 입을 맞추고 달려 나갔다.

병원에 도착한 은서가 응급실 쪽으로 갔다. 화장실 옆 엘리베이터를 타고 옥상으로 올랐다. 방화문을 보는 순간, 심장이 빠르게 뛰었다. 도어락이 바뀌어 있었던 거다. 은서가 고개를 숙이며 비밀번호를 눌렀다.

'샵 1414 샵.'

두세 번 눌러봐도 문은 열리지 않았다. 심장이 요동쳤지만, 확실히 확인해 둘 필요가 있었다. 은서가 다시 응급실로 내려갔다. 거기서 한 간호사를 붙잡았다.

"죄송하지만, 뭐 하나 여쭤도 될까요?"

"무슨 일이시죠?"

"혹시 이 병원에 얼마나 근무하셨어요?"

"6년 정도요. 왜요?"

"혹시 이 병원 옥상에서 불났던 거 기억하세요?"

"불요?"

간호사의 얼굴이 딱딱하게 굳어갔다.

"왜 옥상에서 뭔가가 터졌었잖아요."

"아, 부탄가스 터진 거요?"

부탄가스라는 말에 두근거리던 은서의 가슴이 더욱 빠르게 뜀박질하기 시작했다.

"맞아요. 부탄가스요."

"근데 그걸 어떻게 아세요? 그거 아는 사람 몇 없는데….."

"제가 입원 중이었거든요. 어찌나 놀랬던지. 대체 누가 그랬을까요?"

"환자였어요. 그것도 다음 날 수술을 앞둔 환자요."

"정말요?"

"완전 제대로 미친놈이었다니까요. 휘발유까지 부었다지 뭐예요."

"왜 그랬을까요? 혹시 자살이라도….."

은서가 모르는 척 둘러댔다.

"자살은 무슨요. 본인은 쏙 빠져나와 있었다던데."

"세상에나."

"정신이 오락가락했대요. 정작 본인도 왜 그랬는지 기억이 안 난다고 했다나. 이 나라는 정말 기억 안 난다는 사람에겐 너무 관대해요. 머리 나쁜 게 벼슬이야 뭐야, 진짜. 안 그래요?"

"맞아요."

은서는 우연히 마주친 간호사가 수다스러운 사람이어서 다행이라고 생각했다.

"그런데 그걸 왜 물으시죠?"

"꼭 좀 확인해야 했거든요. 큰 도움 됐어요. 감사합니다."

"도움요? 왜요? 저기요?"

은서가 깍듯하게 인사를 하고 도망치듯 빠져나왔다. 차를 향해 달려가는 그녀의 가슴이 희망으로 요동치고 있었다.

12. 현재, 은서, 은서 집

늦은 시간, 한 줌의 달빛조차 없는 깜깜한 밤이었다. 은서가 일기장을 만지작거렸다. 미래가 바뀐다는 걸 확인해서였을까. 남은 일기를 더 잘 사용해야겠다는 생각이 강해졌다. 그런 결연함이 보이는지 에리가 조심스럽게 물었다.

"무슨 생각 하세요?"

"에리야, 엄마가 교사 생활에서 딱 하나 후회하는 수업이 있어."

"딱 하나 후회되는 수업이요?"

"소년법을 주제로 했던 토론 수업."

은서는 14년 전 보결로 들어갔던 동아리 수업을 떠올렸다. 그날 하필 왜 자신이 보결 배당을 받았는지 오래도록 원망하고 또 원망했던 그 수업. 그녀는 그 수업에서 소년법이 왜 있는지, 보호처분이 교화에 어떤 효과가 있는지 설명하고 소년법 개정에 대해 찬반 토론을 했었다.

'만약 만 14세 미만의 촉법소년이 선생님 가족을 죽이면요? 범인이 형사 처벌을 안 받는데도 소년법 개정에 반대할 수 있어요?'

은서는 그때 종오가 했던 되바라진 질문도, 종오의 젠체한 표정도 똑똑히 기억했다.

'그래도 난 소년법 개정을 반대해. 난 아이들의 개선 가능성을 믿어. 우리 사회는, 어른은 아이들에게 기회를 줘야 해.'

그날 은서의 대답은 응당 교육자로서 마땅했으나 말이 씨가 된 것 같아서, 막상 지훈을 잃고 나니 자신은 그런 사람이 아니라는 걸 깨달아서 두고두고 아팠다. 에리가 어깨에 머리를 기대어 왔다.

"많이 후회했어요?"

"자책과 죄책 사이에서. 쭉."

"왜 그랬어요? 엄마 수업 때문에 오빠가 그렇게 된 것도 아닌데."

"그때만 해도 촉법소년에 대해 아는 학생이 별로 없었거든."

"엄마의 수업이 아니었으면 문종오가 소년법을 몰랐을 거고, 오빠가 안 죽었을 거라는 생각이 들었어요?"

"너는 참, 진짜로 자리를 깔아야겠다."

"아이, 참. 어떻게 그렇게까지 생각할 수가 있어요?"

"생각의 꼬리가 꼬리를 물다 보면 결국 화살이 자신에게 향하지."

"좋아요. 이번 작전은 꼭 성공해야겠어요."

"왜?"

114

"성공하면 오빠를 구하든, 엄마를 구하든 둘 중 한 사람은 구할 테니까요."

"그게 무슨 말이야?"

"이번에 과거로 가서 문종오가 그 수업을 못 듣게 할 거잖아요."

"그렇지."

"그 뒤로 그 사건이 안 일어나면, 오빠가 살아나서 좋겠죠."

"그럼."

"만약 그래도 사건이 일어난다면, 엄마의 수업과 상관없이 문종오가 촉법소년에 대해 알고 있던 거잖아요. 그러면 엄마가 더는 헤맬 필요가 없죠. 죄책과 자책 사이에서."

"누가 됐든 한 사람은 구원받는다고? 제법 커다란 위로가 되는데?"

에리가 은서의 눈을 바라보며 고개를 끄덕였다.

"이제 그만 나옵시다."

"나오다니? 어디서?"

"후회 속에서요."

"그럴게. 고맙다."

은서가 에리의 어깨를 감싸 안으며 말했다. 은서의 품에서 에리가 말했다.

"이번에 과거로 가면 젊었던 시절의 엄마를 만나겠네요. 할 말 많겠어요."

젊었던 시절의 본인. 아들을 잃기 전의 은서. 그땐 몰랐다. 얼마나 행복한 인생인지. 한 치 앞에 끝 모를 수렁이 있다는 걸 모르고 살았던 시기였다. 과거의 자신을 만나면 해주고픈 말들이 생각났다.

"많긴 한데, 할 수 있을지 모르겠어. 껍데기가 황성태라."

"하아, 이렇게 비통할 수가."

"넌 내게 얼마나 큰 위로와 힘이 되는지 모를 거야. 정말. 고마워, 딸."

"안 여사님. 이렇게 쉽게 감동 받으면 안 되셔요. 아직 효도할 일이 구만리라구요. "

에리가 어깨를 잔뜩 움츠리며 우스꽝스러운 표정을 지었다. 그 모습이 그렇게 사랑스러울 수가 없었다. 은서가 에리의 농작과 표정을 따라 했다.

"곁에 있어 주는 거 자체가 효도랍니다."

"제가 좀 특별하긴 하죠."

두 사람이 서로의 얼굴을 보며 웃었다.

"그럼 과거에 가볼까? 무조건 한 명은 구원해서 올게."

에리가 고개를 끄덕였다. 은서가 심호흡하고 일기를 펼쳤다.

5번

와우, 대박! 오늘 토론 시간에 종오가 안은서 선생에게 한 방 먹였다! 다른 선생도 아니고 안은서를! 죽인다, 문종오!

13. 과거, 은서, 화송중학교

"아악!"

은서가 감았던 눈을 뜨자마자, 소리를 질렀다. 과거의 은서를 만나면 해주고 싶었던 수만 가지의 위로와 격려가 싹 잊혔다. 칠판에 적힌 글자 때문이었다. 이미 수업이 시작된 것 같았다.

토론 주제 : 소

'소'까지 밖에 안 적힌 글자. 뒤에 무슨 글자를 쓸지 뻔히 보였다. 심장이 벌렁거렸다.

"왜 그래?"

짝이 팔꿈치로 찔렀다. 고개를 돌린 은서는 깜짝 놀라고 말았다. 천연덕스러운 낯짝으로 종오가 옆에 앉아 있었기 때문이다. 이미 과거에서 종오를 본 적 있지만, 어김없이 구토감과 현기증이 올라왔다. 그런 은서의 속을 전혀 모르는 종오는 그녀를 향해 나른하게 웃었다. 퍽 친한 사이에 지을 수 있는 미소였다. 첫날부터 치고박고 싸웠는데 뭐가 좋다고 붙어 있는지 이해가 되지 않았다. 은서는 종오에게서 조금 멀리 떨어져 앉았다.

"거기 떠든 사람, 조용히!"

판서를 하던 교사 은서가 뒤돌며 커피 한 모금을 마셨다.

"하여튼 커피를 달고 살아, 저 선생은."

종오의 말에 은서의 시선이 커피에 머물렀다. 문득 자신이 커피를 참 좋아했었다는 게 떠올랐다. 은서는 지훈이 죽은 뒤로 단 한 번도 커피를 마신 적이 없었다. 아들의 죽음이 커피와 맞닿아 있었기 때문이다.

"오늘 무슨 주제로 토론하는지 알아?"

아들을 죽인 살인범에게 말을 걸기 싫었지만, 더 큰 그림을 위해 내색하지 않고 물었다.

"모르지. 선생이 칠판 잘 보라고 했잖아."

"아직 모른다, 이거지?"

"내가 점쟁이냐? 그걸 어떻게 알아?"

은서는 가슴을 쓸어내렸다. 아직 토론 주제에 대해 말하지 않은 모양이었다. 얼른 칠판을 봤다. 커피잔을 내려놓은 교사 은서가 판서를 이어서 하려 했다.

"나가자."

"지금? 어딜?"

"일단 나가고 봐. 시간 없어, 급해."

"아, 이 자식. 또 지랄병 돋았냐?"

종오가 잔뜩 인상을 쓰며 쳐다봤다.

"피시방이든 어디든 네가 가자는 데로 갈게."

"선생한테 뭐라고 할 건데, 병신아."

"배 아프다고."

"종례는 어쩌고."

"애들이 알아서 말하겠지."

은서가 얼른 고개를 들어 칠판을 봤다. 교사 은서는 '토론 주제 : 소년'에 이어 'ㅂ'까지 쓴 상태였다. 은서의 심장이 두방망이질해댔다.

"미친놈아, 안은서라고. 안은서! 사람을 봐가면서…."

종오가 옆에서 극구 말렸지만, 은서는 시간이 없었다. 얼른 종오를 끌고 나가야 했다.

"선생님!"

은서가 일어서며 말했다. 교사 은서가 천천히 뒤를 돌았다. 두 은서의 눈빛이 마주쳤다. 초조함에 다리가 달달 떨리는 와중에도 먹먹한 기분이 들었다.

"왜?"

"배가 너무 아파요. 보건실 좀 다녀오겠습니다."

"갑자기 배가 왜?"

교사 은서가 건조한 목소리로 물었다.

"아까 종오랑 우유를 나눠 마셨는데, 그게 좀 이상했던 것 같습니다."

은서가 연신 배를 문지르며 종오를 째려봤다. 그러자 종오가 오만상을 쓰면서 일어났다.

"선생님, 저도 배가 너무 아픕니다. 뭐가 나올 것 같아요."

종오가 한 손으로 배를 만지고, 한 손으로 엉덩이를 움켜쥐며 말했다. 교사 은서가 잠시 멈췄다가 커피를 한 모금 마셨다.

"둘 다 보건실에 가봐."

은서가 배를 움켜쥐고 뒷문으로 나가려는데 지훈과 눈이 마주쳤다. 심장이 저릿했다.

"훈아. 훈아…."

은서가 아들의 이름을 작게 되뇌었다. 지훈이 무심한 눈길로 그녀를 바라봤다. 아들을 만지고 싶은 마음이 폭풍처럼 일었지만 참아야 했다. 입술을 깨물고 지훈을 지나쳐 교실 밖으로 나왔다. 종오가 곧장 뒤따라 나오고 있었다. 교실을 나오자 종오가 어깨를 치며 말했다.

"미친놈아. 한 시간만 더 참으면 되는데 왜 이 지랄이야."

"아 몰라. 근데 너 혹시…."

은서는 종오에게 촉법소년에 대해 아냐고 물으려다 말았다. 그 단어를 꺼내는 것 자체로 문제를 일으킬까 해서였다.

"혹시, 뭐 병신아?"

"아니다. 나가자. 어디 갈까?"

"애 상태 안 좋네, 오늘."

"아, 어디 갈 거냐고?"

"피시방 가서 컵라면이나 때리자."

송오가 투덜댔지만 내심 좋아하는 목소리였다. 그가 고개를 돌리며 보일 듯 말 듯 미소를 지었다. 그 모습을 본 은서는 역한 마음이 일어 도망치듯 교문으로 달렸다. 영문을 알 리 없는 송오가 투덜대며 뒤따랐다.

"같이 가. 같이 가자고!"

그녀는 송오에게서 멀어지기 위해 온 힘을 다해 달렸다. 허벅지가 무거워지고 숨이 턱 끝까지 차오를 무렵 새하얀 빛이 은서를 감쌌다. 그 순간 기도했다. 송오가 소년법에 대해 모르게 해달라고. 그래서 소년법을 악용할 수 없게 만들어 달라고.

14. 현재, 은서, 은서 집

다시 눈을 떴을 때, 에리가 기다렸다는 듯 말을 걸어왔다.

"엄마. 문종오가 그 수업 못 듣게 했어요?"

"성공했어."

"꺄."

에리가 와락 달려들어 은서를 안았다. 조그만 가슴으로 걱정하고 있었을 딸을 보니 은서는 마음이 뭉클해졌다.

"자, 그럼 누가 구원받을지 볼까요?"

에리가 휴대폰을 꺼내 화주 농약 살인사건을 검색했다. 은서가 마른 침을 삼키며 물었다.

"누구야? 구원받은 사람은?"

"…엄마요."

"그랬구나…."

은서의 목소리에서 아쉬움이 묻어났다. 그녀는 아들을 구원했으면 했다. 에리에게는 말하지 않았지만, 지훈을 구원하는 건 지훈은 물론 은서까지 구원하는 걸 뜻했다. 반쪽짜리 성과에 아쉬웠지만, 은서는 에리를 향해 미소를 보였다. 에리도 내심 지훈을 구원하길 바랐는지 살짝 아쉬운 듯한 표정을 비쳤지만 이내 밝게 말했다.

"엄마와 상관없이 문종오가 촉법소년에 대해 알고 있던 거죠. 와, 다행이다."

"왜 다행이야?"

"아직 일기가 많이 남았잖아요. 이번 일기는 오롯이 엄마를 구원하는데 썼으면 했어요."

에리가 다시 은서를 꽉 안았다. 은서도 딸을 힘껏 안고 가볍게 토닥였다. 그런데 따뜻한 동작들과 달리 은서의 표정이 어두웠다. 은서는 에리를 꼭 안을 때면 감정을 숨기지 않고 드러낼 수 있었다. 에리가 은서의 얼굴을 못 보니까. 은서는 불안하고 무서웠다. 종오의 살인을 막는 것이 쉽지 않을 거란 생각이 자꾸만 일었기 때문이다.

15. 과거, 종오, 서울 종오 집

거실 소파에 앉은 재상이 안경을 올려 쓰며 신문을 접었다. 손짓을 해 한 여자를 불렀다. 그녀가 잰걸음으로 왔다.

"음…. 짐 정리는 다 해가나요?"

"업체가 다 하니깐 할 것도 없어요. 귀중품은 미리 챙겨뒀구요."

"고생 많아요. 그럼 보이차 한 잔만 내주세요. 지난주에 박 김사가 준 거요. 종오는 뭐 마실래?"

"아버지와 같은 거요. 망치 육포도 주고요."

종오가 안고 있는 푸들 배에 얼굴을 비비며 말했다. 재상이 테이블 위에 있는 담배 한 개비를 입에 물고서 지포 라이터를 들었다. 딸깍, 하는 소리와 함께 피어난 불꽃이 담배로 옮겨갔다. 재상이 라이터에 마킹 된 글자를 문지르며 연기를 내뱉었다.

"음…. 아들, 생일에 하고 싶은 거 없어?"

"생일요? 한참 남았잖아요."

"만 14세는 특별하잖아."

"왜요?"

재상이 종오를 푸근한 눈빛으로 바라보다가 가만히 손짓했다. 둘만의 사인을 알아들은 종오가 재상의 무릎에 올라앉았다.

"음…. 만 12세까지의 범죄자를 범법소년이라고 해. 범법소년은 어떤 잘못을 해도 법적 책임을 지지 않아."

"정말요? 어떤 잘못을 해도요?"

"그럼."

"대박. 그러면 만 12세 생일이 중요한 거잖아요. 저는 지났는데요?"

"만 14세도 특별하단다."

"왜요?"

종오의 얼굴에 궁금증이 번졌다.

"음…. 만 12세에서 만 14세까지의 범죄자를 촉법소년이라고 해. 그 역시 형사 책임 능력이 없어."

"그러면 촉법소년이 범법소년과 뭐가 달라요?"

"촉법소년은 감호위탁, 사회봉사 같은 보호처분을 받아. 형사 처벌에 비하면 미약하다고 봐야지."

"촉법소년이면 전과도 안 남아요?"

"당연하지. 형사 처벌을 안 받았으니까."

"헐, 대박."

종오가 입을 다물지 못했다. 그런 아들의 모습이 재밌는지 재상의 얼굴에도 미소가 완연했다.

"물론 소년보호처분 기록이 남긴 하지만 사실상 조회가 되지 않는 기록이라고 봐도 무방하다."

"세상에, 법이 이래도 돼요?"

"음…. 정신적으로 미숙하다는 점, 범죄의 습성이 깊지 않다는 점, 성인에 비해 교화가 용이하다는 점 때문이지."

"미쳤다."

"최근 촉법소년 나이를 낮추자는 의견이 많아졌지만 아직은 바뀌지 않았지."

"우와, 촉법소년이란 거 진짜 대단한 거네요. 이런 게 있었다니."

"아들아. 그러니까 14번째 생일이 중요하니, 안 중요하니?"

종오가 재상을 똑바로 바라보며 대답했다.

"중요하네요. 진짜."

화주로 전학 가기 전, 서울에서 보낸 마지막 휴일. 종오는 만 14세 생일의 중요성을 깨닫고 있었다. 은서의 수업 훨씬 이전에.

16. 현재, 은서, 은서 집

은서는 최근 에리와 부쩍 가까워진 기분이 들었다. 비밀을 공유하면서 느껴지는 감정이었다.

"엄마, 그러면 오늘도 과거로 가볼까요?"

"좋아."

"피곤하지는 않아요?"

"피곤하긴. 고작 꿈꾸는 정도의 일인데."

피곤하지 않을 리 없었다. 정신적으로도, 육체적으로도 고됐다. 특히 지훈과의 재회는 길고도 짙은 피로를 남겼다.

"저번에는 막 아팠잖아요."

"시공간 이동과는 상관없었어. 아파도 간마늘 팍팍 넣은 콩나물국 한 그릇이면 싹 나을 텐데 뭐."

"그런 말씀 말고 아프지 마세요."

"설마 콩나물국 끓이기 싫어서 그러는 건 아니지?"

"아이, 참. 그건 안 아프셔도 백번도 끓여 드릴게요."

에리가 허리에 손을 얹고 화가 난 듯 말했다. 그 모습에 은서는 그만 웃음이 터지고 말았다.

"그래, 절대 안 아플게."

"몇 번 일기를 고를지 정했어요?"

"이번에는 중요한 일기를 고르려고."

"왜요? 마음이 급해요?"

"어쩌면 기회가 13번이 아닐지도 몰라."

"8번 일기부터는 살인사건 이후라서요?"

에리의 눈이 반짝였고, 은서는 고개를 끄덕였다.

"그래. 사건을 막을 수 있는 일기는 7번까지겠지."

"그렇게 따지면 남은 건 3번, 4번, 6번, 7번. 네 번이에요."

"썩 많진 않아."

"그래도…. 서두를 필요까지는…."

"성태의 상태가 더 안 좋아진 것 같아."

은서가 쓴 표정을 감추지 못하며 말했다.

"어떻게 아셨어요, 그걸? 그 아줌마한테 전화가 왔어요?"

"여기를 볼래?"

은서가 일기장을 꺼내 에리에게 보였다.

"예전보다 연해진 거 보여?"

"그러고 보니 저번보다 연해진 것 같아요. 글자의 진하기가 그 아저씨 건강이랑 관련 있다고 하셨죠?"

"성태가 죽으면, 일기장을 더는 쓸 수 없대."

"말도 안 돼. 진짜, 믿기지가 않아요."

"과거로 가는 건 믿을 수 있구?"

입을 다물지 못하는 에리의 얼굴이 재밌어서 은서가 다시 웃고 말았다.

"아이, 참. 지금 웃을 때예요?"

"걱정 마. 어느 정도 적응도 됐으니까. 모든 일기를 굳이 다 쓸 필요도 없구. 효율적으로 움직여야지."

"엄마, 오빠가 농약이 든 커피믹스를 우유에 타 먹다가 사고를 당했죠?"

"그랬지."

"그럼 커피믹스에 독약을 못 넣게 만들거나, 커피우유를 못 먹게 만들어야겠네요."

"그걸 하려고. 후자를."

"직접 사고를 막게요?"

에리의 눈이 커졌다.

"응. 직접 막으러 갈 거야."

은서의 표정이 어느 때보다 결연했다.

17. 과거, 살인 사건 당일, 종오, 화송중학교

종오는 날짜를 고르고 또 골랐다. 그러던 중 오늘이 3학년 현장 체험 학습일이라는 것을 알게 되었다. 그렇다면 초소에는 지훈과 채혁밖에 없을 게 분명했다. 일을 치르기에 최적의 날이었다. 게다가 오늘은 14번째 생일 전날이었다. 촉법소년 마지막 날. 모든 것이 짜 맞춘 듯 완벽했다.

종오는 3교시를 마치고, 작전을 시작했다. 담임을 찾아가서 복통을 호소했다. 보건실에서 약까지 먹었지만 소용없었다며 연신 배를 문질렀다. 담임이 조금만 참아보라고 했지만, 눈물까지 글썽여 기어코 조퇴를 받아냈다.

이번 일에 성태와 함께할 수는 없었다. 성태는 생일이 지났기에 더는 촉법소년이 아니었다. 성태는 다시 없을 이 구경거리에 함께하지 못해 아쉬워했지만, 종오는 외려 좋았다. 혼자서 공을 독차지한 뒤, 평생 안줏거리로 쓸 생각이 들었던 거다. 조퇴 허락을 받고 교실에 오자 가슴이 뛰기 시작했다. 한 번도 느껴보지 못한 기분이 온몸을 감쌌다. 종오는 설명할 수 없는 자신의 감정을 가만히 들여다봤다. 긴장감과 닮았고, 흥분과 가까웠지만 두 감정과는 어딘가 달랐다. 호흡이 가빠지고, 손끝이 덜덜거리고, 코끝이 간질거렸다.

"수업 마치고 30분이면 되겠지?"

성태가 다가와 귓속말을 했다. 여러 생각에 빠져 누가 오는 줄도 몰랐던 종오가 화들짝 놀라며 답했다.

"씨, 깜짝이야."

"뭐야, 너 쫄았냐?"

"쫄기는 병신. 네가 뭘 안다고."

"쫄았구만 등신이. 30분 뒤에 가면 되겠냐고?"

"그때쯤이면 딱 좋아. 생생하게 말해줘야 한다. 사진이나 동영상 찍으면 더 좋고."

종오가 성태에게 윙크하고는 교실을 나갔다. 흥분으로 끓은 피가 몸을 뜨겁게 달구고 있었다. 금방 초소까지 달려갔다. 초소는 앞뒤로 출입구가 2개 난 건물이었다. 며칠 전 밤에 손전등을 들고 왔을 때는 몰랐는데, 구멍 뚫린 창으로 햇살이 쏟아져 내부가 제법 밝았다. 길에서 주워온 것 같던 남루한 가죽 소파도 백주 대낮에 보니 생각보다 쓸 만했다.

온통 모순. 초소는 아이러니로 가득했다. 그 큰 건물을 초소라 부르는 것도, 버려진 곳을 일진만의 공간으로 격상시켰다는 것도, 일진만이 누리던 공간에서 곧 일진이 죽을 거라는 것도.

　종오의 시선은 탁자에 있는 커피믹스 봉지에 가 있었다. 그는 심장이 뛰는 걸 느끼며 챙겨 온 물건을 꺼냈다. 칼, 바늘, 순간접착제, 라텍스 장갑, 일회용 주방모, 일회용 마스크, 그리고 그라목손 가루. 종오는 증거를 남기지 않도록 모자, 상갑, 마스크를 착용했다. 그간 꿈꿔왔던 것을 시작하는 순간이었다. 종오가 조심스럽게 호흡을 내뱉으며 커피믹스 봉지를 집었다.

　커피믹스 봉지 뒷면에 포장 비닐이 겹쳐 있는 봉제 부분을 벌렸다. 살면서 커피믹스 봉지의 뒷면을 벌려보는 사람이 몇이나 될까. 종오는 웬만해서는 들키지 않을 것을 확신했다.

　"이걸 찾아내면, 너희는 사는 거야."

　지훈과 채혁이 들으라는 듯 혼잣말을 했다. 생각과 달리 목소리가 갈라졌고, 손도 떨렸다. 그의 몸이 잔뜩 긴장하고 있다는 증거였다. 종오는 그런 자신이 쪽팔려 손을 탁자에 탕탕 내리쳤다.

　"좀. 가만히 좀!"

　그제야 손이 좀 진정되는 것 같았다. 종오는 조심스럽게 칼을 들었다. 커피믹스 봉지 뒷면의 흔적을 찾아내면 그들이 살아날 수 있다고는 했지만, 찾게 할 마음은 추호도 없었다. 가운데에서 약간 하단 쪽에 칼을 갖다 댔다. 천천히 아래로 긋고 조심스럽게 봉지를 벌렸다. 커피믹스 가루가 드러났다. 가루를 조금 버려서 공간을 만들었고 거기에 그라목손 가루를 대신 채웠다. 칼로 잘라낸 커피믹스 봉지를 닫았다. 이제 순간접착제로 붙이기만 하면 됐다. 이 과정이 제일 중요했다. 티가 나지 않게 붙여놓는 것.

몇 날 며칠을 준비한 이 계획이, 다시는 오지 않을 촉법소년으로서의 살인 계획이 물거품이 된다면 십중팔구 여기서 발생한 불찰이리라 여겼다. 순간접착제의 양이 조금만 많아도 이질감이 느껴졌고, 너무 적게 바르면 커피믹스 봉지가 쉽게 벌어져 내용물이 샜다. 사전에 가장 많이 연습했던 것도 이 과정이었지만, 결코 쉽지 않았다.

관자놀이를 타고 땀방울 하나가 흘러내렸다. 종오는 얼른 땀을 훔치며 작게 기합을 넣었다. 손에 힘을 주고서 바늘을 집었다. 바늘 끝에 순간접착제를 엷게 바르고 재게 커피믹스 봉지에 발랐다. 워낙 소량의 순간접착제만 발랐기에 조금만 지체해도 마르기 일쑤였다. 연습 때 익힌 요령 덕분에 비교적 능숙하게 붙였다. 그렇게 그라목손이 든 커피믹스 봉지 하나가 완성되었다. 종오는 위의 과정을 반복해나갔다.

삐비빅. 맞춰둔 알람이 울렸다. 수업이 끝난 시간이었다. 예상보다 지체되는 작업에 등이 흠뻑 젖어갔다. 완성된 건 두 개밖에 없었다. 아직 만들지 못한 것이 십수 개는 족히 넘었다. 종오는 서둘러 세 번째 것을 완성했다.

멀리서 인기척이 들렸다. 더는 시간이 없었다. 십수 개에서 종오가 만든 것을 고르게 하는 것은 너무 낮은 확률이었다. 마구 뛰는 심장박동이 귓가까지 울리는 듯했다. 어쩔 수 없었지만 퇴장할 시간이었었다. 바닥에 버려진 커피믹스 가루 흔적을 신발로 비벼 지우고 그 자리를 박차고 나갔다.

"그래, 그러면 되지!"

순간, 그의 머리에 성공 확률을 100%로 만드는 방법이 불현듯 떠올랐다. 그러나 시간이 부족했다. 뛰쳐나가던 종오가 탁자 위 커피믹스를 보며 갈등했다.

"그게 다 오해라고. 할머니가 얼마나 좋은 분인데."

변성기가 찾아온 지훈의 걸걸한 목소리가 지근거리에서 들렸다. 이제 정말 시간이 없었다. 출입구와 탁자를 번갈아 보던 종오가 마침내 결심한 듯 탁자를 향해 달렸다. 얼른 가서 자신이 만든 커피믹스 세 개만 두고 나머지는 몽땅 주머니에 챙겼다. 그리고 소리가 나는 반대쪽 문으로 황급히 뛰어나갔다.

"나는 잘 모르겠네. 그 할머니가 그런지."

종오가 초소를 나가자마자 특유의 고음이 섞인 쉰 소리가 초소를 채웠다. 채혁의 목소리였다. 종오는 얼른 초소 외벽에 몸을 기댔다. 들키지 않은 것 같았다. 숨소리조차 감추고 초소 안에서 나는 소리에 집중했다. 지훈과 채혁 둘만 온 것 같았다. 종오는 소리가 나지 않도록 주의하면서 한 걸음씩 도망갔다.

1초, 1초가 더디게 흘렀다. 얼마인지 가늠되지 않는 시간이 지났을 때, 종오는 초소에서 멀어진 곳까지 도망갈 수 있었다. 멀리서 하교하는 무리가 보였다. 그는 조퇴한 상태였기에 이곳에서 발각되면 안 됐다. 하교 무리의 눈에 띄지 않도록 평소 다니는 길과 달리 멀리 돌아서 집으로 갔다. 종오가 이토록 조심하는 이유는 단 한 가지였다. 가벼운 보호처분조차 받고 싶지 않은 마음. 긴장감과 기대감이 뒤엉킨 감정이 몸을 뜨겁게 달궜다. 타들어 갈 듯 뜨거운 마음을 붙잡고 속으로 기도했다. 그들이 꼭 우유를 가지고 왔기를. 염원을 담아 제조한 선물이 그들 몸에 녹아들기를. 종오는 그때까지도 자신을 바라보는 한 시선이 있다는 것을 전혀 눈치채지 못하고 있었다.

18. 현재, 은서, 은서 집

"그렇다면 7번 일기겠네요. 사건이 일어난 날이니까."

"맞아, 7번."

"근데 제 눈엔 엄마가 왜 이리 급해 보일까요?"

"티가 나?"

"많이는 아니고. 조금요."

에리가 은서의 눈을 바라보며 가만히 고개를 끄덕였다.

"내가 조급한가?"

"조급함과 그르침은 단짝이랍니다. 인류사를 통틀어 언제나 그랬고, 앞으로도 그럴 겁니다. 누구보다 잘 아시겠지만."

"이제 우리 딸이 엄마에게 인류사까지 가르치는구나."

가자미눈으로 말하는 은서를 본 에리가 팔짱을 끼며 되받아쳤다.

"아이고. 가르침이 아니라 절절한 조언이죠."

"여유를 가질게. 엄마를 믿어."

"오빠를 꼭 구해주세요. 엄마 손으로. 꼭."

"그리할게. 내 손으로, 꼭."

"저는 오늘도 옆에서 깰 때까지 기도할게요."

"고마워. 늘. 모든 것에."

은서가 에리를 더없이 사랑스러운 눈으로 바라봤다. 그런데 에리의 얼굴에 그늘이 비치는 듯했다. 아니나 다를까, 에리가 눈치를 보며 신중하게 입을 열었다.

"엄마 있죠. 속에 있는 말 하나만 해도 될까요?"

"두 개, 세 개도 가능하지."

"무사히 돌아오세요."

"당연히 무사히 돌아오지. 언제 다치기라도 했니?"

"전에 많이 아프셨잖아요. 콩나물국 잊으셨어요?"

"이젠 안 그래."

"엄마가 과거에서 돌아오지 못할까 봐 걱정돼요."

"그런 마음으로 옆을 지켰던 거야?"

에리가 보일 듯 말 듯, 작게 고개를 끄덕이며 말했다.

"온통 그 마음만 있는 건 아니지만, 조금은 그랬어요."

"몹시 데어서 회도 불어먹는구나."

"그게 무슨 말이에요?"

"지난번에 너무 혼나서 지레 겁을 먹는 것 같다고. 잘 돌아올게. 꼭 무사히 돌아와서 에리에게 다시 인사할게."

"위험한 일 있으면 꼭 피하시구요."

"다 큰 줄 알았는데, 우리 에리 아직 아기구나?"

"엄마 걱정에 어른, 아이가 따로 있나요."

은서는 에리가 자신을 꿰뚫어 보는 것 같다는 생각이 들었다. 딸에게 자신 있는 말투로 말하고 있었지만, 실은 실패에 대한 부담이 그 어느 때보다 컸다. 아들을 살릴 수 있는 가장 좋은 기회였으니까. 그래서 가만히 에리를 안았다. 요즘 믿기지 않는 경험을 반복하면서 부쩍 에리를 자주 안았다. 에리를 안을 때면 잠시나마 감정을 솔직하게 드러낼 수 있어서였기도 했지만, 윤서를 통해 느꼈던 위안을 에리로부터 얻고 있다는 생각이 들기도 했다. 그랬기에 오늘은 평소 보다 더욱 꼬옥 안았다. 은서가 느끼는 안정을 에리도 느끼길 바랐다.

"엄마의 심장박동이 느껴져요. 많이 긴장되세요?"

"아니, 널 안아서 뛰는 거란다."

은서가 엷은 미소를 보였다. 그리고 조용히 일기를 읽어 나갔다.

7번

하교 후, 30분 정도 배회하다가 공터로 갔다. 그쯤이면 놈들이 농약을 먹었지 싶었다. 그런데 막상 보니깐 무서워 죽는 줄 알았다. 지훈과 채혁이 찌걱찌걱 게거품 뿜고 있었다. 119 신고를 하는데 손이 후들거렸다. 그런데 진짜 죽으면 어쩌지?

19. 과거, 은서, 초소

눈을 뜨자 어느 건물이 보였다. 순간 가슴이 철렁 내려앉았다가 숨이 가빠졌다. 14년 만에 와본 장소지만 대번에 알았다. 아들이 농약을 마셨던 곳이라는 걸. 절대 잊을 수 없었다. 은서는 지체할 겨를 없이 건물 안으로 뛰어들었다. 그녀의 눈에 채혁과 지훈이 들어왔다. 두 사람의 손에는 우유갑이 들려 있었다. 그녀가 뭐라고 말하기도 전에 지훈이 우유갑을 들어 입으로 가져갔다.

"안 돼! 마시면 안 돼!"

은서가 절규하듯 소리치며 지훈에게 달려갔다. 그녀의 시선이 지훈의 울대뼈에 꽂혔다. 이미 우유갑이 입술에 맞닿아 있었다. 단 한 번이라도 꿀렁이지 않길 간절히, 간절히 바라는 마음뿐이었다.

"아씨, 깜짝이야."

지훈이 입에서 우유갑을 떼며 신경질을 냈다. 은서는 아랑곳하지 않고 달려들어 손에 쥔 우유를 땅바닥에 패대기쳤다. 커피색의 우유가 바닥에서 퍼져나갔다.

"마셨어? 마셨냐고?"

"아씨. 왜 이래, 진짜?"

"훈이 너 이거 마셨냐고!"

은서가 지훈을 향해 소리를 꽥 질렀다.

"안 마셨다. 안 마셨어. 아 씨, 아까워."

"진짜? 한 모금도 안 마셨지?"

"그렇다니까."

그때 은서의 몸이 내동댕이를 당해 옆으로 쓰러졌다. 화가 난 채혁이 힘껏 그녀를 밀친 거다.

"너 또 왜 이래? 미쳤어?"

은서가 울먹이는 눈으로 채혁을 바라봤다. 그녀의 얼굴을 본 채혁이 당혹스러워하며 뒷걸음질 쳤다. 응당 겁을 먹거나 화를 낼 상황에서 아련한 표정을 짓는 게 생경한 눈치였다. 그녀는 붉어진 눈시울로 옷도 털지 않고 자리에서 일어났다. 자신을 밀친 채혁이 보이지도 않는 듯 지나쳐 지훈을 와락 안았다. 당황한 채혁이 떼놓으려 했지만, 떼어지지 않았다. 지난 14년의 그리움을 담아 온 힘을 다해 매달렸기 때문이다. 지훈이 괜찮다는 듯 손을 들어 채혁을 말렸다. 은서의 눈물이 지훈의 어깻죽지를 적셨다. 잠깐 그대로 있던 지훈이 숨 막힌다는 듯 그녀를 밀쳤다.

"야, 황성태. 너 요새 왜 이러냐 진짜."

"다행이야. 진짜 다행이야."

"나 그쪽 아니다. 진짜로."

"이제 살았어, 살았다고 훈아…."

은서는 비로소 해냈다고 느꼈다. 이렇게까지 해낼 줄은 생각하지 못했다. 성태가 갑자기 찾아올 줄도, 그가 일기장을 내밀 줄도, 그 일기장으로 과거에 갈 줄도, 그 과거에서 지훈과 종오를 다시 만날 줄도, 과거에서조차 종오를 죽이지 못할 줄도, 결국에는 지훈을 살려낼 줄도. 모든 것을 꿈에도 상상하지 못했다. 너무 좋고 감격스러워서 잘 실감이 안 났다. 어안이 벙벙한 상태로 있던 은서를 일깨운 건 지훈의 목소리였다.

"성태야. 너의 취향까지는 간섭하지 않겠는데, 그 훈이라는 말은 좀 그만해라. 그렇게 부르는 사람은 세상에 딱 두 명뿐이니까."

지훈의 말에 자신이 성태의 모습이란 걸 깨달았다. 그러나 기어코 아들을 살려냈다는 기쁨 때문인지 지훈을 '훈이'라 부르는 또 다른 사람이 있다는 것은 흘려듣고 말았다.

"그래, 알았어."

옆에 있던 채혁이 답답해 미치겠다는 얼굴로 말했다.

"황성태 너 진짜 왜 이래? 정신병자냐?"

은서는 채혁을 보며 다시 웃었다. 채혁까지 살려냈음에 더 큰 기쁨이 밀려온 거다. 기주를 포함해 한 가정을 지켜냈다는 뜻이기도 했다. 그뿐만이 아니었다. 지훈이 죽지 않았다면, 윤서 내외가 장례식장에 오다가 사고가 날 일도 없을 터였다. 지훈을 살린 건, 윤서 내외를 살린 것도 되고, 에리에게 친모를 찾아주는 일도 되었다. 사랑스러운 에리를 고아로 만든 것도, 에리에게 엄마 행세를 했던 것도 모두 지훈의 죽음이 시작이었다. 지훈을 살림으로써 윤서, 민기, 에리도 살릴 수 있었다.

"고마워. 너도 살아줘서."

은서가 채혁을 향해 말했다.

"뭔 소리야, 그게."

"커피믹스에 농약이 들었어. 농약이."

"농약?"

"농약이라고?"

지훈과 성태가 놀라 차례로 소리쳤다.

"그걸 네가 어떻게 알아?"

"누가 그랬는데?"

이번에도 지훈과 채혁이 차례로 따져 물었다. 은서가 잠시 머뭇거리며 어디서부터 말을 꺼내야 할지 고민했다. 미래에서 왔다는 말을 하지 않고 설명할 방법을. 지훈과 채혁을 살렸으니, 괜한 변수를 만들지 않고 이 일을 잘 마무리해야 했다. 그러나 그새를 참지 못한 채혁이 달려들어 은서의 멱살을 쥐고 흔들었다.

"구라지? 네가 농약이 들었는지, 뭐가 들었는지 어떻게 알아?"

"진짜야···. 진짜라고."

은서는 숨이 턱 막혀오는 걸 느꼈다. 채혁의 손을 뿌리치려 했지만, 체구 차이만큼이나 힘의 차이가 컸다. 그녀는 지훈을 바라보는 일 말고는 할 수 있는 게 없었는데, 이번만큼은 지훈도 은서를 돕지 않았다.

"아하. 그러서? 진짜라고?"

"그, 그래···."

"네가 범인인가 보네. 막상 일이 날 것 같으니까 쫄려서 왔지? 딱 그랬지?"

채혁이 힘을 주고 흔드는 통에 은서의 고개가 앞뒤로 마구 나부꼈다. 눈앞이 어지럽게 흔들렸다. 은서가 이 상황을 어떻게 모면할지 고민하던 순간 눈앞이 번쩍였다. 온통 하얀 빛으로 주변이 밝아져 왔다. 시공간 이동의 끝을 알리는 그 빛이 그렇게 반가울 수 없었다. 그녀는 재빨리 눈을 감았다.

20. 현재, 은서, 은서 집

다시 눈을 뜬 곳은 안방이었다. 그토록 염원했던 일을 성공적으로 마치고 무사히 돌아온 걸 깨닫자 온몸에 힘이 빠졌다. 그러나 가만히 쉴 수 없었다.

"휴대폰, 휴대폰…."

은서가 엉금엉금 기어서 휴대폰을 집어 들었다. 손이 떨려서 패턴을 푸는데 몇 번이나 실수했다. 그날의 사건을 검색하는데도 자꾸 오타가 났다. 화주 농약 살인사건, 그라목손 살인, 촉법소년 살인, 화송중학교 살인…. 생각나는 모든 단어를 입력했다. 하나하나 입력해봐도 그 어떤 것도 검색되지 않았다.

"해냈어. 결국에."

꾹 눌렀던 울음이 터졌다. 14년 묵은 아픔을 토하듯 섧게 울었다. 에리를 키우며 늘 숨어서 울었던 은서였건만, 오늘만큼은 감추지 않았다. 승모근이 저릴 때까지 마음껏 소리 내 울었다. 그때 누군가 방문을 열었다.

"괜찮아요?"

남자 목소리였다. 은서가 소스라치게 놀라며 고개를 들었다. 웬 남자가 문 틈새로 얼굴만 빼꼼 내밀고 있었다. 그녀의 경악은 순식간에 감탄으로 변모했다. 낯설고도 익숙한 얼굴, 죽도록 그리워한 사람. 스물여덟 살 지훈이었다.

"아아어…."

감당할 수준을 넘어서는 감격에 말이 나오지 않았다. 이윽고 장성한 아들이 한 걸음씩 그녀에게 다가왔다. 샘 솟은 눈물이 꿈에 그리던 그 장면을 자꾸만 흐리게 만들었다. 은서가 눈을 비벼댔고, 안 그래도 충혈된 눈은 더욱 벌게졌다. 지훈이 다가와 은서의 손을 잡았다. 꿈에 그리던 장면이었다. 13번 일기가 떠올랐다. 거기서 봤던 장면과 똑같아서 소름이 돋았다.

"괜찮아요, 엄마?"

엄마. 세상에서 가장 따뜻한 그 두 음절에 비로소 아들이 살아 돌아왔음이 실감났다. 은서가 지훈을 와락 안았다. 그리웠던 아들의 냄새가 났다. 많은 추억을 담았던 지훈만의 냄새였다. 그 냄새가 좋아 아들 품에 얼굴을 파묻었다.

"훈아. 훈아…."

"어디 아프세요?"

"안 아파. 전혀. 넌 어때? 괜찮아? 아픈 데는 없고?"

"제가 왜 아파요. 멀쩡한데."

"그러면 됐어. 다 됐어."

"엄마, 좀 이상하네요."

"…악몽을 꿨거든. 지독하고 긴."

그야말로 길고도 끔찍한 악몽에서 깨어나는 순간이었다. 은서는 그간 지훈이 어떻게 지냈는지, 무슨 일을 하는지, 어디서 지내는지, 결혼은 했는지, 묻고 싶은 말이 넘쳐나 얼른 입을 닫았다. 입을 여는 순간 이제 갓 차오르기 시작한 행복이 새어나갈 것 같았기 때문이다. 되도록 이 기분을 오래 품고 싶었다. 마땅히 그녀의 것이었던 것을 14년 만에 겨우 되돌려 받았다. 잃기 전에는 몰랐던 행복이었다. 이제 충분히 감사하며 천천히 즐길 터였다. 은서가 눈을 감고 기도했다. 다시는 이 행복을 빼앗기지 않게 해달라고.

그런데 일순 온몸에 한기가 서리며 닭살이 돋아났다. 은서가 번뜩 눈을 떴다. 그녀의 미간이 잔뜩 찌푸려져 있었다. 은서가 지훈에게서 떨어지며 물었다.

"엄마, 무슨 일 있어요?"

"에리는?"

행복했던 그녀의 목소리에 두려움이 서렸다. 깰 때까지 옆에 있겠다던 에리가 보이지 않았다. 지훈이 별 탈 없이 잘 있다고, 윤서와 함께 잘 있을 거라고 말해주길 간절히 기원했다.

"에리가 누구예요?"

하나 지훈의 대답은 은서를 무너지게 했다.

"에리, 이에리. 네 동생, 아니 네 사촌 동생 이에리!"

"엄마 왜 그래요, 무섭게. 내가 사촌 동생이 어딨어요?"

지훈의 한 마디, 한 마디가 가슴을 도려냈다. 도려낸 틈새로 좀 전까지의 행복이 모두 새어나간 듯했다.

"네 이모, 안윤서 딸 이에리. 몰라?"

"아. 걔 이름이 에리였구나. 근데 엄마, 잊으셨어요?"

"잊다니, 뭘?"

"그 사고요. 교통사고."

"교통사고?"

트라우마가 된 지난 사건이 떠올랐다.

"한 14년쯤 됐나. 이모랑 이모부가 교통사고로 돌아가셨잖아요."

"뭐라고?"

눈앞이 깜깜해졌다. 아들을 살리면, 동생 내외도 당연히 살릴 수 있으리라 생각했다. 그 이외의 상황은 조금도 고려한 적 없었기에 충격은 곱절로 다가왔다.

"어떻게 그걸 잊어요, 엄마."

"…지금 무슨 말하는 거야?"

"그때 에리도 함께 사고를 당했잖아요. 그렇게 힘들어했는데, 그 일을 어떻게…. 엄마, 괜찮으신 거 맞죠?"

아픈 상처를 다시 설명해야 하는 지훈의 표정이 곤혹스러워 보였다. 예상하지 못한 아픔에 은서는 숨이 쉬어지지 않았다.

"아니야. 에리는 그 차에 타고 있지 않았어. 에리는 안 죽었다고!"

"엄마, 왜 그래요. 무섭게."

눈앞이 깜깜해진 은서가 그 자리에 털썩 주저앉았다. 지훈을 살렸더니 에리가 없어진 세상이 실감이 안 났다.

"이토록 잔악할 수가…."

불현듯 불안한 마음이 일었다. 은서가 엉금엉금 기어 다니며 일기장을 찾았다. 그러나 안방 어디에도 일기장은 없었다. 지훈이 죽지 않았으니, 성태가 일기장을 들고 올 리 없었던 거다.

"뭐 찾아요?"

"일기장 못 봤어? 여기 있던 일기장."

"무슨 일기장요?"

"황성태 일기장 말이야."

"황성태 일기장요?"

지훈이 고개를 갸웃거리며 되물었다. 절망적인 얼굴을 한 은서가 머리를 땅에 박았다. 지훈이 성태의 일기를 알 리 없었다. 은서는 머리가 터질 것 같았다. 성태를 찾아가야 할지, 찾아가면 일기장을 줄지, 녀석이 일기장을 분실하기라도 했으면 어떡할지, 아니면 성태도 벌써 죽지는 않았을지…. 당장 뭐라도 해야 하는데 그게 뭔지 짐작도 가지 않았다. 그런데 전혀 예상할 수 없던 곳에서 한 줄기 희망이 비쳤다.

"황성태 일기장이라고요? 엄마가 그걸 어떻게 알아요?"

"네가 그걸 알아?"

"제가 14년 전에 성태한테 뺏었거든요."

"정말?"

"그라목손 먹을 뻔했을 때요, 왜 그때 성태가 좀 오락가락했거든요. 덕분에 살 수 있었지만. 설마 이것도 잊으신 건 아니죠?"

"아니야, 기억나. 그걸 어떻게 잊어."

"정말요? 아까는 이모의 사고도 기억 못하셨는데."

지훈이 의심스러운 눈빛으로 되물었다. 하나뿐인 동생의 죽음도 기억하지 못했으니 당연한 처사였다.

"성태가 달려들어서 커피우유를 땅바닥에 쏟았잖아."

"진짜 그건 기억하시네요. 그때 종오가 일을 꾸몄다는 게 밝혀지면서 그놈이 전학 갔잖아요."

"…그랬었지."

은서는 우선 아는 척하며 들었다.

"저는 성태가 그날 어떻게 알고 왔는지 이해가 안 됐어요. 그래서 추궁을 좀 했거든요. 절대 말 안 하더니, 종오가 전학 가고 1년쯤 지나서야 말을 하더라고요."

"뭐라고?"

"다 알고 있었다고. 그런데 본인은 가담하지 않았다고요. 놈이 일기장을 주면서 말하더라고요. 그래도 전 안 믿었어요."

"왜?"

"그깟 일기장 종오가 전학 가고 썼는지 알 게 뭐예요."

"혹시 그 일기장 아직도 들고 있어?"

"글쎄요. 있을 것도 같은데. 찾아볼까요?"

"지금, 바로!"

"근데 그 일기장은 왜 찾아요? 지독하고 길었다던 그 악몽이랑 관련 있어요?"

지훈의 눈에 의문이 가득했다. 은서는 대답 대신 아들의 손을 잡았고, 지훈은 아무 말 없이 일어났다. 지훈이 안방을 나서 2층으로 올라갔고, 은서가 뒤따랐다. 계단을 오르며 지훈의 미술대회 입상 사진이 있던 곳을 바라봤다. 그 자리에는 유화가 걸려 있었다. 그림이 집안의 전체적인 분위기와 어울렸다. 유화가 걸린 액자에 먼지가 얇게 앉아 있었다. 주변에 먼지떨이도 없었다. 은서의 마음이 복잡했다. 지훈은 뒤를 돌아보며 에리가 쓰는 방으로 들어갔다. 순간 이상한 생각이 들었다. 지금 집은 지훈의 사건 뒤 도망치듯 이사 온 곳이었다. 지훈이 죽지 않았더라면, 이런 외진 곳에 살 이유가 없을 터였다. 은서가 은근슬쩍 지훈에게 떠보듯 물었다.

"아들, 이런 동네에 살아서 불편하지?"

"또, 또, 또, 그 말이다. 엄마 건강 때문에 공기 좋은 데로 왔잖아요. 이모네 사고 이후로 안 좋았던 건강이 여기서 많이 좋아졌구요. 전 좋기만 합니다, 어머니."

"그랬지, 참."

"오늘 자꾸 이상한 말씀을 하시네요, 안 여사님."

안 여사. 에리가 장난스레 하던 말이었다.

'걱정 붙들어 매셔요, 안 여사님.'

'역시 안 여사는 나랑 통한다니까요.'

귓가에 맴도는 에리의 목소리가 은서의 심장을 마구 찔러댔다. 지훈은 책장 위에서 상자 하나를 꺼내더니 담긴 물건을 빼내기 시작했다. 뒤에서 지켜보던 그녀는 채혁이 어떻게 되었을지 궁금해졌다.

"참 채혁이는…."

은서가 조심스럽게 채혁의 이름만 꺼냈다. 자칫 잘못 물었다가는 지훈이 걱정할까 싶었기 때문이다.

"엊그제 우리 집에 왔었잖아요. 갑자기 채혁이는 왜요?"

"아, 아니. 그게…. 채혁이도 그때 일에 몸서리치나 해서."

채혁이 살았다는 것은 불행 중 다행이었다. 기주의 인생이 어떻게 파탄 났는지 잘 아는 은서는 그가 그런 고통을 겪지 않았다는 일에 안도했다.

"그럼요, 그 일을 어떻게 잊어요. 채혁인 지가 만수무강 할거래요. 죽을 고비를 넘기면 장수한다나 뭐라나. 그거 믿고 술도, 담배도 어찌나 많이 하는지 참."

지훈이 본인이 생각하기에도 어이없는지 껄껄 웃었다. 그러다가 노트 한 권을 들고 뒤돌아봤다.

"아! 여기 있다. 이게 아직 있네."

은서가 알던 그 일기장이었다. 얼른 일기장을 받아서 펼쳤다. 일기장에는 그라목손을 고체로 만드는 6번 일기가 마지막으로 적혀있었다. 글씨가 조금 더 연해진 것 같아 신경 쓰였다. 이미 과거로 갔던 1번, 2번, 5번 일기는 보이지 않았다. 기묘한 기분에 휩싸여 가만히 마지막 6번 일기를 바라봤다. 7번 일기 이전의 과거로 돌아가면 에리를 살릴 수 있을 것 같았다.

하지만 큰 문제가 있었다. 이미 7번 일기를 써버려서 결정적인 사고 순간으로는 갈 수 없다는 것이었다. 다시 과거로 돌아간다면 지훈의 죽음을 막는 게 훨씬 어려워질 게 분명했다. 현시점에서 남은 일기는 3번, 4번, 6번. 단 세 번의 기회로 에리와 지훈을 모두 구해낼 자신이 없었다. 설령 지훈을 살려낸다 한들 그 세상에 또 에리가 없다면 남은 일기도 없는 그때는 어찌할 것인지 상상조차 안 되었다.

겨우 되찾은 행복이라 생각했다. 찰나의 행복 뒤에 영겁의 고통이 기다리고 있을 줄 몰랐다. 지훈과 에리 중 한 명만 존재하는 운명이 너무도 잔인했고, 그 선택이 자신의 손에 달렸다는 게 더없이 무자비하게 느껴졌다. 감히 누구를 선택할 수 없었다. 그때 에리가 했던 말이 떠올랐다.

'조급함과 그르침은 단짝이랍니다.'

순간 한 가지 방법이 번쩍 떠올랐다. 최선은 아닐지라도 차선 정도는 될 법했다. 일단 시간이 허락하는 데까지 결정을 유보하는 방법이었다. 일기장은 성태의 건강상태에 따라 글씨의 진하기가 바뀌었다. 최대한 오랜 시간 지훈과 함께 지내다가 글씨가 거의 보이지 않을 때쯤 판단하면 될 일이었다. 충분하지는 않겠지만, 그간 누리지 못한 행복을 어느 정도는 누릴 수 있을 것 같았다.

은서가 글씨의 진하기를 보기 위해 다시 일기장을 펼쳤다. 그런데 일기장의 글씨가 조금 전보다 더 연해져 있었다. 잘못 봤나 싶어 눈을 비비고 봤지만 분명 연했다. 마구 눈을 비비는 은서를 걱정스레 지켜보던 지훈이 물었다.

"왜 그래요?"

"글씨가 연해졌어!"

창백한 표정의 은서가 지훈에게 일기를 들이밀었다. 지훈이 일기장을 받아들더니 한 장씩 넘기며 살펴봤다.

"이게 연해지고 있는 건가? 그냥 오래되어서 그런 거 아닐까요?"

"아냐. 분명히 연해."

"잠깐. 이거…."

지훈이 뭔가를 발견한 듯 말을 멈추더니 일기장을 뚫어지게 바라봤다.

"왜 그래, 훈아."

"엄마 말이 맞아요. 정말 연해지고 있어요."

은서가 다시 일기장을 받아들었다. 계속해서 글씨가 연해지고 있었다. 문제는 그 속도가 마냥 느리지 않다는 것이었다. 읽기 힘들 정도까지 연해지는데 얼마 시간이 남지 않았음을 알 수 있었다.

"너무하잖아. 이런 재촉은!"

은서가 허공을 바라보며 말했다. 그 모습을 본 지훈이 놀라며 은서의 손을 잡았다. 지훈의 손에서 온기가 느껴졌다. 그 따뜻함이 사무치도록 좋아서 눈물이 날 것 같았다.

"훈아…."

"우리 안 여사님, 고민 있어요?"

"방금 마음을 정했어. 이게 맞는지 모르겠지만. 이게 덜 후회할 것 같아."

은서의 눈물이 지훈의 손등에 떨어졌다. 지훈은 그 눈물을 닦지 않은 채 더없이 상냥한 미소를 지으며 말했다.

"저는 엄마의 선택을 지지합니다."

지훈의 말에 참고 있던 눈물이 터져버렸다. 은서가 흐느끼며 말했다.

"사랑하는 훈아. 네가 어디에 있든, 엄마는 널 위해 기도할게. 멈추지 않고."

"저도요, 엄마."

은서는 한 손에 지훈을 꼭 잡은 채 일기를 읽어 나갔다.

6번

며칠 전부터 종오가 지훈이와 채혁이를 죽이겠다고 했다. 난 콧방귀를 뀌었다. 제발 그렇게 좀 해보라고도 했다. 그런데 장난치고는 너무 진지하다. 오늘은 그라목손을 고체로 만들기까지 했다. 놈의 눈에서 광기가 보였다.

일기장의 글자가 모두 사라졌을 때, 은서는 마지막으로 아들을 봤다. 지훈이 편안하게 웃고 있었다. 마치 모든 걸 이해한다는 듯이.

눈물로 앞이 흐려지며 눈이 따가워졌다. 그러나 이대로 감을 수 없었다. 단 한 번 깜박거림으로 훌쩍 커버린 지훈을 다시는 볼 수 없을 것을 은서는 잘 알았다. 은서가 잔뜩 눈에 힘을 주고, 아들을 꽉 껴안았다. 사무치게 그리울 아들의 냄새가 났다. 이 순간을 조금만 더 누릴 수 있기를 기원했다. 절대 눈을 감지 않으리라 이를 악물었다. 하나 차오르는 눈물에 자신도 모르게 끔벅 눈을 감아버리고 말았다.

21. 과거, 은서, 종오 집 지하실

다시 눈을 뜬 은서의 눈에서 눈물이 흘러내렸다. 인지하지도 못한 채 끔벅 눈을 감았다 떴더니, 그토록 그리워했던 지훈이 사라졌다. 대신 그녀의 눈앞에 종오가 있었다. 매스꺼운 그 얼굴을 보자 과거로 왔음을 깨달았다. 은서가 손톱이 살을 파고들 정도로 주먹을 꽉 쥐었다.

"뭐야, 병신. 왜 울어? 갑자기?"

"…닥쳐."

"너나 닥치고 가만히 좀 계세요. 딱 중요할 땐데."

"뭐 하는 거야, 지금?"

"아까 말했잖아. 그라목손을 말릴 거라고."

종오는 장갑에 마스크를 끼고, 철판 쟁반에 그라목손을 붓고 있었다. 은서의 눈에 진초록색 액체가 보였다. 동시에 아픈 과거가 진초록색으로 필터링이 되어 스쳤다. 고통스럽게 죽어간 아들, 수술실, 부검, 장례식, 동생 내외의 사고와 그 장례식까지. 쓰디쓴 신물이 올라왔다.

"그렇게 만든 거였어? 어떻게 이런 생각을…."

"아, 글쎄 조금 전에 컵라면 먹다가 생각났다니까. 라면 스프처럼 만들어서 멕이려고. 아, 중요한 순간이니깐 말 걸지 말고 가만히 좀 있어!"

그를 향한 살의가 은서의 몸을 휘감았다. 당장 엎어버리고 싶었다. 그라목손을 빼앗아 놈의 입에 붓고 싶었다. 하나 그를 죽일 수 없었다. 종오의 계획이 성공해서 지훈이 죽어야만 에리가 살 수 있었다. 그녀는 슬며시 종오 뒤로 가서 휴대폰을 꺼냈다. 그리고 몰래 종오가 그라목손을 붓고 있는 모습을 찍었다. 무음으로 촬영되어서 종오는 사진을 찍는 줄도 몰랐다. 그때 한 여자가 문을 열고 들어왔다. 은서가 급히 휴대폰을 숨겼다.

"간식 좀 드릴까요?"

"아줌마."

"네?"

"제가 뭐라고 했었죠?"

"아. 그게…. 먼저 부르지 않으면 들어오면 안 된다고."

"좋아요. 마지막으로 말할게요. 딱 한 번만 더요. 제가 먼저 부를 때까지 들어오지 마세요. 아셨어요?"

"아, 죄송해요. 어머니께서….'

"녹음해 드려요? 그걸로 벨소리를 해놓으면 좀 아시려나."

"아닙니다. 죄송해요. 일 보세요."

종오는 끝까지 돌아보지 않고 말했다. 그녀는 종오가 돌아볼까 두려웠는지 그의 뒤통수에 대고 애써 멋쩍은 웃음을 보이고 나갔다. 망나니가 따로 없는 종오의 행실에 은서는 치가 떨렸다. 뒤통수마저 혐오스러웠다. 당장 한 대 갈겨버리고 싶은 마음을 겨우 억누르고 말했다.

"긴장 늦추지 마. 홍시 먹다 이 빠지는 법이니."

"웬 홍시? 뭔 말이야?"

"방심하다간 뜻밖의 실수를 한다고."

"똥멍청이가 그런 말도 알아?"

"닥치고 차분하게 해. 꼭, 꼭 성공해야 하니까."

처참한 분노를 삼킨 은서의 목소리가 서늘했다. 아무것도 모르는 종오가 시선을 쟁반에 꽂은 채 히죽거렸다. 은서가 아랫입술을 꽉 깨물었다. 어찌나 세게 깨물었는지 입술이 터지며 비릿한 맛이 났다.

"걱정 마. 이지훈 그놈, 고통스럽게 죽여버릴 거야."

종오의 말에 벌레 삼킨 듯 속이 뒤틀렸다. 구역질이 올라와 입을 막고서 뛰쳐나갔다. 화장실에 간 은서가 변기를 붙잡고 구토했다. 속을 게워낸 뒤 찬물에 세수한 은서가 거울을 바라봤다. 눈이 시뻘건 살기로 가득했다. 터진 입술에서 피가 흘렀으나, 피로 멍울진 것은 터진 입술이 아니라 눈인 듯했다. 그 순간 하얀빛이 그녀를 감쌌다.

22. 현재, 은서, 은서 집

"엄마, 괜찮아요?"

서서히 눈을 뜬 은서가 에리를 바라봤다. 어리고 여린 딸의 눈이 온통 걱정으로 가득했다. 자신이 깰 때까지 기다린 에리를 와락 껴안았다.

"고마워. 여기 있어 줘서."

"제가 곁을 지키겠다고 했잖아요."

영문을 모르는 에리가 은서의 품에서 말했다.

"네가 옆에 있으니 너무 좋아."

"오빠를 구하는 건, 실패했어요?"

"응. 못 구했어."

에리가 이런저런 위로의 말 대신 작은 품으로 힘껏 엄마를 안았다. 은서는 에리에게 모든 사정을 말할 수 없었다. 지훈을 대신해서 선택했다는 말은 그야말로 에리의 가슴에 대못을 박는 일이었다. 은서는 에리를 선택한 결정을 후회하지 않았다. 지훈을 선택하면 자신의 손으로 에리를 죽이는 것과 마찬가지였다. 매정한 말이지만 지훈을 죽인 것은 종오지 은서가 아니었다. 형용할 수 없이 애통했지만, 옳은 선택을 했다고 믿었다. 채혁과 기주가 떠올랐다. 기주를 볼 낯이 없었다. 은서는 생각했다. 만약 기주가 곁에 있었더라면, 지금의 선택을 지지했을까 하고. 결코 쉽지 않았을 것 같았다.

두려웠다. 이제 지훈과 채혁을 살리는 시도는 엄두조차 나지 않았다. 나비효과가 너무도 무서웠다. 지훈만 살리면 모든 것이 해결된다고 여겼는데, 바뀐 미래에 윤서, 민기, 에리도 없었고 성태의 건강도 더 악화된 듯했다. 다시 바뀐 미래에서 에리를 잃게 되었을 때 일기장마저 찾지 못한다면 은서는 견디지 못할 것이었다. 자식을 담보로 도박할 어미는 세상에 없었다. 이번에는 운이 좋아서 돌이킬 수 있었지만, 실패했다면 은서는 미치고 말았을 거다.

그럼에도 장성했던 지훈의 모습은 지워지지 않았다. 벌써 그리워졌다. 짙어진 애달픔에 온몸이 저려 왔다. 선택이 옳았다고, 비통한 심경이 들지 않는 건 아니었다. 무서운 생각마저 들었다. 과거로 돌아가서 지훈과 채혁을 살리는 일은 순리를 거스르는 일이 아닐지 걱정이 되었다. 은서가 일기장을 살폈다. 조금 전 과거보다 글씨가 진했다. 은서가 긴 숨을 내뱉었다. 그녀도 그 긴 숨의 의미를 알 수 없었다. 안도인지, 아쉬움인지, 포기인지, 원망인지.

3장

실수는
기회를 만들고

1. 과거, 종오, 종오 집 지하실

종오는 별일 없이 시간을 죽이기 위해 지하실에 내려갔다가 운명적인 물건을 발견했다. 제초제, 그라목손이었다.

절대 마시지 마시오.

강력한 경고 문구와 해골바가지. 종오는 한동안 그것에서 눈을 뗄수 없었다. 계속 머릿속으로 어렴풋하게 그려왔던 스케치에 선명한 색을 입힌 것 같았다. 다음날 하교 후 성태를 데리고 지하실로 갔다.

"이거 멋있지?"

종오가 성태에게 그라목손을 쭉 내밀었다.

"뭔데, 이게?"

"데스티니."

"데스… 뭐라고? 죽는 거야?"

성태의 바보 같은 말에 종오는 웃음이 샜다.

"운명, 병신아."

"아, 운명. 나도 알고 있었어. 등신아."

"알기는 개뿔. 난 이걸로 놈을 죽일 거야. 운명적으로다가."

"죽여? 누굴?"

성태가 고개를 갸우뚱하며 물었다. 성태는 아직 종오 말의 진의를 이해하지 못한 것처럼 보였다.

"잘난 그놈들 말이야."

"지훈이랑 채혁이? 걔들을 왜 죽여?"

"죽일 이유는 차고 넘치지. 나를 무시하고, 무시하고, 개무시했지. 걔들은 날 지렁이로 봐. 밟아도 꿈틀거리기만 하는. 그래서 내가 보여 주려고. 내가 지렁인지, 누렁인지, 구렁인지."

종오의 목소리에 분이 가득 차 있었다.

"네가 걔들 손에 처맞지만 않으면 다행이지."

"두고 봐. 내가 얼마나 고통스럽게 그들을 보내는지."

"아무리 아버지가 검사라도 너 감빵간다, 이러다가."

성태가 걱정과 한심함이 섞인 표정을 지었다.

"나 아직 14번째 생일 안 지난 거 잊었냐?"

"살인이 장난이냐? 막상 개나 고양이 한 마리라도 죽여 봐라. 기분 뭐 같지. 하여튼 입만 살아 가지고."

얼굴이 붉게 달아오른 종오가 성태를 쏘아보았다. 진심을 말하고 있는데, 성태가 못 미더워하는 게 짜증이 일었다.

"너까지 나 무시하는 거야?"

"무시가 아니라…. 아, 나도 막상 그놈들이 망해서 전학 가거나, 어디 좀 다치거나 했으면 좋겠단 생각은 했지. 아무리 그래도 어떻게 직접 죽이냐?"

"너 내가 어떻게 하는지 잘 봐둬."

종오가 의욕을 보였다. 그는 성태를 데리고 컴퓨터 앞에 갔다. 비장한 얼굴로 인터넷 창을 열더니 그라목손에 대한 정보를 모으기 시작했다. 처음엔 쇼 그만하라고 투덜대던 성태도 점차 몰입하더니, 이윽고 자신이 컴퓨터 앞에 앉아 정보들을 검색하기 시작했다.

"장난 아닌데. 못 먹게 하려고 구토 유발제가 들어 있네."

"그래봤자 한 숟가락만 마셔도 치사율 100%다."

"해독제도 없고."

"폐를 섬유화시켜 수일 내에 고통스럽게 죽게 만든다는데. 와, 쫄린다."

조사할수록 그라목손이 얼마나 위험한지 알 수 있었다. 종오는 흡족한 미소를 지었다. '무엇을'이 해결된 셈이었다. '누가', '왜'는 갖춰져 있었으므로, 이제 '언제', '어디서', '어떻게'만 채우면 이야기가 완성될 터였다.

종오는 먼저 '어디서'에 집중하기로 했다. 그가 자신도 모르게 머릿속의 고민을 소리 내어 말했다.

"둘만 가는 곳이 있으면 좋겠는데."

"그런 곳이면 초소지. 초소."

성태가 모니터에 있는 그라목손 사진에 시선을 꽂아둔 채 기계적으로 답했다.

"초소?"

"그래, 2학년에서는 지훈과 채혁 밖에 못 가는 그 뭐 같은 초소."

그 순간 일전에 채혁이 했던 말이 떠올랐다.

'원래 저기는 3학년만 들어갈 수 있는 곳이야. 2학년 중에서는 나하고 지훈이만 들어갈 수 있다고.'

"거기는 3학년들이 늘 있잖아."

"그렇긴 하네."

"도움이 안 돼, 진짜."

"아, 쏘리. 다다음 주 토요일은 3학년 현장 체험학습이 있지만, 보통은 3학년들이 있으니까."

성태가 모니터를 보며 별생각 없이 답했다. 하나 그 말에 종오의 머릿속에는 한줄기 섬광이 스쳤다.

"3학년 체험학습?"

"다다음 주 토요일에 3학년 현장 체험학습 가. 몰랐어?"

종오의 눈가가 파르르 떨렸다. 곧장 성태를 밀어내고 컴퓨터 앞에 앉았다. 투덜대는 성태를 무시하고 학교 홈페이지에 들어갔다. 가정통신문을 검색하니, 성태 말대로 다다음 주 토요일이 3학년의 현장 체험학습일이었다. 그날은 종오의 생일 전날이었다.

"내 인생의 마지막 촉법소년의 날이다, 이거지."

"와 씨, 이게 또 이렇게 되네."

"또 다시 데스티니."

'어디서'와 '언제'가 동시에 완성되는 순간이었다. 이제 '어떻게'만 해결하면 됐다. 순조로운 진행 상황에 '어떻게'도 곧 해결할 수 있으리란 자신감이 생겼다. 종오가 잔뜩 들뜬 표정으로 시계를 봤다. 저녁 9시 13분이었다.

"우리 초소에 가보자."

"지금? 이 시간에?"

"잠깐이면 돼. 거기가 놈들을 죽일 만한 곳인지 직접 봐야겠어."

그는 싫다고 하는 성태를 억지로 끌고 초소가 있는 공터로 갔다. 두 사람의 예상대로 공터에는 아무도 없었다. 종오가 초소를 가리켰다.

"너도 처음이야?"

"처음은 무슨. 몇 번 와봤지."

"지훈과 채혁만 올 수 있다던데?"

"지금처럼 밤에 몰래 왔지. 도둑고양이처럼."

"어쩐지. 너 같은 쩌리가 어떻게 들어왔나 했다."

"쩌, 쩌리? 자꾸 건들래?"

그의 말에 성태 얼굴이 붉어지며 화를 냈다. 종오는 그 모습이 재밌어 피식 웃으며 초소 안을 살폈다.

"구닥다리 소파, 커피믹스 봉지, 담배꽁초, 우유갑. 이게 다야? 별로네. 근데 커피믹스는 뭐야?"

"우유에 타 먹거든."

"커피믹스를?"

종오가 커피믹스 봉지를 손에 들고 이리저리 살펴봤다.

"있는 집 도련님이라 안 먹어봤냐? 커피믹스를 우유에 타면 극강의 커피우유가 된단다."

"지랄하네."

"하아, 이 돈 많고 순수한 어린 양을 봤나."

"비율은 어떻게 맞추냐? 병신아!"

"다 털어 넣으면 기가 막힌 황금 비율이다, 등신아!"

"황금 비율은 무슨. 커피 회사가 요 200㎖ 우유에 타 먹을 걸 고려해서 커피믹스를 개발했을까 봐? 웃기지 마. 그냥저냥 먹을 만하니까 먹는 거겠지."

"세기의 발견을 이렇게 무시하네. 내일 내가 만들어주는 거 처먹어나 봐라. 맛있어서 '형님, 제가 뭣도 모르는 쪼다였어요' 할 거다."

"그래, 내일 한 번 먹어나 보자. 그런데 걔들은 왜 우유를 여기까지 가지고 와서 미적지근한 커피우유를 마시고 자빠졌냐? 학교에서 시원하게 타 먹지."

"하나만 알고 둘은 모르는 멍청한 놈."

"뭔 개소리야?"

"서울 촌놈이 커피믹스와 구름과자의 로맨스를 알 턱이 없지."

"뭐?"

"커피믹스는 담배하고 궁합이 쩔어요. 네가 뭘 아냐? 커피를 마시면 담배가 마렵고, 담배를 피우면 커피가 마려운 걸."

"그래서?"

"아, 이 답답아. 중딩이 담배 한 대 피우고, 커피우유를 마시려면 여기밖에 없다고!"

"커피하고 담배…."

종오는 성태의 말을 되뇌며 주변을 살폈다. 바닥에 어지러이 버려진 꽁초가 보였다. 지훈과 채혁이 여기서 커피우유를 마시고 담배를 피우는 장면이 그려졌다.

다음 날에도, 그다음 날에도 종오는 컴퓨터 앞에 있었다. 눈이 모니터와 공책을 빠르게 오갔고, 손도 분주히 움직였다. 그럴싸한 자료는 모조리 기록했다. 그러나 처음 생각과 달리 마지막 퍼즐 '어떻게'는 쉽게 해결되지 않았다. 아무리 검색해도 그라목손을 먹이는 방법은 나오지 않았다. 워낙 위험한 농약이다 보니, 생선 썩는 냄새가 첨가되어 있었다. 색깔도 사람을 흠칫거리게 만드는 진초록색이었다. 상식적으로 이것을 먹게 만들기란 불가능해 보였다. 하염없이 날짜만 흘러갔다. 3학년 체험학습일이 다가오고 있었다.

해결책은 세기의 발명이 그러하듯 우연한 기회로 찾아왔다. 야식으로 컵라면을 먹을 때였다. 끓는 물에 풀어진 라면수프가 빨간 국물이 되는 뻔한 장면이 슬로비디오처럼 보였다. 빨간 라면 국물보다 더 시뻘건 흥분이 종오의 몸을 감쌌다.

종오는 컵라면을 내팽개치고 당장 주방으로 뛰었다. 이것저것 들었다 놨다 반복하다가, 커다란 철제 쟁반을 챙겨서 지하실로 갔다. 옆에서 컵라면을 먹던 성태가 영문도 모른 채 따라갔다. 종오는 마스크와 고무장갑을 끼고 쟁반에다가 그라목손을 얕게 부었다. 그리고 지하창고 구석에 숨겨 뒀다.

이틀 뒤 그라목손이 굳어 있었고, 종오의 얼굴은 흥분으로 달아올라 있었다. 그가 굳은 그라목손을 곱게 갈았다. 고무장갑을 끼고 잘게 부순 그라목손 가루를 잘 챙겼다. '어떻게'가 채워지는 순간이었다.

"준비 완료!"

살인 계획의 육하원칙이 완성되었다. 종오가 만족스러운 얼굴로 달력을 봤다. 3학년 현장체험학습일인 토요일에 빨간색 별표가 쳐있었다.

2. 현재, 은서, 은서 집

"엄마. 엄마!"

거실에서 일기장을 살펴보던 에리가 놀란 목소리로 작업실로 달려왔다. 그림을 그리고 있던 은서가 손에 쥔 연필을 내려놓았다.

"왜? 무슨 일 있어?"

"6번 일기가 사라졌어요!"

에리가 안 그래도 큰 눈을 더 크게 뜬 채로 말했다. 은서가 에리의 눈을 피하며 대답했다.

"아, 그거…. 읽었어."

"6번 일기를요? 언제요? 엄마 혼자서요?"

"7번 일기로 과거에 갔을 때, 과거 속에서 다시 6번 일기를 읽었어."

"뭐라고요?"

"사정이 좀 있었어."

"아니, 그래도 그렇죠. 제게 말씀이라도 해주셨어야죠. 동업자끼리, 참."

에리의 목소리에 서운함이 가득 묻어났다.

"동업자보다는 동반자에 가깝지 않을까?"

"지금 그게 중요한 게 아니잖아요."

"미안해, 미안해서 그러지."

은서가 에리의 화를 풀어주기 위해 빙그레한 미소를 보였다.

"다시는 그러지 마요."

"암요, 당연하죠. 동반자 양반."

"그런데 과거에서 과거로 또 갈 수도 있어요? 액자식 구성이네."

"그러게. 되더라고."

"그런데 엄마. 왜 6번 일기로 갔어요? 남은 것 중에 제일 중요한 일기잖아요."

"그게, 독약 먹는 걸 말리지 못했거든. 그래서 곧장 6번으로 갔어."

에리가 눈치챌까 싶어 뜸 들이지 않고 재빨리 둘러댔다. 하지만 에리는 호락호락하게 넘어가지 않았다.

"현재로 돌아왔다가 갈 수도 있었잖아요. 6번은 더 아껴둘 수도 있었고."

"미치겠더라고. 찰나의 순간으로 지훈을 살리지 못하니깐 말야."

"우리 서두르지 않기로 했잖아요. 조급함과…."

"그르침은 친구다."

은서가 에리의 뒷말을 잘라 대신했다.

"아시는 분이 그러셨어요?"

"어떻게든 빨리 해결해버리고 싶었거든. 미안해. 이성적이지 못했어."

"혹시 제게 숨기는 거 있어요?"

날카로운 질문이 은서를 아프게 찔렀다.

"없어, 딸."

"복수는 엄마가 직접 한다고 하셨죠? 저는 안 되고요."

"그랬지."

"저는 아직 제가 나서는 게 맞다고 생각해요. 촉법소년이니까요. 무섭지 않다면 거짓말이겠지만, 잘할 수 있어요. 왜냐면 엄마를 위한 일이니까요. 그럼에도 저는 물러서 있어요. 엄마의 말을 따르고 있는 거죠. 그러니깐요 엄마는 제게 비밀이 없어야 해요. 제가 엄마의 모든 걸 알아야 하는 건 아니지만, 복수에 대해서는 숨기지 않았으면 해요. 진짜 숨기는 거 없으시죠?"

에리가 당당한 목소리로 말했다. 그럼에도 불구하고 은서는 지훈을 살리지 못했던 사정을 말할 수 없었다.

"없어. 꼭 성공해야겠다는 부담감에 그만 내가 무리를 했어."

"좋아요. 믿을게요. 그런데 엄마. 지금 그리는 사람은 누구예요?"

에리가 은서 앞에 놓인 남자를 보며 물었다.

"지훈이야. 만약 죽지 않았다면 이렇게 생기지 않았을까 해서."

은서는 지난번에 만났던, 에리를 대신 선택함으로써 다시는 볼 수 없게 된 스물여덟 살의 아들을 그리고 있었다. 그날 이후 그녀는 더욱 진한 그리움 속에 갇혀 살았다. 특히 계단을 지나가다 액자의 먼지를 털어줄 때면, 장성한 아들 모습과 14년 전의 모습이 오버랩되어 보고 싶은 마음이 깊어만 갔다. 깊은 그리움은 그녀를 겁먹게 했다. 기억이 흐려져서 장성한 아들의 얼굴을 잊을까 봐. 남겨두고 싶었다. 그녀만이 할 수 있는 방법으로.

"와, 나는 여태 엄마가 고슴도치인 줄 몰랐네요."

"고슴도치?"

"아들을 이렇게 예뻐하기 있어요? 완전 아이돌이잖아요. 아무리 상상화라도 미화가 너무해요."

"그런가? 이렇게 자랐, 아니 자라지 않을까?"

"노코멘트합니다, 안 여사님. 부디 저도 엄마 눈에 그렇게 예쁘게 보였으면 하네요."

에리가 은서에게 얼굴을 쑥 내밀며 잔뜩 기대하는 표정을 지었다.

"아무렴 당연하지. 하나 그려봐?"

"아이고, 됐습니다."

에리가 고개를 가로젓더니 일기장을 집어 들었다. 에리가 일기장을 한 장씩 꼼꼼하게 살폈다.

"그 정도면 외우겠다. 그렇게 봤는데 뭘 또 봐."

"글자 진하기는 별 차이 없는 것 같네요. 음…. 그나저나 사건이 벌어지기 전 일기는 두 개밖에 없네요. 3번과 4번요."

"이번에는 8번 일기로 가보려고."

"왜요? 그럼 오빠를 살릴 수 없잖아요."

에리가 고개를 갸웃거리며 8번 일기를 펼쳐 읽었다.

"그게 쉽지가 않네. 애초에 죽은 사람을 살리는 건 무리가 아닌가 싶기도 해서."

"엄마 예전에 13번째 일기로 간 과거에서 어른이 된 오빠를 봤다고 하지 않았어요?"

"그게 전부 다 맞지는 않나 봐. 여러 가능성을 보여준 것 같아."

은서가 에리의 눈을 피하며 둘러댔다.

"정말 그렇게 생각해요?"

"순리를 거스르는 게 쉽지 않네. 차라리 종오가 벌을 받도록 하는 게 맞겠다 싶어."

"촉법소년에게 무슨 벌을 준다고."

"소년원이라도 다녀오게 만들고 싶어."

"소년원요? 촉법소년이 소년원에 가요?"

"가지. 최대 2년밖에 안 되지만."

에리가 의문스러운 얼굴로 다시 8번 일기를 읽었다. 8번 일기를 통해 어떻게 소년원을 보낼 생각인지 도무지 이해가 안 되는 모양이었다.

"경찰을 찾아가려 해."

"경찰을 찾아가서 뭘 하시게요? 어차피 재판은 판사가 하잖아요. 그때도 판사가 간단한 보호처분만 내렸구요."

"놈이 죽일 의도가 없었다고 딱 잡아뗐으니까. 그저 장난을 치려 했을 뿐이었다고, 죽게 될 줄은 몰랐다고 했지. 본인이 넣은 게 그라목손인 줄도 몰랐다고 했어. 증거가 없었어. 그 당시는."

"그 당시는, 이라고요? 지금은요?"

"있지. 만들어뒀거든."

"세상에. 언제요? 어떻게요?"

"6번 일기에서 말이야."

"대체 무슨 증거를요? 결정적인 건가요?"

"매우 결정적이지. 아직 남아만 있다면."

확신에 찬 은서의 표정을 본 에리의 얼굴에 기대감이 번져갔다. 은서는 6번 일기로 갔던 과거에서 종오가 그라목손을 붓고 있던 장면을 찍었던 상황을 설명했다.

"황성태 아저씨가 그 사진을 지우지 않았을까요?"

은서가 고개를 저었다.

"그런 사진이 있는 줄도 모를 거야. 그 녀석 휴대폰을 보니 정리라고는 모르고 살더라고."

"장담할 수는 없죠."

"놈의 모습으로 몇 번이나 과거에 가보니깐 알게 되는 게 있어. 충분히 걸어 볼 만해."

은서가 에리의 손을 꼭 잡으며 믿어달라는 제스처를 보냈다.

"증거는 경찰에 넘길 건가요?"

"형사 한 분을 알아. 믿을 수 있는."

은서는 지훈의 사건을 담당했던 형사를 떠올렸다.

"그렇게 해서 소년원에 간다고 해도 2년은 너무 짧아요."

"그런데 종오는 그것마저 안 받았잖아. 소년원 2년은 내가 생각한 최소한이야. 끝이 아니라 시작이지."

"일단은 알겠어요. 그래도 그림은 마무리 지어야겠죠?"

"그럼!"

은서가 다시 연필을 들고 아주 천천히 그려 나갔다. 지훈의 얼굴을 떠올리며 솜털 하나도 놓치지 않기 위해 열중했다. 몇 시간 뒤 그림이 완성되었다. 너없이 상냥한 미소로 '저는 임마의 신댁을 지지합니다' 라던 마지막 지훈의 모습이었다. 당시 아들 손에 흘렸던 눈물이 떠올라 처연한 기분이 들었다. 에리는 마지막까지 너무 잘생기게 그렸다며 밉지 않은 핀잔을 했다. 엄마가 우울한 기분에 빠지지 않게 배려하는 핀잔임을 은서는 알았다. 그녀는 기억이 흐려지기 전에 아들을 그려내 다행이다 싶으면서도, 그리움으로 마음이 아렸다. 사랑하면 아린다던 에리의 말이 떠올랐다. 은서는 한참 그림을 보다가 안방으로 내려왔다.

"8번 일기라고 하셨죠?"

에리가 8번 일기를 펼쳤다. 은서가 소리 내어 일기를 읽어 나갔다.

8번

자꾸 놈들 목소리가 들린다. 잠만 자면 꿈에 나타난다. 그라목손을 알고 썼다는 걸 말하라고. 종오에게 벌을 주라고. 나는 모든 사실을 말하려 했다. 이건 배신이 아니다. 어차피 종오는 촉법소년이라 벌을 안 받으니까. 그런데 엄마가 결사적으로 반대했다. 어디 가서 그거 말하면 인생 조진단다. 무섭고 외롭다.

이윽고 8번 일기의 글자가 모두 사라졌을 때, 에리의 목소리가 들렸다.

"엄마, 실패해도 괜찮아요. 저번처럼 다급해지지 마세요. 우리 같이 해결해 나가요."

에리의 살가운 마음 씀씀이에 먹먹해진 은서가 미소를 지으며 눈을 감았다.

3. 과거, 은서, 성태 집

깜박였던 눈을 뜬 은서는 심장이 덜컹 떨어지는 것 같았다. 성태의 방이라기엔 너무 깔끔했다. 정리벽이 느껴질 정도로 잘 정돈되어 있었다. 글씨를 보면 사람이 보이는 법인데, 개발새발로 적혔던 글씨와 깔끔한 방 사이의 간극이 컸다. 생각하지 않았던 곳에 떨어진 것 같아 식은땀마저 흘렀다. 시공간 이동을 하면서 처음 있는 일이었다.

방을 두리번거리던 그녀에게 벽에 걸린 포스터 하나가 눈에 들었다. 맨체스터 유나이티드 유니폼을 입은 박지성이 환호하는 장면이었다. 동시에 과거의 장면 하나가 스치고 지나갔다.

'맨유 빠돌이가 웬일이래?'

은서는 그제야 조금 마음이 진정되었다. 은서가 다시 방안을 살폈다. 흥분이 조금 가라앉아서였는지 눈에 들지 않던 액자 하나가 보였다. 선자와 성태의 사진이었다. 대여섯 살 즈음의 성태가 무슨 연유에선지 울고 있었고, 선자가 어린 아들을 안아주고 있었다. 성태 방이 확실했다.

은서는 얼른 휴대폰부터 살폈다. 다행히 지난번에 찍었던 사진이 그대로 남아 있었다. 종오와 그라목손이 제대로 나온 사진이었다.

'에리야, 사진이 있어.'

은서가 마음속으로나마 에리에게 기쁜 소식을 전했다. 책상 서랍을 뒤져 USB 하나를 찾았다. 컬러프린트가 있어서 사진을 한 장 출력하고 파일은 USB로 옮겼다. 그 뒤 손편지를 썼다.

문종오가 그라목손임을 알았다는 증거입니다. 조사하면 조작한 사진이 아니라는 걸 알 수 있을 겁니다. 죽은 자의 억울함을 풀어주세요. 정의를 구현해주세요.

은서가 출력한 사진, USB, 손편지를 봉투에 담았다. 옷장을 뒤져 정체를 숨길만 한 것들을 찾아보았다. 제보자의 정체를 숨기는 편이 좋을 것 같기 때문이었다. 지난 시공간 이동 때 지훈을 살렸다가 나비효과를 톡톡히 경험했기에 되도록 변수는 적게 만드는 게 좋을 것 같다. 그러려면 정보 제공자가 성태임이 들키지 않아야 했다. 성태가 결정적 증거 제보자인게 들통난다면, 미래가 바뀔 게 뻔했다. 십여 년이 지난 뒤 12번 일기에서 종오와 성태의 만남은 없을지 몰랐다.

은서는 자신의 모습을 어떻게 숨길지 고민했다. 방에는 당연하게도 죄다 남자 옷과 운동용품밖에 없었다. 여성인 은서에게는 모두 낯선 것들이었다. 나름대로 고른 게 검은색 모자와 검은색 옷이었지만, 이 정도로는 정체를 숨길 수 없을 것 같다. 답답한 마음에 은서가 혼잣말을 내뱉었다.

"성태가 여자라면 화장이라도 해볼텐데…."

무심결에 내뱉은 말이 자꾸 귓가를 맴돌았다. 생각해보면 여자로 변장하는 건 퍽 좋은 아이디어였다. 은서가 베란다로 나갔다. 빨래 건조대에 성태 모친의 것으로 보이는 속옷이 걸려 있었다. 은서는 브래지어를 가방에 몰래 넣고 집을 나섰다.

가장 먼저 간 곳은 편의점이었다. 그곳에서 검은색 마스크를 하나 샀다. 은서는 마스크를 쓰고서 종오를 처음 만났던 피시방 쪽으로 향했다. 피시방 옆에 있던 스티커 사진 가게로 가기 위해서였다. 스티커 가게로 들어가자 예상대로 한쪽 벽에 여러 소품이 쭉 걸려 있었다. 은서는 그중 가장 무난한 갈색 가발 하나를 집어서 칸막이 안으로 들어갔다.

능숙한 손놀림으로 브래지어를 착용하고 빈 공간에 휴지를 넣었다. 깡마른 체형에다가 아직 어깨도 벌어지지 않아서 그런지 별로 어색하지 않았다. 갈색 가발에 마스크까지 쓰니 어지간해서는 남자라고 생각되지 않을 것 같았다.

여장한 은서가 모자를 푹 눌러쓰고 화주 경찰서로 출발했다. 그녀가 만날 형사가 있는 곳이었다. 아들을 죽인 범인에 대한 정보를 아무에게나 줄 수 없었다. 은서는 증거 사진을 찍어둘 때부터 전달한 형사를 정했었다. 지훈의 장례식장까지 찾아와 위로의 말을 전했던 강력계 형사였다.

'놈이 가벼운 보호처분만으로 끝나는 일만큼은 절대 없어야 하잖아요. 저도 경찰이기 전에 한 아이의 아빠입니다. 이대로 놈이 풀려나는 걸 두고 보지 않겠습니다.'

경황이 없는 와중이라 이름은 잊었지만, 그의 말은 잊지 않았다. 화주 경찰서에 도착한 그녀가 현관으로 들어서려는데, 건물 오른쪽에서 혼자 담배를 피우고 있는 남자가 보였다. 한눈에 알았다. 그녀가 찾던 형사라는 것을. 은서가 그에게 가까이 다가갔다.

"저기요."

"누구지?"

"이거요."

"이게 뭔데?"

"보면 알아요."

은서는 목소리를 가늘게 하면서 최대한 짧게 말했다. 그녀는 준비한 봉투를 던지듯 건네고 뒤도 돌아보지 않고 도망쳤다. 한참을 달리다가 문득, 장례식장에서 고맙다는 말도 제대로 못 한 것이 떠올랐다. 비록 성태의 모습이지만 어떤 방식으로든 감사의 표현을 해야만 할 것 같았다. 그때 그 한마디가 아직 가슴속에 남았다고, 오래오래 자신을 위로해줬다고, 당신 같은 경찰이 있어서 너무나 다행이라고 말하고 싶었다. 은서가 발길을 돌렸다.

다시 경찰서 부근으로 돌아가고 있는데, 골목길에서 그녀가 찾던 강력계 형사가 보였다. 그는 은서가 준 봉투를 손에 쥐고 누군가와 함께 있었다. 형사가 만나는 사람은 뒷모습만 보여서 누군지 알아볼 수 없었다. 다만 형사가 두 손으로 악수하고, 허리를 굽신거리며 웃는 것으로 보아 대략적인 관계만 짐작할 뿐이었다. 그런데 분위기가 이상했다. 이야기 도중에 주기적으로 주변을 살폈다. 다른 사람의 눈을 피해 만나는 것처럼. 불길했다. 은서는 가까이 주차된 차로 조용히 다가가 몸을 숨겼다. 두 사람의 대화가 들렸다.

"그런데 형님, 아드님은 괜찮을까요?"

"어허. 몇 번을 말하나."

"행여나 아드님이 피해라도 볼까 봐 여간 마음이 불편하지 않습니다."

"음…. 촉법소년이니 걱정하지 않아도 되네. 자네는 안은서 옆에서 달래고, 위로만 잘해주게. 자네가 알아서 잘하겠다는 믿음을 보여줘. 그래야 안은서가 덜 나서지. 혹시나 안은서가 증거라도 넘기면 바로 내게 연락하고."

은서는 형사와 대화하는 사람의 정체를 알 수 있었다. 종오의 부친, 문재상이었다.

"안 그래도 장례식장에 가서 조문도 하고 왔습니다. 절 철석같이 믿고 있으니 염려 마세요. 참, 어떤 학생이 와서 이런 걸 줬습니다. 사진, 편지, USB인데요."

"이게 뭔가?"

형사가 봉투를 상대에게 전달했다. 은서는 그제야 제대로 당했다는 걸 알았다. 재상이 형사까지 포섭했을 줄은 꿈에도 몰랐다. 가슴속이 분노로 들끓었다.

"편지를 보니 USB에 사진 파일이 있나 봅니다. 사진은 댁에서 찍은 거 같구요."

사진을 살피던 재상이 사진을 갈기갈기 찢었다.

"이런. 어떤 놈이 감히…."

"죄송합니다. 얼굴을 꽁꽁 가려서요. 이것만 주고서 바로 도망가더라고요. 키는 170cm 조금 안 되는 여자였습니다."

"음…나이는?"

"그게 얼굴을 워낙 꽁꽁 감싸서요. 고등학생 정도로 보였어요."

"고등학생, 여자…."

"제 생각엔 심부름꾼일 것 같습니다."

"그렇게 생각한 까닭은?"

"제가 담배를 피우고 있었는데요, 건물에 들어가려다 저를 보고는 딱 다가와서 이 봉투를 주더라고요. 여기서 담배를 피운다고 다 경찰이 아니잖아요. 경찰이라고 해도 형사가 한둘인가요, 어디. 그년은 제가 그 사건 담당 형사인 걸 알았던 거죠. 글쎄 소속을 묻지도 않았다니까요."

"음…. 그러니까 그년은 경찰에게 이 봉투를 제출하러 온 게 아니라, 자네에게 주러 온 것이다 그 말인가?"

"그렇죠."

"그게 어째서 심부름꾼이라는 증거인가?"

"형님. 통상 제보자는요, 담당 형사를 만나면 붙잡고 주절주절 말을 많이 합니다. 이 말, 저말, 별말 다하죠. 범인을 잡는데 개미 눈곱만큼이라도 도움이 되고 싶으니까요. 그런데 방금 전 그년은 봉투만 주고 잽싸게 도망갔습니다. 뒤도 안 돌아보고 뛰었어요."

"흐음…."

"그래도 이게 제 손에 들어온 게 얼마나 다행입니까? 이건 제게 맡기시고, 형님은 집안 단속을 하셔요. 집 안에서 사진을 찍으려면 댁에서 일하는 사람 중 한 명일 가능성이 크니까요."

은서는 피가 끓는 배신감을 느꼈다. 형사가 재상과 합작한 감언이설에 놀아난 줄도 모르고 14년이나 감사한 마음을 품었던 자신이 한심하게 느껴졌다. 종오의 부친이 검사라는 말은 들었지만, 사건 담당 형사와 호형호제하는 사이일 줄은 꿈에도 몰랐다. 수사가 어디서부터 잘못되었을지 짐작조차 되지 않았다. 밀려드는 현기증으로 땅을 짚을 때 새하얀 빛이 그녀를 감쌌다. 그녀는 구토감이 이는 와중에도 재빨리 브래지어와 가발을 벗어서 주차된 차와 벽 틈새에 쑤셔 넣었다. 잠시 후 정신을 차릴 성태에게 여장한 자신의 모습을 보여줄 수는 없었기 때문이다. 은서는 어금니를 꽉 깨물며 눈을 감았다.

4. 현재, 은서, 은서 집

"사진은 있던가요?"

은서가 눈을 뜨자, 에리가 물었다. 언뜻 무심해 보이는 말투였다. 매번 과거로 갈 때마다 목표한 바를 이루지 못하는 엄마를 고려한 말투였다. 에리의 마음 씀씀이에 파도처럼 밀려든 고마움이 미안함으로 빠져나갔다. 배려와 눈치는 종이 한 장 차일 때가 많았기 때문이다. 에리가 은서의 기분을 배려하기 위해 눈치를 보는 것을 원하지 않았다. 애어른으로 자란 딸을 보면 그녀는 마음이 아렸다. 그랬기에 조금 전 자신이 세상을 향해 느낀 분통한 기분을 에리에게는 전하고 싶지 않았다.

"아니, 없더라. 사진. 성태 고 녀석 하필 사진을 싹 지웠더라고."

"아이고, 하필. 아까비."

"그러게, 해필. 아까비."

"개똥도 약에 쓰려면 없다더니, 참."

"그러게 말이다."

에리가 유쾌한 분위기로 섭섭함을 지워내고 방으로 올라갔다. 에리가 돌아간 뒤에 은서는 얼른 휴대폰을 들었다. 혹시나 하는 마음이 있는 건 어쩔 수 없었다. 떨리는 손을 놀려 재판 결과를 검색했지만, 달라지지 않았다. 형사에게 넘겼던 사진과 관련된 내용도 어디에도 없었다. 쓰디쓴 위액이 식도를 타고 거꾸로 올라오는 것 같았다.

그날 밤, 은서는 기주에게 전화를 걸었다. 전날 기주의 전화를 한 차례 피했었다. 채혁을 살려냈다가 다시 되돌렸다는 걸 기주가 알 리 없었음에도, 죄책감이 들었기 때문이다. 인제까지고 피할 수 없다는 걸 알았지만, 발신인을 보자 심장이 떨려 차마 받을 수 없었다. 은서는 속으로 수천 번 사과하고서야 전화를 걸었다.

"문재상이 강력계 형사를 포섭했었다고요? 그걸 어떻게 아셨죠?"

"지인 중 경찰이 있는데요, 그 사람이 알려줬어요."

"그걸 왜 이제 와서. 그때 안 말해주고⋯."

"얼마 전에 알았대요."

시공간 이동에 대해 말할 수 없는 은서가 적당히 둘러댔다.

"정말 썩었네요. 모든 것이. 진짜, 너무 합니다. 세상이 원래 이런 건가요? 우리를 이렇게 우습게 봐도 되나요?"

"경적필패 하게 만들어요. 우리."

"전에 말했던 준비한다는 거요, 잘 되어 갑니까?"

수화기로 전해지는 그 말이 은서의 가슴을 콕콕 찔렀다. 그의 말에 은서는 입술을 깨물었다.

"잘 준비되어 갑니다. 조금만 더 기다려주세요."

"뭘 어떻게 준비하는지 제가 알 수는 없나요? 답답해서요. 하루에도 몇 번씩 종오를 찾아가 죽여버리고 싶습니다. 한국에 있다면서요? 한 집, 한 집 다 뒤지고 싶습니다. 정말로요."

기주가 격앙된 목소리로 말했다. 이대로 있다가는 그가 독단적으로 나설 것 같았다. 은서는 자신의 계획이 조금씩 진전 중이라는 것을 보여줄 필요가 있었다.

"그동안 알아낸 게 하나 더 있어요."

"뭔가요?"

"문종오 연락처요."

"정말입니까? 언제요? 어떻게 알아냈는데요?"

놀란 기주가 소리를 치는 바람에 은서가 귀에서 전화기를 멀리 떼어냈다가 대답했다.

"최근에 알았습니다. 우연하게요. 알려드릴게요."

"바로 보내주세요. 제가 당장 전화해서 찾아가겠습니다."

"안 돼요. 그건 절대요."

"왜요?"

"놈이 연락처를 바꿀 거예요."

"그래서 전화하지 말라고요? 그럼 그걸로 뭘 할 건데요?"

"결정적일 때, 그때 연락해야 해요. 그러니 절대 연락하지 마세요. 약속하신다면 번호를 드릴게요."

"아무것도 하지 말라고 하면서 연락처를 왜 준대요?"

기주가 서운함을 담아 말했다.

"같이 복수하기로 했으니까요. 그래서 모든 정보를 공유하는 거예요. 제가 숨겼으면 좋겠어요?"

"그건 아니지만…."

"저를 조금만 더 믿어주세요. 저도 노력하고 있다고요."

"나 참. 알겠습니다. 도울 일 있으면 말하세요. 꼭요. 서둘러 주시고요."

"거의 다 되었어요. 조금만요. 조금 더 기다려도 안 되면 그땐 정말
기주 씨 마음대로 하세요."

은서는 자신 있게 말했지만, 계획처럼 일이 풀리지 않아 초조했다.
전화를 끊은 은서가 하염없이 일기를 살피고 살폈다. 오늘은 이전보다
더 글씨가 연해진 것 같았다.

5. 현재, 은서, 은서 집

늦은 밤, 마당에서 일기장과 지훈의 그림을 사이에 둔 은서와 에리
가 멍한 표정으로 하늘을 보고 있었다. 빛공해 없는 외딴곳이라 평소
에도 별이 잘 보이는 편이었지만, 유독 별이 밝다고 느껴지는 밤이었
다.

"별이 참 잘 보인다."

은서가 기지개를 켜며 말했다. 에리가 그녀의 동작을 따라 하면서
물었다.

"그러게요. 진짜 잘 보이네요."

"별이 밝은 걸까? 밤이 어두운 걸까?"

"엄마 생각은요?"

"오늘은 별이 유난히 아름답고, 깨끗하고, 밝게 빛나는 것 같아."

"별의 밝기는 늘 같잖아요. 주변이 달라졌겠죠. 더 어두워졌다거나."

"그냥 오늘은 별이 유난히 빛나는 날이라 기억하고 싶어. 추한 것이
있어 아름다운 게 아닌, 더러운 게 있어 깨끗한 게 아닌, 어두운 게 있

어 밝은 게 아닌. 그냥 별 자체가 유난히 빛났다, 이렇게."

"등단하셔도 되겠어요."

에리가 뱅싯거리며 웃었다. 에리를 따라 방긋 웃은 은서가 일기장을 들었다.

"사건이 일어나기 전 일기가 몇 개 안 남았네."

"두 개 남았어요."

은서가 지훈을 그린 그림을 보며 말했다. 그림을 보는데 청년 지훈이 떠올랐다. 세상에 공존할 수 없었던 지훈과 에리. 선택도, 그로 인한 죄책도 모두 은서의 몫이어야만 했다.

"그 두 번에 최선을 다해야지."

은서가 힘차게 말하자, 에리가 손가락으로 만든 드럼스틱을 바닥에 두드렸다.

"그럼 오늘의 일기는요? 두구두구. 3번? 4번?"

"바로, 4번입니다!"

은서도 에리의 호들갑에 맞장구를 쳤다. 에리가 인터뷰하듯 물어왔다.

"시간 여행자님, 왜 4번을 선택하셨나요?"

"작전상 비밀입니다."

"여론이 안 좋아질 텐데요. 시청자분들의 알 권리를 존중해주시죠."

"그러면 이에리 기자님께만 특별히 알려드리겠습니다."

"덕분에 특종을 잡겠네요. 왜 4번이죠?"

"할머니에 대해 좀 알아볼까 합니다."

"할머니…, 라구요?"

"놀랐습니까? 기자님, 그러게 제가 비밀이라지 않았습니까?"

고개를 갸웃거리는 에리의 얼굴이 의아함으로 가득했다.

"왜죠? 전 잘 모르겠어요, 엄마."

"일기장에서 몇 군데 연결되지 않은 사슬이 있는데, 개중 하나거든."

"사슬이 연결되지 않는 건 별로 중요하지 않기 때문은 아닐까요? 몹시 데어 회도 불어 먹는 것 같아요."

에리가 일전에 은서가 쓴 속담을 말했다.

"낯설지 않은 표현이네."

"일기장에 압도되어 너무 소소한 것까지 의미부여 하고 계셔요. 시간이 없어요, 우리."

"조급하면 그르친다. 에리의 1번 규칙 아닌가."

"조급하지 않음과 지나친 꼼꼼함은 달라요. 엄연히."

"이건 소소하지 않아. 할머니는 분명 중요한 단서일 거야."

"왜죠?"

"할머니는 일기에 등장하는 인물 중 유일하게 사건과 관련 없는 사람이야. 그런데도 길지 않은 이 일기에 두 번이나 등장해. 그것도 꽤 큰 시간차를 두고서."

"그거야, 우연의 일치일 수도…"

"할머니가 그 사고와 관련 없는 게 아니라, 우리가 관련성을 모르는 것일지 몰라. 그러니깐 이번엔 할머니에 대해 좀 알아볼 시간을 가지면 좋겠어. 어때?"

은서가 에리에게 동의를 구하는 눈빛을 보냈다. 시공간 이동은 전적으로 은서의 몫이었지만, 동반자로서 에리의 의사를 존중하고 싶었다.

"음…. 알겠어요. 너무 위험하게는 안 됩니다. 약속해야 해요."

"그럼. 믿어줘서 고마워."

"전 엄마를 믿지 못한 적이 없어요. 단 한 번도. 아시죠?"

"잘 알지. 나 또한 그러니까."

은서와 에리가 서로 마주 보고 고개를 끄덕였다. 은서는 에리와 함께 안방으로 들어 4번 일기를 펼쳤다.

4번

이지훈 그놈이 할망구한테 돈을 받고 있었다. 어쩐지 돈을 많이 쓴다 했다. 가식적인 놈. 어디 가서 뒈졌으면 좋겠다.

6. 과거, 은서, 노파 집 주변

눈을 떴을 때 은서는 어느 허름한 구옥의 담벼락 아래 있었다. 한 번도 온 적 없는 곳이었다. 은서는 지훈이 왜 노파에게 돈을 받았을지 생각해봤다. 마땅한 연유가 떠오르지 않았다. 그녀는 다른 여러 가지 추측 대신, 조용히 기다려보기로 했다.

얼마 지나지 않아, 지훈의 음성이 들렸다. 그리고 또 다른 한 명, 할머니의 목소리도 들렸다. 둘은 은서가 등진 담벼락 안쪽에 있었다.

"지난번에 주신 것도 남았어요. 아직."

"퍼뜩 써 삐라. 꼴랑 그 얼마 된다꼬."

은서가 흡사 고양이 마냥 소리 없이 담벼락 안쪽을 살폈다. 어느 노파가 지훈에게 꼬깃꼬깃한 돈을 주고 있었다. 지훈은 형식적인 거절, 그러니까 명절날 용돈을 사이에 두고 할머니와 손자 사이에 있을 법한 가벼운 실랑이를 했다. 그러더니 꾸벅 인사를 하고 교복 주머니에 돈을 넣었다. 그리고 그녀와 가벼운 포옹까지 했다.

충격적인 장면에 은서는 몸을 부들 떨고 말았다. 다달이 모자라지 않게 용돈을 주고 있다고 생각했었다. 철철이 부족하지 않은지 확인도 했다. 지훈이 돈을 받는 장면을 보기 위해 기다렸건만, 막상 속으로는 아닐 거라고 부정했던 걸까. 눈으로 보면서도 믿기지 않았다. 은서는 어쩌면 아들에 대해 많이 몰랐을지도 모른다는 생각이 들었다.

은서의 시선이 노파에게로 옮겨졌다. 다소 남루한 행색. 돈을 줄 만큼 여유로워 보이는 외양은 아니었다. 마당에 있는 리어카와 잡동사니로 보아 폐지 따위를 줍는 듯했다. 은서의 궁금증이 아들에게서 노파에게로 옮겨갔다. 노파는 어렵사리 벌었을 돈을 왜 주는 건지, 그것도 왜 하필 지훈인지 이해되지 않았다. 엄마라서가 아니라 객관적으로 봐도 지훈의 행색은 궁색함과는 거리가 멀었기 때문이다. 은서는 직접 확인해봐야겠다고 생각했다. 지훈이 돌아가고 나서 은서가 노파에게 갔다. 노파는 폐지를 묶고 있었다. 가까이서 보니 생각보다 더 연로했다. 일흔은 족히 넘어 보였다.

"누꼬? 뭔 일이고?"

"저는 지훈이 친구인데요."

"와? 훈이 쫌 전에 갔는데."

노파가 아들을 '훈이'라고 칭하는 말에 정신이 번쩍 들었다. 문득 지훈을 구해내고, 기쁨에 차 지훈을 끌어안았을 때 들었던 말이 머리에 스쳤다.

'그 훈이라는 말은 좀 그만해라. 그렇게 부르는 사람은 세상에 딱 두 명뿐이니까.'

아들을 살려낸 기쁨과 흥분에 겨웠던 당시의 은서는 아들을 '훈이'라 부르는 또 다른 존재가 궁금하지 않았다. 하지만 그때의 감정이 신기루처럼 사라진 지금, 아들을 '훈이'라 부르며 용돈을 주는 노파를 마주하자 기분이 묘해졌다.

"훈이요? 지훈이를 그렇게 부르시나요?"

"와. 내사 뭐라카든 니가 무슨 상관이고?"

"그게…."

은서는 말문이 막혔다. 차오르는 여러 궁금증이 말로 정제되지 않았다.

"밸 간섭을 다 한데이."

"그, 그럼 뭐 좀 여쭤볼게요."

"또 뭐시기를?"

"지훈이에게 왜 돈을 주시는 거죠?"

"그걸 니가 와 물어보노?"

노파를 바라보던 은서가 리어카와 고물들로 시선을 옮기며 물었다.

"이해가 안 돼서요. 이렇게 힘들게 돈을 버시는데, 생판 남한테 돈을 주시는 이유가요."

"내 돈도 내 맘대로 몬 쓰나?"

"다른 이유가 있을까 해서요."

"지럴하네."

"네?"

"내가 이런 일 해서 얼마 벌도 몬할낀데 그런 돈을 와주나 싶제?"

"그게 아니라요…."

은서는 자신의 시선이 경솔하고 무례했음을 깨달았다. 그런데 노파가 갑자기 다가와 은서 앞에 얼굴을 들이밀었다.

"참말 희안체. 우애 왔을꼬."

노파는 속까지 다 꿰뚫겠다는 듯 강렬한 눈빛으로 은서를 쏘아봤다.

"뭐, 뭐가요….”

"니 우애 왔냐꼬?"

"네?"

"아, 참말 답답네. 니 멫살이고?"

"저요? 저, 중학교 2학년인데요.”

"껍띠말고. 알맹이 말이다."

"무슨 말씀이세요, 그게?"

은서가 겁에 질린 얼굴로 되물었다. 자신의 정체를 들킨 것 같았다. 성태 일기장으로 시공간 이동을 하면서 처음 있는 일이었다. 알 수 없는 공포가 그녀를 덮쳤다.

"치아라. 말하기 싫으믄."

"그게, 사실은요….”

사탕 훔쳐 먹다 걸린 아이처럼 은서의 목소리가 떨렸다.

"아지매가 맴이 여린가베. 떨긴 와 떠노?"

"제, 제가요?"

"울 엄니가 작두 탔다이가. 내 신병은 안 앓았어도 이 정도는 볼 수 있제."

노파가 대수롭지 않게 말하며, 은서에게서 멀어져갔다. 얼어버린 은서를 신경도 쓰지 않고 태연하게 흩어진 폐지를 정리하기 시작했다. 정체가 탄로 난 은서는 오만가지 걱정에 빠졌다. 다시는 과거로 오지 못할까 봐, 이대로 종오에 대한 복수를 실패할까 봐, 현재로 돌아가지 못할까 봐 두려웠다. 그러다가 현재에 홀로 남겨둔 에리가 떠오르자 더 무서워졌다. 은서는 이대로 있으면 안 되겠다는 생각이 들었다.

"제가 왜 왔는지도 아세요?"

"그걸 내가 우예 아노? 이 나이 묵고 궁금토 안 하니까네 고마 가삐라."

"저… 훈이 엄마입니다."

"뭐라꼬?"

노파가 하던 일을 멈추고 은서를 향해 고개를 돌렸다.

"지훈이 엄마라고요."

"니가 훈이 애미가?"

"네."

은서를 치훑는 노파의 입가가 살짝 올라갔다.

"보자. 오야, 오야. 그라고 보이 빼다 박았네. 그 눈이."

"드릴 말씀이…"

"근데 와 그 꼬라지로 싸돌아 댕기노?"

살짝 미소를 보이던 노파가 금세 웃음을 거두고 은서의 말을 잘랐다.

"훈이가 위험해요."

"훈이가?"

"네."

"야가 그라믄 여서 뭐하고 자빠져있노. 퍼뜩 가가 안 막꼬."

"그럴 수 없어요."

"애미가 되가꼬 안 되는 게 어딨노. 남의 자식 탈을 쓰고 여 와가 이래 자빠져 있을 수는 있고, 지 자슥은 몬 구하나?"

"그게….”

"무신 사정이 있는가베."

은서는 어디서부터 어떻게 설명해야 할지 잠깐 과거를 되짚었다. 그러던 중에 자신도 모르게 눈시울이 붉어지고 말았다. 그 모습을 본 노파가 천천히 다가왔다.

"많이 힘들었는 갑네. 이리 오니라. 얼마나 힘들었노."

노파가 은서의 어깨를 따뜻하게 다독였다. 그 순간 그녀는 처음 보는 할머니 앞에서 눈물이 터지고 말았다. 왠지 그녀 앞에서는 다 터놓고 울어도 될 것 같았다. 은서가 아기처럼 펑펑 울었다. 노파는 은서가 진정이 될 때까지 가만히 어깨를 빌려줬다. 그 순간 은서는 지금 이 장면이 13번 일기에서 봤던 장면 중 하나라는 것을 깨달았다. 노파에게 마음을 털어 놓은 이 순간마저도 미리 정해져 있던 것 같아서 무서운 감정이 일었다.

"훈이가 우째 위험해진단 말이고?"

"죽어요. 곧."

은서가 입술을 꽉 깨물며 말했다.

"가가 명이 질어 보이지는 않드만, 그래 되는 갑네. 힘들겠지만 우짜겠노. 다 타고난 지 팔자가 있는기라."

"어떻게든 해보려고 하는데요, 그래서 여기까지 와서 이러고는 있는데요. 그게 참 안 되네요."

"니가 뭐라꼬 명줄을 늘릴라 카노? 그건 욕심 중에서도 상욕심이다. 인간의 힘으로는 우짤 수가 없는기다."

"그러면 저는 왜 여기 있을까요? 왜요? 왜 과거로 올 수 있었을까요?"

은서가 고개를 젖히며 하소연했다. 노파에게 하는 말인지, 하늘을 향해 하는 말인지 그녀도 알 수 없었다.

"모르제, 내는. 내가 아는 거는 하나 삐지."

"뭐죠?"

"여태 말 안 했나. 죽은 거를 살리고 그라믄 안 된다는 거. 그거 삐다."

"아….."

지훈을 살릴 수 없다는 말에 가슴이 콕콕 쑤셨다. 은서의 마음을 아는 듯 노파가 미소를 지으며 물었다.

"내가 훈이에게 와 돈을 주나 궁금했나?"

"네."

"니 갱찰이가?"

"경찰 아닌데요."

"근데 와?"

"아들이 돈을 받는 줄 전혀 몰랐거든요. 아들에 대해 제법 안다고 생각했었는데, 아니었나 봐요."

"애미라고 다 아는 건 아니제. 그래도 니 대단타. 아들내미 기깔나게 키웠데이."

노파는 손자 자랑하듯 지훈의 얘기를 시작했다. 먼저 나서서 리어카를 끌어줬다는 것도, 종종 찾아와 말동무가 되어 준 것도. 그 어느 것도 알지 못했던 이야기였다.

"믿기지 않아요."

"우리 절친이었다이가."

노파가 활짝 웃었다. 상대의 근심과 걱정을 단번에 녹이는 따뜻한 웃음이었다.

"진짜 친하셨네요."

"그라니깐 돈을 줬제. 친구하고 까까 사무라꼬."

"네?"

"알라들이 예뻐가 뭐 좀 사줄라케도 다 내를 피한다 아니가. 즈그들 눈에는 쓰레기 줍고 다니니까 안 더러워 보였겠나."

"무슨요."

"훈이는 사람을 외모로 차별하지 않았데이."

"아무리 그래도. 이렇게 힘들게 일하신 돈을 굳이⋯."

"뭐시 힘드노. 내사 그거 때메 일하는 긴데."

"지훈이가 그 돈을 혼자 다 가지면 어떻게 하려구요?"

"니는 니 아들 모르나? 가가 그럴 아가?"

"오늘 새로운 모습을 많이 봐서 말이죠."

"만약에라도 그랬다면 그랄 이유가 있을끼다. 그 돈을 우째 하든 내는 상관없다. 내 손을 떠나면 끝이제, 뭘 더 생각하노."

노파는 은서보다 지훈을 더 믿는 것처럼 보였다.

"고맙습니다. 제 아들을 그리 믿어주셔서."

"됐다, 마. 내가 더 고마운 게 많았다."

노파가 은서의 손등을 가볍게 두드렸다. 그때 하얀빛이 눈앞을 비췄다. 더 나누고 싶은 이야기가 많았기에 마음이 조급해졌다. 은서는 마지막이 될지도 모르는 질문을 했다.

"할머니. 함자를 여쭤봐도 될까요?"

"내 이름은 와? 어디 써 먹을라꼬."

"기억하고 싶어서요."

"참말로 웃기네. 됐다 마."

노파가 고집스럽게 말했다. 은서는 어쩔 수 없다고 생각했다. 점점 하얀 빛이 쏟아지며 눈이 따가워졌다.

"할머니, 감사해요…."

은서가 눈을 감으려는 찰나 노파가 말했다.

"김말순이다. 내는."

7. 현재, 은서, 은서 집

"…건강하세요!"

은서가 허우적대며 눈을 떴다. 마지막 인사가 다 전달되지 못한 모양이었다.

"누구한테 하신 인사예요?"

에리가 물었다. 은서는 곁을 지켰던 에리의 손을 잡고 과거에서의 일을 말했다. 그녀의 말을 들은 에리가 고개를 절레절레 저었다.

"엄마를 알아봤다고요? 말도 안 돼."

"나도 그렇게 생각해. 놀랄 일이 끝이 없네."

"사실 일기로 과거에 가는 것부터가 말이 안 되긴 하죠."

"그렇지?"

"저는 이걸 누구한테 말할 수도 없어요. SNS에도 못 올려요. 미쳤다는 소리밖엔 못 들을 거니깐."

"김말순 할머니는 어떤 분이셨을까?"

"잠깐만요."

에리가 얼른 휴대폰에서 인터넷 창을 열었다. 은서도 휴대폰을 꺼내 검색을 시작했다.

"하나도 안 나오네."

"하긴. SNS도 안 하셨을 테니까요."

"분명 일기장에 등장한 이유가 있을 거야."

"그러게요. 성태 아저씨가 깨어나면 좋겠어요. 아니면 그 동네 사람들에게 물어봐야 하나."

에리가 지나가듯 한 말에 은서는 한 사람이 떠올랐다.

그날 저녁 은서는 기주에게 전화를 걸었다. 전화를 받자마자 기주가 뜬금없이 말했다.

"저 알아냈어요."

"뭐를요?"

"문종오 그놈 주소요. 주소 보내드릴게요."

"어떻게요?"

은서가 놀란 목소리로 되물었다.

"왜 그놈 연락처를 줬잖아요. 저장하니까 프로필에 사진 한 장이 뜨더라고요. 딱 보니까 거실에서 찍은 것 같았어요. 사진 한 장만 가지고 위치를 특정하는 방법을 인터넷에 찾아봤죠."

"그런 게 가능해요?"

"거실뷰에서 보이는 건물들을 찾아내고, 멀리 보이는 산 능선의 모양을 바탕으로 각도를 좁혀나갔어요. 범위를 좁히고 좁히니깐 아파트가 특정되었어요. 정확한 동과 층수까지는 도저히 모르겠더라고요. 그건 우편물을 전부 뒤져서 찾아냈습니다. 중고 시장에서 우체부 옷을 사서 입고요."

"대단해요, 정말."

"어느 유튜버가 하더라고요. 지도와 거리뷰를 이용해서요. 참 대단한 세상이에요. 저야 그 정도 수준은 안 돼서 직접 발품을 팔았지만요."

"고생했어요."

그가 별거 아닌 듯 말했지만, 절대 쉽지 않았으리라는 것을 잘 알았다.

"시간을 달라고 했죠? 안 되면 제가 알아서 복수해도 된다고도 했었구요."

기주의 목소리가 제법 결연했다. 그녀는 그가 오래 기다리지 않을 것을 직감했다.

"다 끝나가요."

"기다리기 힘들어요. 빨리 끝내고 싶습니다. 이 지옥을."

"조금만요. 미안해요. 그런데 기주 씨. 혹시 김말순 할머니에 대해 아세요? 14년 전에 우리 동네에 살았던."

은서가 전화를 걸었던 이유를 꺼냈다.

"김말순 할머니요? 전혀 모르겠는데요."

"그래요. 알겠어요."

"왜요? 뭐하시던 분이신데요?"

기주는 오히려 은서가 왜 그런 질문을 하는지 궁금한 모양이었다.

"폐지를 줍는 것 같았어요."

"폐지요? 설마…."

"뭐 아시는 게 있어요?"

"그 왜, 불났잖아요, 그때. 우리 애들 장례식 할 때쯤이었나."

"불이요?"

"아, 그게 뭐더라. 화주 방화…, 아니다, 화주 화재사건인가?"

기주가 오래된 기억을 끄집어내기 위해 안간힘을 쓰는 목소리로 말했다.

"화주 화재사건요?"

"아이들 사건 다음 날인가…. 불이 났었어요. 분명히요."

"그런 게 있었어요?"

은서가 지난 기억을 더듬었지만 떠오르는 게 없었다. 당시의 기억은 온통 지훈과 윤서 내외로 가득했다.

"화주 미제 방화 사건으로 검색하면 나올 것 같은데요. 한번 검색해 보세요."

은서가 스피커 모드로 돌리고 인터넷 창을 열어 검색을 시작했다. 불에 탄 집터 사진과 몇몇 기사가 나타났다.

"검색되었어요."

"그때 폐지 줍는 할머니 한 분이 돌아가셨거든요. 불에 타서요."

"뭐라고요?"

심장이 바닥까지 떨어지는 기분이었다. 9번 일기에 노파가 꿈에 나온다는 내용이 있었지만, 돌아가셨으리라고는 생각하지 못했다. 산 사람도 얼마든지 꿈에 나오니까. 은서는 부정하고 싶었다. 미래에서 온 그녀를 알아본 신통함이 있던 노파가 그렇게 죽을 리 없다 생각됐다.

"왜 그래요?"

"제가 나중에 다시 전화할게요."

그의 말대로 방화 사건이 검색되었다. 지훈이 농약을 먹은 다음 날, 같은 지역에서 발생한 사건이었다. 방화로 추정되는 사고로 한 노파가 사망했으나, 끝내 미제인 사건이었다. 과거에서 만난 노파가 떠올라 코끝이 시큰거렸다. 기사에 불에 탄 구옥 사진이 있었다. 은서가 사진을 확대했다. 새까맣게 타고 지붕이 무너져서 잘 몰랐는데, 하나씩 살펴보자 과거에서 봤던 그 집이 맞았다. 지훈이 노파로부터 돈을 받고, 은서가 노파와 얘기를 나눴던 그곳.

마음이 너무 아팠다. 실패와 무너짐은 매번 이런 식이었다. 아닐 거란 마음이, 아니길 바라는 마음이 되었다가, 아닌 게 아닌 것이 되는 것. 늘 같은 방정식으로 찾아오는 아픔이건만 쉬이 적응되지 않았고, 이번 역시 그랬다. 노파의 따뜻했던 손길이 떠올라 격한 감정이 치밀어 올랐다. 한 번밖에 만나지 못했지만, 고맙고 다정한 기억으로 채워진 분이었다. 은서는 진심으로 고인의 명복을 빌었다.

문득 왜 일기에 방화로 사망한 노파가 등장했는지 궁금해졌다. 지훈과 가까웠다는 이유만으로 등장했을 것 같지는 않았다. 노파에게 기대울던 게 생각났다. 감정이 격해진 상태라 무엇을 보지 못했고, 무엇을 듣지 못했는지 천천히 되새겼다. 그때 노크 소리가 들렸다. 에리였다.

"엄마, 괜찮아요?"

은서가 얼른 시계를 봤다. 11시 32분이었다.

"안 잤어? 늦었는데."

"요새 잠이 잘 안 온다니까요. 근데 엄마 울었어요?"

"울기는, 누가."

은서는 애써 어색한 웃음을 지었다. 에리가 어리둥절한 얼굴로 눈만 껌벅였다. 은서가 옆으로 오라고 가볍게 손짓했다.

"무슨 일 있었죠?"

"할머니에 대해 알아냈어."

"과거에서 만났다던 분요? 엄마의 정체를 꿰뚫었다던 그분요?"

"아무래도 안 좋은 일이 생겼나 봐. 내가 만난 그 뒤에."

"무슨 일요?"

은서는 설명 대신, 노파와 관련된 사건 기사를 에리에게 보여줬다. 기사를 찬찬히 살핀 에리가 입을 막았다.

"어떡해요, 할머니. 이런 일을 당하셔서."

"너무 안타깝고 마음이 아파."

"범인이라도 잡혔으면 좋겠는데."

"지훈이 사고 다음 날이니 벌써 14년도 더 지났잖아. 지금 잡긴 더 힘들겠지."

"성태 아저씨는 왜 이런 분을 일기에 썼대요?"

"내가 직접 묻고 싶다."

은서가 고개를 절레절레 저으며 답했다.

"아이, 참. 진짜 딱 만나서 대화 좀 해보고 싶어요, 정말."

에리가 답답한지 씩씩거렸다. 은서는 에리의 등을 다독이며 일기장을 펼쳤다.

"여기 9번 일기를 봐. 꿈에도 나왔다고 하잖아. 분명 그 할머니는 성태와도 관련이 있을 거야."

"아니면요. 할머니와 성태 아저씨가 관련 있는 게 아니라, 방화 사건과 성태 아저씨가 관련 있는 건 아닐까요?"

"뭐라고?"

"그거 미제라면서요. 그럼 용의선상에는 누구나 올릴 수 있는 일 아닌가?"

"누구나?"

은서는 에리의 놀라운 통찰력에 감탄했다. 에리의 한 마디에 닫혔던 생각의 문이 활짝 열리는 것 같았다.

"아, 물론. 가능성이 있다는 거지 성태 아저씨가 범인이란 말은 아니에요."

"성태가 아니라 종오라면?"

"네?"

"만약에, 진짜 만약에. 방화 사건의 범인이 종오라면?"

"설마, 그러려구요. 너무 가셨어요."

그럴 일은 절대 없다는 듯 에리가 눈을 감고서 고개를 세차게 가로저었다. 그런데 점차 속도가 느려지더니 이내 가로젓던 고개가 가만히 멈췄다. 천천히 눈을 뜨는 에리의 얼굴에 두려움이 섞여 있었다. 그런 에리를 향해 은서가 말했다.

"생각났지? 이 일기에 불과 관련된 내용이 있다는 거. 태워버린다는 말이 나왔다는 거."

"네…."

에리의 목소리가 가늘게 흔들렸다. 은서는 얼른 3번 일기를 펼쳤다. 수십 번도 넘게 본 일기건만, 두 사람의 시선이 다시 일기장에 날카롭게 꽂혔다.

"다 태워버리고 싶다는 말이 관용적인 표현일 줄 알았어. 그저 화가 나서 하는 말인 줄 알았어."

"소름 돋아요, 엄마."

"아직은 확실한 것이 없어. 하지만 만약 그 방화 사건의 범인이 종오라면, 이건 게임체인저야."

"게임체인저요?"

"판도가 바뀌어. 왜냐면 그 방화 사건은 지훈이 사건 다음 날 벌어졌거든."

"그 말은…."

은서의 말을 이해한 에리가 침을 꼴깍 삼켰다.

"종오가 범인이라면, 놈이 촉법소년이 아닌 날 벌인 사건이야."

은서와 에리의 눈이 마주쳤다. 서로 바라보는 눈동자는 같은 감정을 담고 있었다. 놀라움과 당황스러움, 그리고 일말의 희망.

"엄마, 저랑 같은 생각하는 거 맞죠?"

"그런 것 같아. 당장 과거로 가야겠는데."

"좋아요."

은서가 곧장 일기장을 손에 들었다.

3번

이지훈, 백채혁. 둘 다 태워버리고 싶다. 재수 없는 놈들.

마지막 글자를 읽었을 때, 은서는 심장이 새로운 기대로 날뛰고 있다는 걸 깨달았다. 실낱같지만, 한 줄기의 희망이 생겼다는 것만으로도 기뻤다. 호들갑을 떨지 말고 침착하자고 스스로 다잡으면서도, 과거로 가야 했던 이유를 찾은 것만 같아 흥분되었다. 거세게 뛰는 심장박동을 느끼며 은서가 눈을 감았다.

8. 과거, 종오, 노파 집 주변

마땅히 갈 곳이 없는 종오와 성태가 하염없이 길거리를 배회하고 있었다.

"이 동네는 사람 안 사는 집이 좀 있네."

"무슨 개발을 한다고 그랬나? 아무튼 빈집이 좀 있지."

"저기는 폐가야?"

종오가 다른 집들과 조금 떨어진 구옥을 가리키며 물었다.

"폐지 줍는 할머니의 옛날 집이야."

"옛날 집? 지금은 비었어?"

"그게 애매해. 할머니가 이사를 가긴 했는데, 길에서 주운 폐지를 저기에 모아서 두셔. 그러면 아들이 한 달에 한 번 트럭으로 실어가. 주변에 고물상이 없거든."

"할머니 나이는?"

"일흔 넘었을 걸?"

성태의 말에 종오의 한쪽 입술이 올라갔다. 담벼락 주변을 서성이며 인기척을 확인했다. 집안에 아무도 없다는 것을 확인한 종오가 그대로 대문을 열었다. 잠금장치가 고장 난 문이었다. 오래된 대문에서 끼익, 하는 마찰음이 났다. 잠깐 인상을 썼던 종오가 그대로 집에 들어가 이곳저곳을 둘러봤다. 성태가 초조한 얼굴로 따라 들었다.

종오는 전기 스위치도 눌러보고 수도도 틀었다. 그러다가 뒷마당으로 갔다. 제법 고풍스러워 보이는 나무 의자가 보였다. 종오가 제집인 듯 앉으며 호쾌하게 말했다.

"낙찰! 우리 아지트."

"미친놈아. 주인 할머니가 오면 어쩌려고?"

성태가 주변을 두리번거리며 작은 목소리로 따졌다.

"집주인이 자주 들리는 것 같지도 않구만. 쌀 한 톨, 라면 하나 없잖아."

"그래도 올지 모르잖아."

"대문에서는 여기 뒷마당이 안 보여."

"여기까지 들어오믄?"

"도망치면 돼."

"그게 무슨 개소리야?"

답답한 성태의 얼굴이 시뻘게졌다. 그 모습이 웃겨서 종오가 피식 웃었다. 종오가 손가락으로 뒤쪽 담벼락을 가리켰다. 남자 중학생이 뛰어넘고도 남을 높이였다.

"쫄보. 일흔 넘은 할머니가 대문에서 여기까지 오는 동안 뒤쪽으로 열 번은 도망갈 수 있겠다. 병신아."

"말이 되는 소리를 해, 등신아. 아무튼 입만 살아서."

"쫄리면 시뮬레이션 해보든가."

"어떻게?"

"네가 해봐. 집주인 역할."

그의 말대로 성태가 할머니 역할을 자처했다. 대문이 끼익하며 열리는 소리에 종오가 달아났다. 성태가 뒷마당에 갔을 때는 종오가 도망가고 없었다. 성태는 두 번이나 더 할머니가 되어보고서야 인정했다.

"이게 되네, 진짜."

성태가 뒤통수를 긁적였다. 종오는 자신이 발견한 아지트가 마음에 쏙 들었다.

"전기도 들어오고. 물도 나오고. 거지 같은 일진들 초소보다 백 배 낫다."

그 뒤로 종오는 성태와 아지트에서 자주 시간을 죽였다. 그들이 발견한 아지트에는 놀라운 이점이 있었는데 노파의 방문 시간이 꽤 일정했다는 거다. 그녀의 철저한 시간관념은 뜻하지 않은 선물이었다.

한 번은 예상하지 못했던 시간에 노파가 들이닥친 적도 있었지만, 둘은 아무런 문제 없이 도망갈 수 있었다. 노파의 걸음은 성태가 시뮬레이션한 것보다 훨씬 더뎠다. 종오는 성태에게 할머니가 시력도 안 좋을 거라고, 그러니 두 사람이 여기 있었다는 것도 모를 거라고 안심시켰다. 종오의 말은 틀리지 않았다. 노파는 경고의 문구를 적어두지도, 고장난 대문의 잠금장치를 고치지도 않았다. 한동안 불안해하던 성태의 경계심도 차차 엷어져 갔다. 그녀의 노화 역시 두 사람에게 뜻하지 않은 선물이었다.

하지만 선물인 줄 알았던 집주인의 철저한 시간관념과 노화는 점차 그들을 시들게 만들었다. 긴장감이 줄자 재미가 반감됐다. 놀거리도 마땅찮은 곳이다 보니 점차 지겨워졌다. 조금씩 무료함에 찌들자, 종오는 무언가를 준비했다.

"내가 뭐 가지고 왔나 볼래?"

종오가 성태에게 손을 뻗었다. 은색 지포 라이터가 햇빛에 반짝였다.

"우와. 그때 보여줬던 지포 라이터?"

"기억하네."

"아버지께서 아끼는 거라고 하지 않았어?"

"몹시 아끼시지. 집에서만 쓰시니까 퇴근 전에만 갖다 놓으면 돼."

"나도 한 번만 만져보자."

"안 돼. 부정 타."

"와, 재수 없어."

"일단 저기 폐지 좀 가지고 와봐."

아지트에는 부지런한 노파가 쌓아둔 폐지가 넘쳐났다. 둘은 폐지를 담장 밖 빈터로 가지고 갔다. 그곳에서 불을 붙였다. 잘 마른 종이에 금세 불이 붙었다.

"오, 죽인다."

"보이스카우트가 따로 없네."

종오는 얼굴이 적당히 따뜻한 거리에서 멍하니 불을 바라봤다. 복잡한 생각들이 사그라들었다. 말을 나누지 않아도 시간이 잘 갔고, 마음이 편해졌다. 종오는 자신이 불을 참 좋아한다는 것을 깨달았다.

그날 이후 불장난은 계속됐다. 때때로 폐지와 함께 타인의 물건을 함께 태웠다. 주로 훔쳐 온 것들이었다. 필기구, 문제집, 실내화처럼 친구 물건도 있었고, 담임 교사의 서류 따위도 있었다. 처음이 어렵지 두 번, 세 번은 쉬웠다. 불은 훔친 물건을 재로 만듦으로써 그들의 절도죄를 하얀 재로 날려버리고, 검붉은 흥분만을 오래도록 남겼다.

9. 과거, 은서, 노파 집

눈을 뜬 은서가 입을 틀어막았다. 3번 일기를 읽은 뒤 눈을 뜨자 낯익은 고옥이 보였기 때문이다. 지난번에 와봤고, 기사에서도 봤던 김말순 할머니 집이 분명했다. 둘은 그 집에서 조금 떨어진 빈터에 앉아 있었다.

"그래서 너는 뭘 들고 왔냐고?"

"어? 어?"

갑작스러운 상황에 뭐라 대답해야 할지 모르는 은서가 얼버무렸다.

"설마 오늘도 빈손이야?"

"깜박했네."

"안에 들어가서 폐지나 몇 개 가져와. 물에 안 젖은 걸로."

은서가 마지못해 일어나 김말순 할머니 댁에 들어갔다. 폐지를 줍는 은서의 손이 떨렸다. 일기를 통해 벌써 몇 차례나 종오와 함께했지만, 여전히 놈 옆에 있는 것은 고역이었다. 그녀가 표정을 일그러뜨린 채 폐지를 들고 돌아갔다.

"병신. 나는 오늘 세 개나 가지고 왔는데."

"세 개?"

"경아 파우치, 담임 수첩, 그리고 지훈이 노트."

은서의 시선이 지훈의 노트에 꽂혔다. 눈에 익었다. 불현듯 14년 전 한 장면이 떠올랐다. 지훈이 애착을 갖고 열심히 정리한 노트를 잃어 버렸다며 몹시 아쉬워하던 모습이었다. 은서가 마른침을 삼키며 물었다.

"이거 다 어디서 났어?"

"훔쳤지. 렌탈했겠냐? 병신아?"

종오가 은서를 한심하게 바라보며 주머니에서 라이터를 꺼냈다. 은색 지포 라이터였다.

"이거…."

"알았다, 알았어. 오늘은 너부터 써."

종오가 말을 잘라먹으며 라이터를 건네는 바람에 은서는 얼떨결에 라이터를 손에 쥐었다. 손끝에서 특이한 질감이 느껴졌는데, 라이터 한쪽 면의 문양이 표면보다 높게 돌출되어 있었다. 은서가 라이터를 가만히 바라봤다. 헝겊 따위로 눈을 가린 채 양팔 저울과 칼을 든 여인이 퍽 섬세하게 표현되어 있었다.

"정의의 여신 디케⋯."

은서가 저도 모르게 읊조렸다. 농시에 반 입체적으로 표현된 디케의 안대와 칼과 양팔 저울을 차례로 매만졌다. 철저하게 정의를 무시한 종오의 손에서 디케가 나오자 뒷덜미부터 손등까지 소름이 번져 나갔다. 기분 나쁠 정도의 부조화를 느끼며 라이터를 돌렸다. 뒷면에는 레이저로 새긴 듯한 글자가 적혀있었다.

서울지검 형사1부장검사 문재상

"아버지가 서울에서 근무하셔?"

은서가 종오를 쳐다보지도 않은 채 말했다.

"아 씨. 저번에 말했잖아."

"뭐라고 했더라?"

"저번 부서 사람들이 선물로 준 거라고."

"그랬었나."

"너 이거 조심해서 써야 한다, 알겠지?"

종오가 생색을 냈다. 은서는 그런 그의 모습이 한심하기 짝이 없었다.

"라이터 하나로 유난은."

"유난? 이런 무식한 놈. 너 이런 라이터 하나가 얼만지는 아냐?"

"몰라."

"백만 원이 넘어."

"백만 원?"

"500원짜리나 백만 원짜리나 똑같은 불을 만드는데 왜 이렇게 차이가 나는 줄 아냐?"

"모르지, 나야."

"명품을 쓰는 삶이 명품이거든."

평소 명품백이나 명품지갑 하나 없었던 은서는 그 말을 이해할 수 없었다. 가방은 물건을 담을 수 있으면 되고, 지갑은 돈만 보관할 수 있으면 된다는 게 소신이었다. 은서는 베블렌 효과, 파노플리 효과를 말하려다 성태의 수준에 맞지 않는 것 같아 말을 삼켰다.

"웃기고 있네."

"인생을 싸구려, 싸구려, 싸구려로 채우다 뒈지면 그게 싸구려 인생이거든."

"뭐라는 거야?"

"이해가 안 되냐? 그 사람이 뭘 하고 살았는지가 인생인 건데, 최저가 삶을 살아서 되겠냐? 특히 지금처럼 본인이 좋아하는 모먼트라면, 고급적으로 가야 하는 거야. 고급적으로. 그런 기억과 추억의 축적이 인생이라고. 알겠냐?"

"됐고, 조용히 좀 해 봐. 좀."

은서가 다시 라이터를 자세히 살폈다. 종오가 그런 은서를 유심히 바라봤다. 라이터를 따라오는 눈빛에서 종오가 꽤 아끼는 물건이라는 걸 다시 느낄 수 있었다.

"이거 쓰다가 다른 라이터로 불을 붙이지? 이 맛 안 난다."

"벌써 여기 구석에 기스 하나 났는데?"

"야, 이 붕어 대가리야. 그건 아버지가 한 거라고! 넌 어째 맨날 그렇게 뭘 까먹냐."

은서가 종오의 핀잔을 한 귀로 흘리며 라이터로 불을 껐다, 켰다 반복했다. 그 순간 일기장 맨 뒷장이 떠올랐다.

라이터, 라이터, 라이터, 라이터, 라이터, 라이터, 라이터, 라이터, 라이터, 라이터…

낙서처럼 무수히 많이 적힌 단 하나의 단어. 그것이 가리킨 게 눈앞의 라이터라는 확신이 들었다. 심장이 뛰었다.

"아, 얼른 태워!"

종오의 성화에 할 수 없이 폐지에 불을 붙였다. 마른 종이에 불이 순식간에 붙었다. 불길에 종오가 파우치에 있는 것을 하나씩 꺼내 던졌다. 담임의 교사 수첩도 찢어서 넣었다. 불길 속에서 형체가 일그러지고, 녹고, 사라졌다. 이어서 종오가 지훈의 노트를 손에 집었다. 종오가 노트를 벌려서 찢으려 했다.

"잠깐만!"

은서가 빼앗듯 노트를 가로챘다. 역사를 정리한 노트였다. 낯익은 지훈의 글자들이 슬프도록 반가웠다. 꼼꼼하게 정리된 연표와 형광펜으로 표시한 중요한 인물과 문화재까지. 다음에 공부하기 편하도록 애쓴 흔적이 역력했다.

"보면 아냐? 이리 내놔, 이제."

종오 역시 빼앗듯 노트를 낚아채더니, 말릴 틈도 없이 불길 속으로 던졌다. 놈의 행동에 치가 떨렸다. 그녀가 그를 날카롭게 노려보는데 뒤에서 인기척이 들렸다.

"야, 노친네 왔다. 튀어."

"뭐?"

"빨리 가자고."

"불은 끄고 가야지."

"저절로 꺼질 건데 뭐. 빨랑 와."

종오가 뒤도 돌아보지 않고 달리며 말했다. 등 뒤에서 노파의 목소리가 들려왔다.

"거기 누꼬? 뭣들 하노?"

김말순 할머니의 목소리였다. 빠르게 멀어지는 종오와 느리게 가까워지는 할머니. 그 사이에 은서가 멍하게 서 있었다. 그때 하얀빛이 시야를 뒤덮었다. 은서가 멀리서 다가오는 노파를 향해 고개를 푹 숙였다.

"할머니, 죄송해요…."

하고 싶은 여러 말 중에서 죄송하다는 말을 해버렸다. 왜 그 말이 튀어나왔는지 생각하는 사이 견디기 힘들 정도로 빛이 밝아졌다. 그녀는 디케 문양을 만졌던 손끝의 촉감을 떠올리며 눈을 감았다. 하얀빛이 휘감는 은서 주변에 회진이 된 지훈이 노트가 날리고 있었다.

10. 과거, 종오의 14번째 생일, 종오, 종오 집

일요일 아침, 종오는 엉덩이를 다독이는 손길에 잠을 깼다. 재상이 세상 푸근한 표정으로 웃고 있었다. 종오가 눈을 뜨자 재상이 윙크했고, 종오도 윙크로 답했다.

"오늘은 특별한 생일이다. 알지?"

"알죠. 촉법소년이 끝나고 책임이 커지는 날이잖아요."

종오는 전날 커피믹스 봉지에 그라목손 가루를 넣으며 느낀 희열을 떠올렸다. 촉법소년 마지막 날에 제대로 피날레를 해냈다는 생각에 웃음이 샜다. 사진과 영상을 찍어서 보여주기로 한 성태와 연락이 닿지 않는 게 유일한 불만이었다.

"그래, 오늘부터는 형사 처벌을 받지."

"하루아침에 약해졌네요. 어제까지는 무적이었는데."

종오의 말에 뼈가 있었으나, 재상이 알 리 없었다.

"무적이라. 하하하."

"비유가 찰떡이죠?"

"음…. 그래도 보호처분을 받긴 하잖니."

"보호처분이야 뭐, 별거 없잖아요. 까짓것 뭐."

"촉법소년이라고 해도 만 12세가 넘으면 소년원 장기송치도 가능한걸?"

"소년원 장기송치요?"

남은 잠을 쫓아내려는 듯 나른한 표정으로 기지개를 켜던 종오가 놀라 되물었다. 종오 얼굴에 순식간에 두려움이 나타났는데, 재상은 그 표정을 놀라움으로 해석한 듯했다.

"보호처분 중 가장 강력하지."

"아니, 촉법소년이 왜 소년원에…."

"어지간해서는 내려지지 않는 결정이긴 해."

"장기송치라면서요. 얼마나 가길래 장기란 말이 붙어요?"

"2년."

"2년이라고요?"

종오의 목소리가 갈라졌다. 재상도 심상치 않음을 느꼈는지 미간을 잔뜩 찌푸리며 물었다.

"아들, 왜 이렇게 표정이 안 좋아? 무슨 일 있어?"

"별일 아니에요. 자고 일어나니 머리가 좀 아픈 것 같아요."

종오는 턱이 떨려오는 것을 간신히 참아내며 말했다.

"저런. 좀 더 쉬거라. 두통약 좀 갖다줄까?"

"조금만 더 누워있어 볼게요. 그럼 괜찮아질 것 같아요."

걱정 가득한 얼굴로 재상이 돌아갔다. 문이 닫히는 순간 종오는 이불을 뒤집어썼다. 춥지도 않은데 치아가 덜덜 떨렸기 때문이다. 잔뜩 겁을 먹으면 나타나는 습벽이었다. 지훈과 채혁을 당당히 죽일 수 있었던 방패가 산산조각나자, 새까만 상상들이 그를 덮쳤다. 발버둥 쳐봐도 소용없이 소년원으로 끌려가는 장면, 불편하고 불결한 곳에서 단체 생활을 하는 장면, 거친 놈들에게 연신 뚜드려 맞는 장면. 당최 감당할 자신이 없었다. 이불 안에서 입술을 뜯으며 두려움과 떨림이 사그라들길 기다렸다. 하나 좀처럼 멈추지 않았다.

종오는 오전 내내 아프다는 핑계로 방에서 나오지 않았다. 그의 머릿속에는 한 가지 생각밖에 없었다. 아지트로 가서 불을 피우는 것. 그것만이 자신을 위로해 줄 것 같았다. 뭐든 까맣게 태워버리는 불을 보고 있으면, 불안도 함께 태워질 것 같았다. 그러기 위해서 다른 라이터를 쓸 수 없었다. 정의의 여신 디케가 금방이라도 튀어나올 것 같은 그 라이터를 써야 했다. 불안이 가득한 이 순간을 싸구려 불꽃으로 위로

할 수는 없었다. 종오는 오늘 그 라이터를 쓸 수 없다는 걸 알았다. 지금까지 재상은 종오의 생일에 한 번도 다른 일정을 잡지 않았기 때문이다. 금지된 것에 대한 욕망은 진한 갈망을 일으킬 뿐이었다.

예상치 못한 희소식이 들린 건 오후가 다 되어서였다. 종오의 방에 재상이 두통약과 꿀물을 타서 들어왔다.

"음…. 몸은 계속 안 좋아?"

"좀 그런 것 같아요."

"아들, 있잖아. 정말 미안한데, 급한 일이 생겼어. 오늘 같은 날 함께 있어 줘야 하는데…."

그 말을 듣는 순간, 종오의 머릿속에 라이터가 번뜩 떠올랐다.

"괜찮아요. 어차피 오늘 컨디션이 안 좋아서 방에만 있는 걸요."

"음…. 그래도, 아비가 이러면 안 되는 건데."

"아버지가 정의로운 검사인 걸 제가 얼마나 자랑스러워하는지 아시잖아요."

"정의에 죽고, 정의에 사는 이 문재상이를 우리 아들이 알아주는구나."

재상은 종오의 머리칼을 사랑스럽게 쓰다듬고 집을 나섰다. 종오는 재상이 나가자마자 곧장 라이터를 챙겨 아지트로 향했다. 걱정을 태워버리고 싶은 마음이 간절했다. 아지트에 도착한 종오는 불에 잘 탈 종이를 골라 꺼냈다. 평소처럼 폐지를 들고 집 바깥의 빈터까지 갈 여유가 없었다. 마당의 빈 곳에 아무렇게나 폐지를 쌓고, 서둘러 라이터를 꺼냈다. 뚜껑이 열리는 청량한 소리와 함께 불꽃이 붙었다. 그는 그 불을 폐지로 옮겼다. 불이 일렁이며 덩치를 키워갔다. 종이를 던지며 불길이 커졌다가 줄어드는 모습을 가만히 들여다봤다. 눈앞에 불을 두고 눈을 감았더니 온 세상이 붉게 변했다. 알 수 없는 박자로 탁탁, 튀어 오르는 소리를 탐닉하며 안정을 찾아갔다.

마음이 차분해졌다. 걱정과 불안도 훨씬 덜 느껴졌다. 그날 사용했던 라텍스 장갑, 일회용 주방모, 일회용 마스크를 떠올렸다. 완전 범죄가 가능할 것도 같았다. 설령 초소에서 몇몇 DNA가 발견된다고 해도, 저녁에 갔던 적이 있었다고 말하면 될 터였다. 소년원에 갈 일은 없을 거라고 스스로 최면을 걸었다. 그런 혼자만의 생각에 너무 빠져있어서였을까, 아니면 상대가 이번만큼은 벼르고 까치발로 와서일까. 누군가가 다가오는 것을 전혀 느끼지 못했다.

"니가? 여서 불장난하는 손이."

등 뒤에서 들리는 목소리에 놀라 뒤를 돌아봤다. 낯선 노파가 내려보고 있었다. 종오는 단번에 그녀가 이 집의 주인이라는 걸 알아챘다. 상상도 못 한 상황과 맞닥뜨린 것이 놀랍고 가까이 마주하는 그녀의 표정이 예상보다 무서워서 종오는 부들 떨고 말았다. 뒤늦게 도망가려는 찰나, 노파가 그의 구레나룻을 잡아당겼다.

"넘이 쌔 빠지게 모은 박스 가꼬 불장난하니까 재미나드나?"

"몰라요. 아파요, 이거 놓으세요. 왜 이러세요?"

"모르기는 뭘 모르노?"

"오늘 처음이라고요!"

"처음이라꼬? 처음? 이기 어데서 지랄뱅이고?"

"진짜예요."

"어데 입에 춤도 안 바르고. 다리 몽뎅이 뽀사삘라!"

"저 진짜 아니라고요!"

종오가 힘을 줘 노파의 손을 뿌리쳤다. 그녀의 손이 공중으로 튕겼다.

"이기 참말로 버르장머리 꼬라지 보소!"

"아파요. 아프다고요. 아 씨 진짜."

종오가 신경질적으로 구레나루 부근을 비비며 말했다. 너무 아파하는 모습에 노파가 미안한지 조금은 나긋해진 목소리로 물었다.

"니 이름이 뭐꼬?"

"싫어요."

"뭐라? 싫어?"

"모르는 사람한테 이름을 왜 말해줘요?"

노파가 기가 차다 못해 한심하다는 듯 혀를 끌었다.

"좋타. 그람든 내 한 개만 물어보자. 니 학교 가방 무신 색이고?"

"갑자기 그건 왜 물어요?"

"무신 색이냐꼬? 와? 니 모르는 사람은 가방도 몬 쳐다보나?"

노파가 비꼬듯 따져 묻자, 종오가 씩씩거리며 대답했다.

"빨간색이요. 왜요?"

"빨간색? 빨간색이라꼬?"

노파가 심각한 표정을 지으며 되물었다.

"네, 빨간색이라고요. 새빨간색!"

"느그 학교에 빨간 가방이 많나?"

"몰라요. 왜요?"

"금방 형사 양반을 만났는데, 뭘 물어본다이가. 어제 낮에 화송중학교 옆 공터 안 있나. 와 그 버려진 건물 있는데. 거서 본 사람 없냐꼬."

형사라는 말에 종오는 입안이 마르는 걸 느꼈다. 노파는 그런 종오를 유심히 바라보고 있었다.

"경찰한테 뭐라고 하셨는데요?"

종오가 별 관심 없는 듯 말하려 했지만, 목소리 톤이 높아져 버렸다.

"내 봤다고 했제."

"네? 보셨다고요?"

"내가 고 근처에서 박스를 줍고 있었다이가. 멀어서 얼굴은 못 봤는데, 교복 입은 놈이 빨간 가방을 메고 도망가는 거 똑똑히 봤지. 얌생이 맨키로 실금실금 가샀는거."

"뭐라고요?"

더는 태연한 척할 수 없었다. 아니 태연한 척해야 한다는 생각 자체를 잊었다. 그 시간에 조퇴한 사람 중에 빨간 가방을 찾으면, 수사망이 금세 좁혀질 것은 불 보듯 뻔했다. 그런 종오의 표정을 살피던 노파가 느릿한 말투로 물었다.

"니 와이리 놀라노?"

"범인을 보셨다고 하니까 놀라죠."

"내 범인이라고는 안 캤는데. 그냥 빨간 가방을 봤다고만 했지."

"아니, 아니. 경찰에 말했다고 하니까. 범인을 봤다는 줄 알았죠."

"내가 본 놈이 범인 말고 증인일 수도 있는 거 아니가?"

노파가 여전히 의심 가득한 표정으로 그를 뚫어지게 바라봤다. 남루한 행색과 어울리지 않는 베일 듯 날카로운 눈빛이었다.

"아. 그럴 수도 있겠네요."

"근데 안 있나. 니 와이리 흥분하노?"

"누가요? 제가요? 제가 흥분을 했다고요?"

"영판 뭐를 아는 표정이네."

"제가요? 아닌데요."

"참말로 암것도 모른다 이 말이가?"

그녀가 한 걸음 더 다가와서 물었다. 종오가 반사적으로 한 걸음 물러섰다.

"알긴 알죠. 그, 그게 어젯밤에 반 아이들 사이에 문자가 돌았어요."

"맞나?"

"애들이 몇 명 다쳤다고 했어요."

"아, 맞나?"

"맞아요. 그래서 놀랐어요. 아니면 제가 왜 놀랐겠어요."

"맞나? 내는 또 니가 그기 있었던 거라서 놀란 줄 알았제."

"무슨 소리예요. 아니에요, 아니라고요!"

당황한 기색이 역력한 종오가 버럭 소리를 질렀다. 그 소리에 노파가 뒤로 넘어질 뻔하다가 팔을 휘휘 돌리며 겨우 중심을 잡았다.

"아이고, 놀래라!"

그녀가 괘씸했는지 종오의 머리를 쥐어박았다. 종오가 고개를 치켜들고 노파를 노려봤다. 그러자 그녀가 다시 머리를 때렸다. 종오는 한 번만 더 때리면 참지 않겠다는 눈빛을 보냈다. 그러나 노파는 멈추지 않았다. 세 대, 네 대, 다섯 대. 더는 참을 수 없었다.

"그만 좀 때리세요. 우리 아빠, 엄마도 안 때리는데 왜 때려요?"

종오가 소리치며 노파를 밀었다. 그저 폭력에서 벗어나기 위한 동작이었다. 위협하거나 쓰러뜨릴 생각이 아니었다. 하나 노파는 맥없이 뒤로 나자빠졌다. 그 짧은 순간 종오는 반사적으로 손을 뻗다가 멈칫했다. 쓰레기 속에서 종이와 고철을 골라내는 그녀의 손이 더럽다고 생각됐기 때문이다. 결국, 종오는 손을 거두었고 노파는 그대로 쓰러지고 말았다. 그녀의 머리가 바닥에 닿을 때 퍽, 하는 소리가 났다. 예사롭지 않은 소리였다.

"아이고, 머리야. 아이고, 머리야."

노파는 일어서지 못했다. 끙끙거리며 연신 뒤통수를 문지를 뿐이었다. 그녀의 손에서 벌건 선혈이 묻어 나왔다.

"뭐야. 왜 그래요, 갑자기."

"니…. 내가 경찰에 신고한데이…."

"신고요?"

종오가 머리를 세차게 흔들었다. 오늘은 생일, 만 14세가 된 날이기 때문이다. 아침에 부친과 나눴던 말이 떠올랐다.

'오늘은 특별한 생일이다. 알지?'

'알죠. 촉법소년이 끝나고 책임이 커지는 날이잖아요.'

일이 걷잡을 수 없이 커지고 있었다. 두려움에 휩싸인 종오가 그 자리를 박차고 도망쳤다. 그러나 몇 걸음 가지 못했다. 너무 안 좋았던 노파의 안색이 자꾸 생각났다. 그녀가 죽을지도 모른다는 생각이 들었다. 노파가 염려되어서가 아니라, 그녀를 죽인 자신의 처지가 걱정됐다. 이대로 도망가면 살인자가 될지 몰랐다. 죽일 생각이 없었다고 말해도 아무도 믿지 않을 터였다. 그렇다고 구급차를 부르자니 살아난 노파의 신고가 두려웠다. 죽도록 내버려 둘 수도 살릴 수도 없는 상황이었다. 그가 머리를 쥐어뜯으며 노파에게로 돌아왔다. 종오의 인기척을 느꼈는지 노파가 눈도 뜨지 않고 말했다.

"어제 농약 타고 내뺀 놈도… 니제?"

"아니에요!"

"인자 내꺼정 죽일라꼬?"

"무슨 말씀이세요, 그게."

점점 목소리에 힘이 빠지는 그녀와 발악하는 종오의 목소리가 대비를 이뤘다. 노파가 힘겹게 실눈을 뜨며 종오를 노려봤다.

"처음 볼 때부터 생각했는데, 니 인상이 참 사납데이."

"네? 제 얼굴이 뭐요?"

"손바닥으로 하늘을 못 가리는 기라…. 절대 못 가리는 기라…."

노파가 있는 힘을 쥐어짜 종오에게 손가락질하고는 스르륵 눈을 감았다. 피로 범벅된 그녀의 손이 힘없이 축 처졌다.

"저기요. 할머니, 정신 차려 보세요."

종오는 미동도 하지 않고 있는 노파를 보면서 극한의 공포심을 느꼈다. 어쩌다 일이 이 지경이 됐는지, 하필 만 14세가 된 날 사고가 생긴 건지 원망스러울 뿐이었다. 자신도 모르는 새 턱이 달달 떨리고 있었다. 서 있을 힘조차 없어 땅바닥에 쪼그리고 앉았다. 불안한 마음에 팔로 두 다리를 꼭 감싸 안았다. 그때 주머니에서 볼록한 물체가 잡혔다. 라이터였다. 종오가 라이터를 꺼내 디케의 눈을 가린 헝겊 부분을 가만히 만졌다. 디케처럼 다른 사람들의 눈을 모두 가릴 수 있으면 좋겠다는 생각이 들었다. 순간 머릿속에서 시뻘건 폭죽이 연이어 터지며 눈이 번쩍 떠졌다.

"아무도 못 보게 하면 되는 거잖아…."

종오가 혼잣말했다. 선택지는 두 가지만 있는 것이 아니었다. 죽도록 내버려 두지 않고, 살리는 것 말고도 한 가지 방법이 더 있었다. 자신의 손으로 증거를 인멸하는 것. 종오에게 이 상황을 타개할 유일한 방법으로 보였다. 종오가 자리에서 일어났다.

심호흡을 몰아쉬고 노파에게 다가가 그녀를 담벼락 바로 아래까지 끌었다. 노파의 다리가 땅바닥에 끌리며 바닥에 물결을 만들었다. 축

처진 노파는 생각보다 무거웠다. 종오의 손이 그녀의 피로 범벅이 되었다.

"아얏!"

날카로운 통증이 느껴졌다. 노파를 내려놓고 오른손을 살폈다. 찢긴 곳에서 피가 흘렀다. 그녀를 끌고 오는데 정신이 팔려 튀어나온 쇠붙이를 제대로 살피지 못한 것이었다. 노파의 피와 종오의 피가 뒤섞여 손바닥에 선혈이 낭자했다.

상처가 꽤 깊었다. 그렇지만 더는 시간을 끌 수 없었다. 주변에서 폐지를 모아 거실에 두고 라이터를 꺼냈다. 피가 범벅된 손으로 불을 피워 종이 뭉치에 옮겼다. 잘 마른 폐지 더미에 불이 옮겨붙는 데는 그리 오래 걸리지 않았다. 종오는 서둘러 밖으로 나왔다.

조금씩 커지던 불은 이내 집을 뒤덮었다. 화세가 어찌나 대단한지 한참 뒤로 뒷걸음질 쳐야 했다. 치솟는 불꽃의 끝을 따라 시선을 하늘로 옮겼다. 젖어 드는 적자색 땅거미를 보며 그제야 해가 넘어갈 시간임을 깨달았다. 자신의 죄를 태울 거대한 불길이 하늘마저 붉게 물들인 것 같았다.

"불이야! 불이야!"

멀리서 어느 여인이 다급하게 울부짖는 소리가 들렸다. 멍하게 서 있던 종오가 바들 몸을 떨었다.

"이게 뭔 일이래. 불이야! 불!"

여인의 목소리가 가까워지고 있었다. 종오의 눈동자가 불안하게 움직였다. 오늘은 절대 걸려서는 안 됐다. 어제보다 훨씬 큰 대가가 따를 것이었다. 종오가 서둘러 도망쳤다. 폐가 저리다 못해 터질 것 같았지만 멈추지 않았다. 커다란 연기 기둥을 뒤로한 채 달리고, 또 달렸다.

쉬지 않고 달리던 종오는 집 앞에 다다라서야 겨우 멈출 수 있었다. 간신히 숨을 돌리고 집에 들어가려는 찰나, 심장이 바닥까지 떨어졌다. 라이터가 보이지 않았다. 분명 주머니에 넣었다고 생각했었는데 어디에도 없었다. 머리카락을 움켜쥐고, 입술을 물어뜯어도 뾰족한 수가 없었다. 화재 현장으로 돌아가는 것은 자살행위와 마찬가지였다. 결국, 라이터를 포기할 수밖에 없었다. 그날 종오는 라이터를 잃어버린 것이 인생 최대 실수가 될 거란 걸 선혀 생각하지 못했다.

11. 과거, 종오, 종오 집

라이터를 잃어버린 날 밤, 가죽점퍼를 입은 두 남자가 집안에 들어왔다. 종오가 창밖을 내다봤다. 담벼락 아래에서 순찰차가 요란한 불빛을 어지러이 휘돌리고 있었다. 이 시간에 경찰이 집까지 찾아왔다는 건 단순한 탐문이 아니라는 뜻이었다. 긴장감이 휘몰아쳤다. 그라목손 건으로 온 건지, 방화 건으로 온 건지, 두 개 모두의 일로 온 건지 알 수 없었다. 하나만 꼭 골라야 한다면 그라목손 건이길 간절히 바랐다. 종오가 붕대 아래의 상처를 짓누르며 형사 쪽으로 다가갔다. 노파를 끌다 다친 상처에서 찌릿찌릿한 통증을 느끼며 모친의 등 뒤에 몸을 숨겼다.

"화주 북부서에서 나왔습니다. 어젯밤에 화송중학교 학생 2명이 숨졌습니다."

경찰의 방문 목적은 촉법소년일 때의 사건이었다. 최악의 경우는 피했다는 생각이 들었다. 그러나 종오 모친은 질겁한 표정으로 되물었다.

"누가요? 누가 죽었는데요?"

"종오의 친구들요."

"뭐라고요?"

그녀가 손으로 입을 틀어막았다. 그 상태로 재상과 종오를 번갈아 바라보았다. 너무 놀란 상황에 닥치면 으레 그러하듯, 본인만 놀랄 상황이 아니라는 걸 확인하려는 듯했다.

"어떻게요? 교통사고인가요?"

"농약을 마셨습니다."

"농약요? 음독이라고요?"

"저기, 어머님. 그게….."

"그런데 왜 우리 집에 왔죠? 이런 일이 생기면 경찰이 방문해서 일일이 알려주나요?"

"댁네 아드님을 좀 만나려고 하는데요."

"지금 무슨 말씀을 하시는 거예요?"

그녀의 얼굴이 더욱 창백해졌다. 종오 친구들의 음독 소식을 들었을 때보다 곱절은 놀란 얼굴이었다.

"목격자가 빨간 가방을 지목했습니다."

"빨간 가방요?"

"조사해보니, 종오 학생이 빨간 가방을 가지고 다녔다고 해서요."

"빨간 가방이야 워낙 많으니까….."

"사건 당일 종오가 조퇴했더군요. 그날 전교에 조퇴한 학생이 종오뿐이었구요."

"말도 안 돼….."

종오 모친이 풀썩 주저앉았다. 그러면서 그녀 뒤에 숨었던 종오의 모습이 나타났다. 종오를 본 형사가 대뜸 말을 걸었다.

"학생이 종오지? 우리 잠깐 대화를 좀 할 수 있을까?"

"여보, 뭐라고 말 좀 해봐요."

주저앉은 종오 모친이 재상을 향해 호소했다. 그때까지 아무 말도 하지 않고 가만히 서 있었던 재상이 입을 열었다.

"음…, 제가 먼저 아들과 이야기를 나눠봐도 됩니까?"

형사가 말없이 고개를 끄덕였다. 재상이 종오를 데리고 서재로 갔다. 재상이 종오의 다친 팔에 감은 붕대를 쓰다듬었다. 따뜻한 손길에서 거대한 부정이 느껴졌다.

"음…. 아들. 정말 네가 그랬니?"

재상이 따로 말하자고 한 순간부터 예상했던 질문이었다. 그랬기에 종오는 주저함 없이 대답할 수 있었다.

"네, 아버지."

재상의 눈동자가 가늘게 흔들렸다.

"정말이냐?"

"네, 아버지. 제가 죽였어요."

"우발적이었니 계획했니?"

"계획했어요."

"어떻게 죽였니?"

"그라목손이라고 아세요?"

"아…. 그라목손…."

계속 침착한 모습을 보여주기 위해 애쓰던 재상도 그라목손이라는 말에 눈을 질끈 감았다. 재상의 표정에서 보이는 불안이 종오에게 그대로 전해졌다.

"그걸 굳혀서, 갈아서, 커피믹스 봉지에 넣었어요. 걔들이 그걸 타서 마셨구요."

"왜 그렇게까지 했어? 걔들이 널 괴롭혔니? 못살게 굴었어?"

재상은 책망하지 않으려는 걸 표현하고 싶었는지 어색할 만큼 부드러운 말투로 말했다. 종오는 재상에게 든든한 사랑을 느껴졌지만, 마음과 별개로 심장은 불안으로 벌름거렸다.

"저를 무시했어요. 모, 모멸적으로요!"

종오가 턱을 달달 떨며 낮게 소리쳤다.

"종오야…."

"저 형사 처벌 안 받는 거 맞죠?"

"음…. 형사 처벌은 안 받지만, 민사로 가면 손해배상을 해야 할 수도 있다."

"손해배상이라구요? 얼마나요?"

"장례식 비용과 위자료야 푼돈이니 제쳐 두고. 음…. 일실수입이 수억 깨지겠구나."

수억이라는 말에 종오의 머리가 하얘졌다.

"수억요? 일실수입이 뭔데 그렇게 비싸요?"

"피해자가 잃은 장래의 소득이란다. 도시 일용노동자의 임금을 기준으로 하지. 만 19세부터 65세까지 벌 수 있는 돈을 모두 합치면 수억은 되지."

"그, 그런 걸 왜 줘야 해요? 촉법소년이 돈이 어딨다고요?"

"민법 755조. 다른 자에게 손해를 가한 사람이 책임을 못 지는 경우에는 감독할 법정 의무가 있는 자가 그 손해를 배상할 책임이 있단다."

"몰랐어요. 아버지께 그런 책임이 가는지. 죄송해요. 정말 죄송해요."

"아들. 그깟 돈이야 얼마든지 낼 수 있다. 진짜 문제는 소년원인데…."

소년원이라는 단어를 뱉은 재상의 낯빛이 급속도로 어두워졌다. 부친의 근심어린 표정을 본 종오는 덜컥 겁이 났다.

"저 어띡하죠? 저 진짜 소년원 가기 싫어요. 어떻게 2년이나 그런 곳에 가요? 도와주세요. 아버지는 하실 수 있잖아요! 네?"

턱이 덜덜거리는 와중에도 종오가 재상의 손을 붙잡고 매달렸다. 그의 기억에 평생 이토록 절절하게 매달린 적이 없었다. 그 모습을 안쓰럽게 지켜보던 재상이 갑자기 눈을 부릅떴다.

"이 아비만 믿거라."

"정말요?"

종오가 눈을 껌벅이며 물었다.

"천하의 문재상이 아들을 소년원에 보낼 수는 없다. 대신 아들아. 지금부터 내가 시키는 대로 해야 한다."

"뭐든 다 할게요."

"먼저 몇 가지만 물으마. 혼자 했니?"

"처음부터 끝까지요."

"이 일을 아는 사람은?"

"황성태요. 걔만 알아요."

"아아. 이런…."

재상이 안타까운 마음을 감추지 못하고 탄식을 내뱉었다.

"왜요? 무슨 일인데요?"

"아니다. 성태 부모님과 내가 통화하마. 지금부터 성태와 아무런 연락하지 말아라. 절대로."

"알겠어요."

"지금부터 중요하다. 너는 친구들을 죽일 생각이 없었다고 해야 한다."

"네? 어떻게 그런….."

종오가 이해할 수 없다는 표정을 지었다.

"장난을 친 것 맞지만, 죽일 의도는 없었다고 말해야 한단 말이다."

"저는 죽이려고 했는데요. 그래서 그라목손을 썼구요."

"음…. 그러니까 넌 그게 그라목손인 걸 몰랐다고 해야 한다. 이건 매우 중요한 문제란다. 그래, 통에 껍데기가 없었다고 하자. 그게 좋겠구나. 그렇게만 하면, 나머지는 내가 알아서 하마. 아버지 말 명심해야 한다. 알겠지?"

재상의 눈에서 확신과 결의를 느껴졌다. 그 확신과 결의가 종오에게 안정감을 전해주고 있었다. 덕분에 종오의 턱의 떨림이 서서히 잦아들고 있었다.

4장

선과 악의
경계선

1. 현재, 은서, 은서 집

"엄마가 봤다는 라이터에 진짜 그렇게 마킹되어 있었다고요?"

"분명히 봤어. 분명히!"

과거에서 돌아온 지 얼마 되지 않은 터라 은서의 목소리에 흥분이 가득했다.

"정확하게 뭐라고 써 있었는데요?"

"서울지검 형사1부장검사 문재상."

반면, 에리는 침착하게 대답했다. 에리의 이런 모습은 윤서를 그대로 빼닮아있었다. 은서는 그런 딸을 보며 마음을 가라앉혔다.

"그렇다면…."

"일기장에 있던 라이터와 할머니에 대한 비밀이 밝혀진 걸까?"

"아무래도 그런 것 같아요."

"할머니를 죽게 만든 놈이 종오였구나."

일기장을 보고 품었던 의문 중 하나가 해결되었다고 여겼을 때, 에리가 가만히 고개를 가로저었다.

"확신할 수 없어요. 같은 장소에서 불장난했다는 사실만으로는 범인이라고 할 수 없으니까요."

에리의 말에 가만히 지난 기억을 되짚던 은서가 고개를 끄덕였다.

"정황상 종오가 범인인 것 같지만, 명확한 증거는 없구나."

"확실해야 해요. 알죠? 홍시 먹다 이 빠지는 법이라는 거요."

"그래. 그래야지…."

은서가 애용하는 속담을 적재적소에 쓴 것이 만족스러운지 에리가 씽긋 웃었다. 하나 은서는 감히 웃음으로 화답할 수 없었다. 종오에게 그 말을 썼던 순간이 떠올랐기 때문이다.

'긴장 늦추지 마. 홍시 먹다 이 빠지는 법이니.'

'웬 홍시? 뭔 말이야?'

'방심하다간 뜻밖의 실수를 한다고.'

'똥멍청이가 그런 말도 알아?'

'닥치고 차분하게 해. 꼭, 꼭 성공해야 하니까.'

어쩔 수 없는 선택이었다고는 해도, 자괴감이 치밀었다. 은서는 다시는 그 말을 입에 담지 못하리라는 생각이 들었다. 텅 빈 눈으로 있는 은서를 에리가 의아한 눈으로 바라봤다.

"엄마, 무슨 생각해요?"

"아, 아니야. 거기서 할머니를 다시 만났었거든. 그 일이 생각나서."

은서가 얼른 말을 돌렸다.

"그랬어요? 와, 되게 반가웠겠어요. 전에 제대로 인사를 못 해서 아쉬워하셨잖아요."

"이번에도 인사는 못 했어. 그럴 시간이 없었거든. 거리가 멀기도 했고."

"아이고…."

"그저 멀리서 인사를 드렸지. 혼잣말로. 그런데 에리야, 내가 할머니께 뭐라고 했는 줄 알아?"

"뭐라고 하셨는데요?"

"죄송하다고."

"엄마가 왜요?"

"나도 그걸 모르겠어. 건강하시라는 말은 기만 같아서 차마 할 수
없었지만, 감사하다는 말을 할 수도 있었는데. 내가 왜 그런 말을 했을
까?"

"때때로 마음과 다른 말이 나올 때도 있죠."

"나도 그런 줄 알았는데, 그게 아니었어. 내 마음에 분명 죄송함이
있었던 것 같아."

"음⋯. 그랬네요. 전 알겠습니다, 안 여사님."

"뭔데?"

에리가 은서를 향해 안온한 미소를 보이며 말했다.

"엄마가 할머니의 미래를 알기 때문이 아닐까요? 가까운 미래에 안
좋은 일을 당하시잖아요. 오빠 사건 때문에 언론에서도 크게 다뤄지지
않고, 심지어 미제 사건이 되죠. 그런 미래를 엄마는 알고 있는데도 그
걸 피하라고 말을 못 하니까, 할 수 없으니깐. 그래서 죄송했던 게 아
닐까요."

은서는 망치로 얻어맞은 것 같았다. 노파의 말이 머리를 스쳤다.

'니가 뭐라꼬 명줄을 늘릴라 카노? 그건 욕심 중에서도 상욕심이다.
인간의 힘으로는 우짤 수가 없는기다.'

은서가 말없이 고개를 끄덕였다.

"네 말이 맞구나. 그랬구나, 내가."

"그럼에도 그건 엄마 잘못이 아니에요. 아시죠?"

"알지. 그럼에도 내가 힘을 내야 하는 이유고."

두 사람이 서로를 보며 가볍지만 따스하게 웃었다.

"확실한 증거를 찾아야겠어."

"남은 일기로 찾기가 쉽지는 않겠어요. 9번, 10번, 12번 모두 방화 사건이 일어난 뒤니깐요."

"내 생각에는 직접 듣는 게 가장 확실할 것 같은데…."

"누구한테요?"

"당사자한테."

"에이. 문종오가 아무리 성태 아저씨와 친하다고는 해도 그걸 순순히 말할까요?"

"내가 과거로 가서 보니까 단짝도 그런 단짝이 없어."

"저는 쉽지 않다고 봐요. 괜히 일기만 하나 날리는 건 아닌가 싶어요."

"성태는 종오가 했던 살인의 고의성을 아는 유일한 사람이야."

"지훈 오빠를 그렇게 한 일과 할머니 집에 불을 낸 일은 또 다른 일이잖아요."

"뭐든지 처음이 어렵지, 두 번 세 번은 쉬운 법이잖아."

에리가 고개를 절레절레 저었다.

"눈에서 멀어지면 마음에서 멀어지는 거 아시죠? 둘이 얼마나 떨어져 있었는데요. 게다가 이번 비밀은 달라요. 촉법소년이 아닐 때 벌인 일이잖아요. 그걸 쉽게 말할 리 없어요."

"둘이 진짜 끈끈하다니까."

"마르지 않는 끈적임은 없는 법이죠."

"엄마를 한번 믿어봐, 에리야."

"엄마야 믿죠. 그런데 이건 믿고 안 믿고의 문제가 아니잖아요."

"변수가 있어."

"변수요?"

"성태가 오늘내일하잖아."

"그게 왜요?"

에리가 도무지 풀리지 않는 수학 문제에 직면한 것처럼 답답한 표정을 지었다.

"만약 진짜 종오가 범인이라면 그간 누구에게도 그 일을 털어놓지 못했을 거야. 조마조마하면서도 답답했겠지. 하지만 비밀을 알게 될 사람이 곧 죽는다면 충분히 방심하지 않을까? 그것도 절친이라면."

"글쎄요…."

"과거의 도움을 생색내면서 보채는 거지. 심적 채무를 팍팍 느끼게 하면서."

"알았어요. 엄마가 그 정도로 자신 있어 하니 믿을 게요. 다만, 전제 조건이 있어요. 아시겠지만."

"내가 완벽하게 황성태를 연기해야 한다는 거?"

은서가 자신 있게 말했다.

"땡!"

"그럼?"

"연기 정도로는 어려워요. 진짜 황성태가 되어야 해요. 생각도, 말투도, 행동도."

감정이 고스란히 표정으로 드러나는 은서의 성격상 쉽지 않은 일이었다. 종오 곁에 서는 건 언제나 고역이었다. 하나 에리의 말대로 해야만 하는 일이었다.

"해야지. 제대로."

"아, 좀 걱정이 되긴 하네요."

"엄마를 믿으래두."

"좋아요. 그럼 가볼까요? 12번으로."

에리가 일기를 펼쳤고, 은서가 한 글자씩 읽으며 지워나갔다.

12번

조금 전, 문종오가 찾아왔다. …놈은 하나도 변하지 않았다.

눈을 감는 은서의 주먹에 힘이 바짝 들어갔다.

2. 과거, 3주 전, 종오, 병원

종오가 차를 거칠게 몰았다. 오전에 왔던 메시지 하나로 종오가 들떠 있었다.

종오야, 나 황성태다.
보고싶다.

그의 모든 비밀을 알고 있는 유일한 친구인 성태로부터 받은 14년 만의 연락이었다. 미국에 가고 난 뒤로 도통 연락이 닿지 않았다. 백방으로 수소문한 결과 성태가 정신병원에 있다는 것을 알게 되었지만,

전화가 연결되지 않았다. 성태 번호로 전화하면 없는 번호라는 말만 돌아왔다. 답답했던 종오는 결국 성태 모친에게 연락했다. 그러나 성태 모친은 그를 차갑게 대했다.

'나도 아들이 어디 있는지 모른다.'

'안다고 해도 알려줄 수 없어.'

'다시 연락하지 마.'

그에게서 아들을 떼어 놓으려는 게 역력했다. 그 모습을 보며 종오도 더는 목매지 않았다. 더럽고 치사해서 잊으리라 생각했다. 하나 성장판이 채 닫히기 전 추억은 뼈에 아로새겨진 듯 잊히지 않았다. 최근까지도 문득문득 생각나곤 했다. 정신병원에서는 나왔는지, 어떻게 지내는지 궁금했다. 귀국한 뒤로 그리움은 조금 더 짙어졌다. 생각을 거듭하던 종오는 성태 모친에게 메시지를 남겼다.

어머니, 종오입니다. 성태 잘 있나요?

그러나 한동안 답이 없었다. 14년 전에 저장한 번호라 연락처가 바뀐 건지, 이번에도 아들을 위해 메시지를 전하지 않은 건지 알 수 없었다. 그러다가 이틀 만에 답장이 온 거다. 너무 늦은 연락에 원망도 스쳤지만, 더 큰 기쁨이 그것을 덮었다. 룸미러에 비친 그의 얼굴에 미소가 완연했다.

"보고싶다, 짜식아."

병원에 도착한 종오가 서서히 병실 문을 열었다. 병상, 병원복, 팔과 연결된 링거액. 멍하게 창밖을 바라보고 있는 성태의 모습이 차례로 눈에 들었다. 가슴이 뛰었다. 이윽고 천천히 두 사람의 눈이 마주쳤다. 성태가 가만히 종오를 바라봤다. 낯설었다. 짙은 병색으로 삐쩍 마른 모습은 세월의 간극으로 도저히 설명되지 않았다. 10년 이상 늙어 보이는 얼굴에 종오는 준비했던 인사도 잊고 말았다.

"너 황성태야? 진짜…?"

"그래."

"아, 너 이 자식. 왜 이렇게 됐냐?"

"천벌 받았다."

성태가 힘든지 숨을 몰아쉬었다. 종오가 그런 성태에게서 눈을 떼지 못하고 침대 끄트머리에 앉았다. 10년도 더 늙어 보이는 친구의 낯선 얼굴에서 어린 날의 낯익은 모습을 찾기 위해 애썼으나, 찾을 수 없었다.

"네 어머니 번호 안 바뀌었더라."

"빨리 좀 연락하지."

"연락은 계속했지. 연결이 안 됐을 뿐."

"그랬냐? 얼굴 반질반질하니 좋아 보인다."

"미국에 가 있었다."

"…들었다. 그건. 미국은 좋던?"

"개꿀 빨았다."

"뭐가 그렇게 좋았는데, 병신아."

"모든 게 다. 등신아."

"그랬구나."

성태가 병색이 짙은 얼굴로 쓴 웃음을 지었다.

"정신병원에서는 언제 나왔어? 다 나았어?"

"그럼. 다 나았지, 그건. 대신 몸뚱아리가 이렇게 됐고."

"의사가 뭐래? 수술이나 뭐 그런 거 하면 낫는 거 아냐?"

"복막암."

"복막이 어딨는 건데?"

성태가 인상을 쓰며 손가락으로 배를 가리켰다.

"나도 진단받고서야 내 몸에 복막이 있다는 걸 알았네."

"수술은? 안 했어?"

"했는데, 재발했다. 전이도 많이 됐고. 난 글렀어. 몇 개월 안 남았다."

성태의 말보다 목소리가 더 구슬펐다. 거듭된 낙심에 희망이라고는 찾을 수 없는 목소리였다. 종오는 괜히 분한 마음이 일었다.

"과학이 이렇게 발달했는데 이딴 병 하나 못 고치고."

"죽고 사는 게 어디 사람 뜻대로 되냐."

"조금만 더 늦었으면 진짜 향내 맡으며 인사할 뻔했네."

"그것도 나쁘지 않았겠네."

성태가 대답 없이 고개를 돌려 창밖을 바라봤다. 종오는 성태가 이미 모든 것을 포기해버린 것처럼 느껴졌다.

"그래도 고마웠다. 그라목손 말 안 해줘서. 너 아니었으면 소년원 가고도 남았을 거야. 생각만 해도 진짜."

"됐어. 근데 나 물어볼 게 있는데…."

가만히 창밖을 보던 성태가 고개도 돌리지 않고 말했다.

"물어봐."

"너 그때 살인한 거 후회 안 하냐?"

"…후회를 왜 해?"

“악몽을 꾸거나 하지 않아?”

“그런 거 없어, 전혀.”

“너도 걔들 장례식장에 갔으면, 생각이 바뀌었을 거야.”

“거길 갔었어?”

스피커 볼륨을 갑자기 올린 것처럼 종오의 목소리가 커졌다.

“멀리서만 봤어.”

“뭔 좋은 소리를 들으려고 갔어.”

“그냥. 가봐야 할 것만 같더라.”

“어땠어?”

“지옥도 그런 생지옥이 없더라. 그들의 표정과 울음. 잊을 수가 없다.”

호기심이 가득한 종오의 목소리와 달리 성태의 목소리에는 회한이 묻어났다.

“너무 자책 마라.”

“난 지옥에 갈 거야.”

“약해빠진 소리 하지 마, 좀. 나 혼자 한 건데.”

“나도 안 말렸잖아. 부추긴 거야. 그건.”

“잘 들어. 세상엔 두 가지 비밀이 있어. 첫째, 세상에 지옥 같은 건 없다. 둘째, 천국도 없다.”

“죽은 뒤가 두렵지 않아?”

“전혀!”

“혹시나 했는데…. 넌 조금도 변하지 않았구나.”

종오는 성태의 말이 칭찬이라도 되는 듯 자랑스럽게 고개를 끄덕였다.

"법이 나를 용서했는데, 내가 사서 후회를 왜 하냐?"

"그러면 그 할머니는?"

"무슨 할머니?"

"네가 죽인 폐지 줍는 할머니. 불에 타서 돌아가셨던. 그건 아직 용서받지 못했잖아."

순간 시종일관 실실거리던 종오의 표정이 돌연 일그러졌다.

"무슨 개소리야. 그 노친네가 불에 타서 죽었어?"

"모르는 척은. 다 알아 인마. 네가 그런 거."

"많이 아픈 거 맞네. 머리까지 어떻게 된 거 보니까."

"너 그거 촉법소년 끝나고 한 거잖아."

"헛다리 짚지 마. 증거 있어?"

"증거…. 증거라…."

성태가 알 수 없는 표정을 지으며 눈을 감았다. 그 오묘한 표정이 종오의 불안을 더 채찍질했는지 목소리가 높아졌다.

"없잖아! 14년도 더 지난 일로 왜 지랄이야?"

"그래도 난 알아. 네가 했다는 거. 네가 인정하든, 안 하든 상관없어."

"너 이 자식…."

"그냥 한 번은 물어보고 싶었어. 너도 누군가에겐 말하고 싶어 할 것 같기도 해서. 너 자랑하는 거 참 좋아했잖아. 그러니깐 지훈이와 채혁이를 나한테 보러 가고도 했고. 그래서 그 할머니 사건도 나한테는 털어놓지 않을까 싶었어."

성태가 피곤한지 돌아누우며 한 마디 더 보탰다.

"난 널 아니깐. 누구보다 더."

"미친놈…."

"혼자 아는 건 비밀이 아니니까. 비밀은 누군가 알고 있어야 비로소 진짜 비밀이 되니까."

종오는 허를 찔린 기분이 들었다. 방화 사건을 생각하면 느껴졌던 답답함의 정체를 알게 된 것 같았다. 누군가 임금님 귀가 당나귀 귀라고 외쳤을 그 대나무 숲이 그에게도 필요했던 거다. 그간 방화 사건에 대해 누구에게도 털어놓은 적이 없었다. 그라목손 사건을 해결하느라 여력이 없던 부친은 물론이고, 연락이 닿지 않았던 성태에게도. 세상에 단 한 사람에게만 고백해야 한다면, 성태가 가장 안전했다. 비밀을 지켜준 적이 있었고, 죽음을 목전에 두기도 했다. 노파 집에 대한 추억도 공유하고 있었기에, 사건을 설명하기 위한 쓸데없는 서사도 필요 없었다. 설령 성태가 자신을 신고한다고 한들 그 어떤 증거도 없을 터였다.

하나 뒷맛이 개운하지 않은 무언가가 있었다. 떨어져 있었던 오랜 시간 때문인지, 낯설게 변해버린 벗의 외모 때문인지 쉬이 입이 떨어지지 않았다. 결정적인 한 방의 부재가 마음의 녹이지 못하고 있었다. 고민을 거듭하는 사이 두 사람 사이를 침묵이 채워나갔다. 먼저 입을 연 건 성태였다.

"내가 너 때문에 얼마나 개고생했는 줄 아냐?"

"네가 무슨 고생을 해?"

"할머니 때문에. 어찌나 꿈에서 찾아오던지."

"할머니? 어떤 할머니?"

"누구긴 누구야. 우리 아지트 주인 할머니 말이지."

"진짜? 그 노친네가 네 꿈에 찾아왔다고?"

231

종오가 호들갑스럽게 되물었다.

"거의 매일. 지겹도록 무서웠다."

"거 참 신기하네. 나한테는 한 번 안 왔는데."

"불공평하네."

"내가 무서웠나? 노친네는 어떤 모습이었어? 우리 어릴 때 봤던 모습? 더 늙었나? 아니면 꺼멓게 불에 탄 모습?"

"미친놈. 넌 싸이코패스야. 완전 개싸이코패스."

성태가 진절머리를 치며 말했다. 그의 말투에서 진한 혐오감이 느껴졌다.

"왜 이렇게 예민해?"

"너 그 일에도 죄책감 없냐?"

"죄책감? 하여튼 약해 빠져가지고."

두 사람 사이에 공기가 급격히 얼어붙었다. 종오는 이 상황이 씁쓸하면서도 짜증스러웠다. 기다려왔던 오랜 친구와의 재회가 생각처럼 흘러가지 않아 부아가 치밀었고, 예전처럼 짝짜꿍이 맞지 않아 골이 났다. 정신마저도 병마에 지배된 약해빠진 성태를 보니 앞으로는 더 만날 일이 없을 거란 생각마저 들었다. 방화 사건에 대해 고백하려 했던 마음이 온데간데없이 사라졌다.

그때 간호사가 들어왔다. 얼굴이 길쭉한 간호사는 무심한 표정으로 성태의 체온과 혈압을 체크하고, 링거액을 확인했다. 종오는 돌아서기에 좋은 타이밍이란 생각이 들었다.

"나 갈게. 좀 쉬어라."

"그래. 가라."

"차라리 향내 맡으며 인사할 걸 그랬다. 실망스럽네."

종오의 말에 놀란 간호사가 토끼 눈으로 쳐다봤다. 종오는 입을 못 다무는 간호사와 성태를 한 번씩 노려보고 다시 말했다.

"이렇게 변했으면 연락이나 말지. 그냥 뒈지지 그랬어. 그럼 평생 좋게 추억할 텐데. 내가 얼마나 허망하고 황망한지 알아?"

"문종오. 이제 정신 좀 차려라."

"됐다. 간다. 장례식장에서 보자."

종오가 마지막으로 성태를 눈에 담고 돌아섰다. 하얀 환자복이 성태의 잿빛 안색을 더욱 도드라지게 만들고 있었다. 죽어가는 친구를 향한 안쓰러움보다 변해버린 친구에 대한 서운함이 훨씬 컸다. 짜증에 휩싸인 종오는 집에 돌아갈 때까지 알아채지 못했다. 성태가 중대한 기로에서 종오를 찾았었다는 것을. 그리고 커다란 결심을 했다는 것을.

3. 과거, 은서, 병원

눈꺼풀이 버거울 정도로 무거웠고, 몸이 욱신거렸다. 후각이 먼저 깨어난 것인지 시야가 흐릿한 와중에도 독특한 아로마 향이 느껴졌다. 일전에 성태의 병실에서 맡았던 그 아로마였다. 은서는 그 냄새로 성태의 병실임을 다시 한번 알아챘다. 서서히 시야가 밝아지자, 간이식탁 위에 익숙한 일기장이 보였다. 펼쳐진 일기장에 손을 뻗으려는 순간 병실 문이 열리며 조금씩 얼굴이 드러났다. 종오였다. 성태 모습의 은서를 보자마자 그의 눈이 화등잔이 되었다.

"너 황성태야? 진짜…?"

233

"그래."

"아. 너 이 자식. 왜 이렇게 됐냐?"

"넌 좋아 보이네."

"미국에 가 있었잖아. 미국."

"좋았냐?"

"물어 뭐하냐. 내가 돈이 없는 것도 아니고. 괜히 천조국이겠어?"

"미친놈."

"정신병원에 있었다면서?"

"그 얘긴 됐다."

"지금은 또 왜 이렇게 된 거냐?"

"벌 받은 거지 뭐. 못된 짓 많이 했으니. 너 혹시 그때 일 후회 안 하냐?"

"후회는 무슨. 약해빠진 말 좀 하지 마. 세상에 못된 놈들 널렸는데, 다 잘만 산다. 병신아."

"그렇네. 너만 봐도."

"그래. 나만 봐도."

"불공평해. 몹시."

은서는 불쾌감이 일었지만, 이내 감정을 숨겼다. 오롯이 종오의 절친이 되어야 한다는 생각이 그녀를 통제하고 있었다. 종오는 그녀의 표정 이면에 담긴 분노를 전혀 알아채지 못한 듯했다.

"그나저나 네 병, 의사가 못 고친대?"

종오가 그녀의 팔뚝을 만지며 말했다. 그의 손길이 닿은 살갗으로부터 혐오스러운 촉감이 전해졌다. 벌레가 기어 다니는 느낌에 당장 뿌리치고 싶었지만, 내색하지 않고 대답했다.

"고칠 수 있었으면 진작 고쳤지. 암이 어디 쉽냐."

"어디에 생긴 암인데?"

"복막."

"그게 어딨는데?"

종오가 은서의 배를 바라보며 물었다.

"있어, 여기. 이 얘기 그만하자. 간만에 만나서 이런 얘기나 해서 되겠냐."

"그래도 네가 아프다고 하니까…."

"그냥 좀, 그만하자."

궁금증이 가득한 얼굴과 병색으로 피로한 얼굴이 서로를 마주했다. 그 틈에 은서는 종오의 손에서 살며시 팔을 빼냈다. 그런 그녀를 가만히 바라보던 종오가 고개를 끄덕였다.

"그래. 그만하자. 그래도 늦었지만, 이 말은 할게."

"무슨 말?"

"고마웠다."

"뭐가?"

"14년 전에 아무 말도 안 해줘서."

"됐어. 뭐 그런걸."

"덕분에 소년원 안 갔다. 그때 생각만 하면 소름이…."

종오가 자신의 팔을 쓸어내리며 익살스러운 표정을 지었다. 은서가 그와 닮은 웃음을 지으며 말을 꺼냈다.

"가끔 옛날 생각하곤 해."

"나도 그래. 그때 재밌었지."

"전창만 기억나냐?"

"기억나지. 그 돼지. 요새도 그렇게 처먹고 다니려나."

"창만이가 사주는 바나나우유가 맛있었는데."

"너 그 단지에 든 거 아니면 난리 쳤잖아."

"아침에는 빙그레니까."

"돼지가 냉기 빠지기 전에 들고 오려고 아침마다 뛰어서 학교 오던 거 진짜 웃겼어. 이렇게, 이렇게 뛰어왔잖아."

종오가 뉘뚱뉘뚱 날리면서 이리저리 눈치를 보는 동작을 해대며 껄껄댔다. 창만의 모습이 지금 생각해도 웃겼는지, 창만을 묘사한 자신이 만족스러운 건지 알 수 없었다. 하나도 웃기지 않았지만 은서도 따라서 껄껄 웃었다. 창만 이야기로 대화의 물꼬를 튼 은서가 태연스레 본의를 꺼냈다.

"불장난도 진짜 재밌었는데."

"재밌었지. 우리가 했던 게 요샛말로 불멍 아니냐."

"그래. 불멍. 그 폐지 줍던 할머니 집에서 했잖아."

"거기가 우리 아지트였지."

"거기 할머니 돌아가셨잖아. 그거 아직도 미제사건이래."

은서가 종오의 눈을 똑바로 바라보며 말했다.

"아, 그래?"

종오가 은서의 시선을 피하며 말했다. 그 모습을 본 그녀는 직감했다. 그가 숨기는 게 있다는 것을. 십수 년을 교직에 있던 그녀는 무언가를 숨기고 싶어 하는 학생의 얼굴을 숱하게 봤다. 딱 지금 종오의 얼굴이었다.

"짜식. 모르는 척은."

"뭔 소리야. 처음 듣는데."

"진짜 처음 들어? 그럼 검색이라도 해봐."

"됐어. 뭘 검색까지. 다 지난 일 가지고."

"거기서 우리가 보낸 시간이 얼만데, 무슨 사건인지 궁금하지도 않냐?"

"안 궁금하다. 하나도. 넌 왜 그 얘기를 자꾸 하냐? 병신아."

"왜 이렇게까지 안 궁금해할까나."

"근데 너 왜 자꾸 안 받아주냐?"

"뭘?"

"내가 병신아, 라고 하잖아."

"그게 왜?"

은서가 진짜 모르겠다는 표정을 짓자, 종오 얼굴에 서운함이 그대로 드러났다.

"까먹었나 보네. 됐다."

"말 돌리지 말고, 인마. 왜 안 궁금해하냐고."

"약 대신 엿을 잡쉈나. 뭐 이렇게 질질 늘어져?"

"피하는 거 같잖아. 네가."

그녀가 그를 떠보듯 말하자, 종오가 발끈하며 대답했다.

"피하기는. 아, 그래. 궁금하다, 더럽게 궁금해. 무슨 사고였냐? 강도였어?"

"아니."

"납치?"

"아니."

"특수 폭행?"

"아니."

"마약?"

"아니."

종오가 방화만 쏙 빼놓고 둘러댔다. 그녀는 그가 말을 빙빙 돌린다는 걸 간파하고 눈을 똑바로 응시했다. 자신을 빤하게 바라보는 눈길을 느낀 종오가 갑자기 히죽거리며 말했다.

"뭐야, 그럼 뭐 독살이라도 당한 거야? 그라목손으로?"

독살, 그라목손. 그 말에 분노가 치밀었다. 그녀는 오롯한 성태를 연기해야 하는 걸 망각하고 종오를 노려봤다. 그러나 이번에도 종오는 은서 표정의 진의를 파악하지 못하는 것 같았다. 실실 웃던 종오가 조금 더 재밌는 게 떠오른 듯 입가를 씰룩거렸다.

"설마 성폭행?"

종오가 참았던 웃음을 터뜨리며 껄껄 웃어댔다. 그 역겨운 모습에 은서는 피가 거꾸로 솟는 것 같았다.

"이런 미친놈이!"

그녀가 발악하듯 고성을 질렀다. 아픈 몸으로 온 힘을 모아 소리를 쳐서인지 머리가 빙빙 돌 정도였다. 그런 은서를 본 종오가 당혹스러운 듯 표정을 굳혔다.

"깜짝이야. 왜 이래?"

종오의 굳은 표정을 마주한 은서의 팔에 소름이 돋아났다. 지금은 그에게 화를 낼 때가 아니었다. 마음을 독하게 먹고 목표를 이뤄야 할 때였다. 한 번밖에 없는 12번 일기를 이렇게 놓쳐선 안 됐다. 문득 병원에서 성태와 나눴던 대화가 떠올랐다.

'선생님은 제가 못한 걸 하실 수 있을 거예요.'

'네가 못한 거? 그게 뭔데?'

'종오가 제일 숨기고 싶어 하는 걸 꺼내는 일이요.'

'수수께끼 그만하지.'

'할 수 있어요. 선생님이라면. 필연적으로.'

은서는 성태의 대화가 가리키는 지점이 지금이라는 직감이 들었다. 감정이 태도가 되면 안 되는 순간이었다. 냉철하게 목표를 정확히 조준해야 했다. 은서가 힘겹게 입꼬리를 올리며 웃었다.

"아. 미, 미안. 내가 요새 오락가락해서."

"여전하네. 지랄병. 옛날부터 한 번씩 꼭 이러더라, 너는."

"진짜 미안하다. 어디까지 말했더라."

"거기, 우리 아지트에서 일어난 사건을 모른다고, 나는."

은서는 종오의 변명이 더 깊어지기 전에 승부를 봐야겠다고 생각했다.

"너 아버지 라이터는 잘 들고 있어?"

"뭐?"

"서울지검 형사1부장검사 문재상이라고 써 있던 거. 정의의 여신 디케도 새겨져 있었고."

"그걸 기억해? 넌 가끔씩 이렇게 똑똑해지더라."

"잃어버렸구나? 그 라이터."

평정심을 유지하기 위해 애쓰던 종오의 표정에 아연 긴장감이 맴돌았고, 은서의 눈이 반짝였다.

"잃어버리긴."

종오의 목소리가 가늘게 떨렸다.

"아니면 이렇게 불안할 이유가 없지."

그녀의 말에 종오가 허리를 곧게 세우며 헛기침을 했다.

"소설 쓰네."

"그 라이터로 불냈지? 지금은 잃어버렸고."

"넘겨짚지 마, 병신아."

"네 표정이 다 말하고 있는데 발뺌은."

"그만해라, 황성태."

"지훈이 채혁이 만나러 가기 전에 그 정도는 좀 알려주라. 죽기 전 마지막 부탁이다."

은서가 서운함을 가득 담아 종오에게 말했다. 종오가 가늘게 눈을 뜬 채로 팔짱을 꼈다. 고민하고 있는 게 분명했다. 은서가 때를 놓칠세라 얼른 한마디 덧붙였다.

"나는 병원 밖에 나갈 수도 없고, 찾아오는 사람도 없어."

은서가 애걸하다시피 말해도 종오는 여전히 대답 없이 가만히 서 있을 뿐이었다.

"진짜 이럴 거야? 지금까지 네가 그라목손을 알고 있었다는 것도 숨겨줬는데? 비밀을 지킨 대가가 이거야? 우리 사이가 이거밖에 안 돼? 아니, 문종오라는 놈이 고작 이 정도였어?"

은서의 눈에 종오가 이것저것 머릿속으로 셈하는 게 보였다. 그녀는 속으로 '제발, 제발⋯.'을 외며 간절한 눈빛으로 그를 바라봤다. 그의 침묵이 일련의 자백과 진배없음에도, 그의 입을 통해 결정적인 진술을 듣고 싶은 마음이 간절했다. 은서는 마지막 한 방이 필요하다고 생각했다.

"너 이럴 거면 내가 다 말할 거야."

"뭘 말해?"

"너 그라목손 알고 썼다는 거."

종오의 얼굴이 순식간에 붉게 달아올랐다.

"돌았냐?"

"죽기 전에 뭘 못할까."

"그래. 말해. 이미 끝난 사건이야. 촉법소년 때 일이라 처벌받지 않는다고!"

종오가 분노에 찬 목소리로 고함을 질렀다. 반면 은서는 기분 나쁠 정도로 차갑게 말했다.

"사람들의 비난은? 지탄은? 네 아버지의 명성이 바닥에 떨어질걸?"

"이제 와서 말해봤자 네 말을 믿을 것 같아? 정신병자 말을?"

"그게 아니야, 종오야. 중요한 건 그게 아니라고."

"그럼 뭐?"

"사람들이 믿고 안 믿고가 중요한 게 아니지. 이슈가 된다는 거 자체가 중요하지."

"미친…."

"그리고 그게 진실이기도 하잖아. 너 내가 얼마나 디테일하게 말할지 겁나지 않아?"

"너 이 자식…."

종오가 은서의 멱살을 쥐고 노려봤다. 그러자 은서가 미친 듯 웃기 시작했다.

"푸하하하. 쫄기는. 문종오 다 죽었구만. 진짜 같았냐?"

"아휴. 깜짝이야. 또 지랄병 돋았나 했네."

종오가 멱살을 풀면서 멋쩍게 물러섰다.

"지금껏 이런 얘기를 못 한 게 아니라, 안 한 거야. 알겠어? 수백 번도 더 할 수 있었는데 참았다고! 널 위해서. 무덤까지 가지고 갈 거야!

그런데, 넌 이게 뭐냐? 친구라는 놈이. 어?"

종오의 눈동자가 흔들렸다. 잠시 침묵하던 종오가 목소리를 낮춰 말했다.

"비밀 지킬 수 있겠어?"

은서의 눈이 반짝였다.

"당연하지. 네가 더 잘 알잖아."

"진짜지?"

"이 몸으로 어디 가서 누설하는 게 더 힘들겠다, 진짜."

"진짜 너니깐 말하는 거야. 무덤까지 가지고 가야 해."

"죽을 날이 코 앞이래도. 너야말로 엿가락 잡쉈어? 뭐 이렇게 질질 늘어져."

종오가 한참 두리번거리며 주변을 살피다가 은서에게 귓속말했다.

"그 불, 내가 냈어."

"역시…."

은서의 심장이 거칠게 뛰었다. 바짝 다가온 종오에게 심장 뛰는 소리가 들릴까 봐 신경 쓰여 잔기침했다.

"난 진짜 죽일 생각은 없었거든. 그런데 노친네가 날 막 때리잖아. 그러니 어쩌겠어. 하지 말라고 해야지. 진짜 살짝 밀치기만 했어. 그런데 그 노친네가 자빠지면서 대갈통이 터진 거야. 내가 얼마나 놀랐겠어, 그 어린 나이에."

종오가 뭐가 그리 재밌는지 웃음을 섞어가며 말했다. 누군가에게 털어놓을 수 있다는 것 자체로 흥분되는 모양이었다. 은서가 종오의 눈치를 보지 않고 잔뜩 인상을 썼다. 바로 옆에서 귓속말하는 터에 그가 그녀의 얼굴을 볼 수 없었기 때문이다. 그녀 역시 종오의 얼굴을 볼 수 없었지만, 입꼬리가 올라가는 모습이 선명하게 그려졌다. 종오가 계속 말을 이었다.

"그런데 딱 손에 라이터가 잡히네. 그때 번쩍한 거지. 태워버리자. 왜 우리 예전에 이것저것 훔쳐다가 태우곤 했잖아. 증거를 싹 날리려고. 그래서 불을 냈어. 이게 다야. 진짜 어쩔 수 없었는데, 그 방법밖에는 없었어. 더는 촉법소년이 아니었으니까."

그 말을 끝으로 종오가 한 발 물러섰다. 모든 것을 털어놓은 종오는 속이 후련한 표정이었다. 은서는 비로소 진실에 한 걸음 다가갔다는 기쁨과 눈앞에 범인이 있음에도 당장 아무것도 할 수 없다는 분함이 교차했다. 무엇보다 김말순 할머니의 따뜻한 손길이 떠올라 코끝이 시큰거렸지만, 애환에 빠져있을 시간이 없었다. 꼭 확인해야 할 것이 한 가지 더 남아 있었다.

"너 그때 아버지 라이터로 불냈지?"

"그랬지."

"근데 그거 분실한 게 그렇게 신경 쓸 일이야? 지금까지도."

"이거 봐라. 또 똑똑해졌네."

"뭔가 있지?"

은서의 질문에 종오가 다시 주변을 두리번거렸다. 그리고 재차 다가와 귓속말을 했다.

"잃어버린 그 라이터에 피가 묻어 있어."

그녀는 피라는 말을 듣자 온몸에 털이 곤추서는 것을 느꼈다.

"라이터에 왜 피가 왜 묻어 있는데?"

"그날 내가 손을 다쳤거든."

"네 피가 좀 묻어 있는 게 어때서?"

"그게 아니야."

"아니긴. 라이터에 네 피가 묻어 있어도 그게 사건의 증거가 되지는 못해. 어디서 묻은 피인지 증명할 수 없잖아."

"아 씨, 이거까지는 진짜 말 안 할랬는데."

"뭐가? 말해 봐."

종오가 귓속말하기 위해 또다시 다가왔다. 진실에 근접하고 있다는 사실에 은서의 심장이 마구 뛰어 다시 잔기침했다.

"그 라이터에…."

"그래."

"할머니 피도 묻어 있을지 모르거든."

종오가 지금까지의 귓속말 중 가장 작게 속삭였다. 은서는 놀라서 소리를 지를 뻔했지만, 천연한 척 물었다.

"할머니 피가? 어떻게 그 라이터에 묻어 있는데? 어째서?"

"이런 답답아. 대갈통이 터진 노친네를 옮긴 손으로 라이터를 만졌으니까."

은서는 가만히 그의 말을 되짚었다.

"그런데 할머니 피가 묻어 있을지도 모른다는 건, 확실하지는 않다는 거네?"

"내 손에 노친네 피가 묻긴 했지만, 그게 라이터에 묻었을지 아닐지는 모르니까."

"그 라이터는 세상에 나오면 안 되겠네. 절대로."

"안 나와. 벌써 14년이야. 그날 불에 함께 타버렸거나, 애먼 놈 손에 있겠지."

"그렇구나…."

"있었으면 진작 발견됐을 거니깐."

"그러면 너무 걱정할 필요는 없겠는데?"

"네가 그랬잖아. 홍시 먹다 이 빠진다고."

자신이 즐겨 쓰던 말을 종오가 제 것인양 쓰는 모습에 속이 쓰라렸다. 아끼던 말을 빼앗긴 것만 같아 분한 마음에 주먹을 꽉 쥐면서도 말투에서 감정이 드러나지 않도록 조심했다.

"그렇겠네."

"이 사실을 아는 사람은 세상에 셋밖에 없어. 그중 살아있는 사람은 우리 둘뿐이고. 하나가 될 때까지 비밀 지켜라."

"그럴게. 고맙다, 비밀 알려줘서."

"고맙긴."

"아니야, 고마워. 진짜."

"그럼 빚을 좀 갚은 건가?"

"그래. 갚았네."

그때 곧 돌아갈 시간이 임박함을 알려주는 빛이 주변을 밝히기 시작했다. 기대한 것보다 훨씬 더 큰 성과를 얻은 기쁨은 접어두고, 빨리 마무리를 지어야 했다. 은서가 머리를 짚으며 지친 목소리로 말했다.

"나 너무 피곤하다."

"그래. 안색이 안 좋아 보이네."

"좀 쉬어야겠어. 잠이 쏟아지네. 조심히 가."

은서가 뒤돌아 누우며 말했다. 환하게 밝아진 빛에 눈이 따갑기 시작했다. 그때 종오가 놀랄 말을 했다.

"또 보자, 성태야."

"아니, 됐어. 이제 그만 보자."

등을 돌린 은서가 필사적으로 눈을 부릅뜨며 말했다.

"왜?"

"이제 면회도 안 하려고. 이런 모습도 그만 보이고 싶다."

"그래도….'

"나 조금이라도 좋은 모습으로 기억해주라. 마지막 부탁이다."

"그래, 알았다."

"잘 가라."

"너도, 잘 지내라."

병실을 나가는 종오의 목소리에 아쉬움이 묻어났다. 문이 닫히는 소리와 함께 은서가 눈을 질끈 감았다.

4. 과거, 방화 사건일, 성태, 노파 집 주변 길가

성태가 죄책감에 찌든 얼굴로 휘청이며 걷고 있었다. 밤새 한숨도 자지 못했다. 전날 본 지훈과 채혁의 얼굴이 좀처럼 지워지지 않았다. 게거품을 뿜으며 고통에 겨워하던 모습이 자꾸 떠올랐다. 성태는 그제야 후회했다.

처음 종오가 둘에게 그라목손을 먹이겠다고 했을 때만 해도 호방한 공염불로 여겼다. 실패하거나 중도 포기하면 놀려먹을 생각도 있었다. 하지만 곧 종오의 마음이 진심임을 깨달았다. 겁은 났지만, 합리화할 수 있었다. 제 책임은 없기 때문이다. 내심 제삼자로서 죄책감 없이 구경하리란 기대가 일었던 것도 사실이었다. 재미난 싸움 구경, 불구경 따위일 줄로 알았다. 대단하고 완전한 오판이었다. 그 장면이 얼마나 무서울지 몰랐던 거다.

성태는 쓰러진 두 사람을 본 순간 깨달았다. 그 장면이 선명하게 각인되어 죽는 날까지 잊히지 않을 것을. 하나 성태를 더 두려움 속으로 이끈 건 기억의 왜곡이었다. 사실과 허상의 중첩.

성태는 그날 분명 지훈, 채혁과 어떤 대화도 나누지 않았다. 현장 상황을 어느 정도 예상했음에도 상상을 뛰어넘는 공포에 잡아 먹혀버렸기 때문이다. 대화는커녕 뒷걸음질 쳐서 초소 밖으로 도망갔다가 한참 뒤에야 119에 신고했다. 그런데 자꾸 그의 기억에 두 사람과 나눈 대화가 떠올랐다.

바닥에 뒹구는 채혁이 성태에게 살려달라고 애원했던 것 같기도 했고, 양손으로 목을 움켜쥔 지훈이 죽여버리겠다고 협박했던 것도 같았다. 처음엔 아니라는 걸 알았는데, 반복되는 공상이 기억을 혼탁하게 만들었다. 어느덧 그들과 대화를 했다는 생각에 이르렀다. 한 적도 없는 대화 내용을 되짚자니 모두 지어낼 수밖에 없었다. 불투명해져 버린 기억 속에서 그들이 성태를 비난했다. 어디까지가 상상이고, 어디부터가 진실인지 헷갈렸다.

집에 가만히 틀어박혀 있자니 불안이 커져만 갔다. 모친의 눈을 피해 몰래 밖으로 뛰쳐나왔다. 목적지 없이 그저 피곤해질 때까지 걸으려 했으나, 불안한 그의 발걸음은 언제부턴가 아지트로 향하고 있었다. 혼자서 아지트에 가는 것은 처음이라 종오에게 연락할까 했지만, 마음을 접었다. 그러면 안 될 것 같았다.

길을 따라 걷고 있을 때 멀리서 자욱한 연기가 보였다. 불이 난 게 분명했다. 연기가 나는 곳으로 발걸음을 재게 놀리던 성태는 깜짝 놀라고 말았다. 아지트가 불타고 있었다. 주변은 이미 아수라장이었다. 몇몇은 다급하게 전화를 하고 있었고, 몇몇은 발만 동동 구르고 있었다. 마음 속에서 불안이 피어났다. 불장난하던 종오가 떠올랐기 때문이다.

그럴 리 없었다. 전날 친구 둘에게 그라목손을 먹였는데, 오늘 불을 낼 리가 없었다. 더군다나 오늘은 종오가 더는 촉법소년이 아닌 날이 었다.

"아니야. 아니겠지. 아무리 미쳤어도…."

성태가 혼잣말하면서 세차게 고개를 흔들었지만, 불안한 예감은 쉬 이 흩어지지 않았다. 등 뒤에서 다가오는 사이렌 소리가 점차 커졌다. 커지는 소리만큼 종오에 대한 의심도 커졌다. 성태는 화재 현장에 더 가까이 가서 확인해야 했다. 사람들이 뭐라고 하는지, 소방관들은 왜 불이 났다고 판단하는지 들어봐야 했다. 이번에는 정말 일말의 책임 도 없었으므로 저기 많은 사람처럼 죄책감 없이 구경만 할 수 있을 것 같았다. 성태가 불에 이끌리는 불나방처럼 한 걸음씩 걸어갔다. 그때 였다. 바닥에서 무언가가 반짝였다. 걸음을 멈춘 성태가 바닥을 바라 봤다. 눈에 익은 은색 라이터 하나가 보였다. 그가 라이터를 집어 들었 다.

서울지검 형사1부장검사 문재상

종오 부친의 이름이 새겨져 있었다. 손이 떨리기 시작했다. 라이터 를 돌리자 정의의 여신 디케가 한 손에는 저울을 한 손에는 칼을 들고 있었다. 양각으로 세밀하게 표현된 디케의 사이사이에 피가 고여있었 다. 이미 마른 부분도, 아직 완전히 마르지 않은 부분도 있어 보였다. 피가 묻은 지 그리 오래되지 않은 것 같았다.

"라이터가 왜 여기에…. 이 피는 또…."

혼란스러웠다. 종오 부친이 무척 아끼는 라이터였으니 여기까지 와서 버릴 리 없었다. 그렇다면 분실했다는 건데, 종오 부친이 구태여 이곳까지 와서 분실할 리도 없었다. 종오 부친은 집에서만 이 라이터를 쓴다고 했었다. 종오가 이곳에 가지고 왔다가 실수로 흘렸다고 생각하는 게 타당해 보였다.

문제는 피였다. 라이터에 묻은 피에 관해서는 너무 많은 가능성이 열려있어 짐작조차 어려웠다. 가만히 서서 라이터를 바라보던 성태의 뒤통수로 바람이 불었다. 순간 모골이 송연해졌다. 라이터를 빤하게 보고 있는 자신의 모습을 누군가가 보고 있을 것 같았기 때문이다. 얼른 등 뒤로 라이터를 숨기고 주변을 두리번거렸다. 다행히 모든 사람의 시선은 불에 쏠려 있었다. 아무도 못 본 것 같았다.

성태가 주변에서 비닐 하나를 주웠다. 버려진 것 치고는 꽤 깨끗했다. 거기에 조심스레 라이터를 넣고 집으로 달렸다. 달리는 내내 어제 본 지훈, 채혁의 모습과 라이터에 대한 생각이 마구 엉켰다. 머리가 터질 것 같았다. 혼란스럽고 난해한 와중에 두 가지만은 분명해졌다. 우선 당분간 종오를 만나지 않는 게 상책이라는 것. 또 하나는 라이터를 잘 보관해 둘 필요가 있다는 것이었다. 자세한 내막을 모르는 상황에서는 그게 나아 보였다. 자신과 종오 모두에게.

숨을 헐떡이며 집에 도착한 성태는 모친의 잔소리를 뒤로하고 지퍼백을 챙겨 방으로 들었다. 깨끗한 지퍼백에 라이터를 옮기고는 방을 빙글빙글 돌았다. 방이 작아서 둘 곳이 마땅치 않았다. 아무 데나 두면 주기적으로 방을 정리하는 모친에게 피 묻은 라이터가 쉽게 발견되고 말 것인데, 그 일만은 막아야 했다.

"어디에 숨겨두지…."

한참을 고민하던 성태가 책상의 두 번째 서랍을 뽑아 들었다. 그 아래에 테이프로 라이터가 든 지퍼백을 붙여뒀다. 여기라면 아무에게도 걸리지 않으리라 생각했다. 다시 서랍을 끼워둔 성태가 침대에 벌러덩 누워 눈을 감았다. 그러자 다시 지훈과 채혁이 떠올랐다.

"아…. 또."

성태는 이대로 가다간 미쳐버릴지도 모른다는 생각이 들었다.

5. 현재, 은서, 은서 집

은서가 조심스럽게 택배 상자를 풀었다. 상자에는 다섯 개의 지포 라이터가 있었다. 작업실에서 조각에 열중인 에리에게 라이터를 보여줬다. 라이터를 본 에리가 기겁했다.

"아이고 어머니. 아무리 기호 식품이라지만, 저는 반대합니다."

"뜬금없이 그게 무슨 소리야?"

"담배 냄새 너무 싫어요. 스트레스 받는 건 이해하지만요, 다른 방법을 찾아봐요."

"아니야, 그런 거. 나도 노담이야."

은서는 에리의 걱정이 귀여워 웃음이 났다. 에리는 못마땅한 얼굴로 라이터를 세어보곤 고개를 절레절레 저었다.

"그럼 뭐예요? 담배도 안 피우신다면서 라이터를 다섯 개나."

"추리를 위한 준비물?"

그 말을 듣고서야 에리의 표정이 환하게 펴졌다.

"그렇죠. 담배는 노노노. 노담이 좋아요."

"그럼, 그럼."

"명탐정 안 여사님, 어떤 추리인가요?"

"종오가 라이터를 잃어버렸다고 했잖아."

"본인 입으로요."

"곰곰이 생각해봤는데 그 라이터, 성태가 가지고 있는 것 같아."

별안간 에리의 눈이 휘둥그레졌다.

"네?"

"성태는 알고 있었던 거야. 불을 낸 범인이 종오라는 걸."

"그럴까요?"

"그 당시의 성태라면 라이터를 경찰에 넘기지 않았을 거니깐."

에리가 팔짱을 끼고 은서의 말을 곱씹었다.

"성태 아저씨라면 넘기지 않는다…. 그러고 보니 할머니가 꿈에 찾아온다고 했잖아요."

"그랬지."

"성태 아저씨가 할머니 집에 불을 냈던 그 라이터 들고 있어서 그랬던 걸까요?"

"아…. 그런 걸까? 나는 거기까지 생각 못 했는데…."

"하지만 걸리는 게 있어요."

"일기장에 라이터에 관한 내용을 왜 안 썼냐는 거지?"

"맞아요. 라이터를 주웠으면 그 내용을 일기에 쓰고도 남았을 텐데요."

"나도 그게 걸려. 그 정도 일이라면 쓰고도 남았을 텐데."

은서가 일기장 내용을 다시 떠올리며 놓친 것은 없는지 고민했다.

라이터와 관련된 내용은 맨 뒷장 낙서밖에 없었다. 에리의 눈이 반짝였다.

"일기장에 찢어진 부분 있잖아요. 7번과 8번 일기 사이에 있는. 그게 그 내용이지 않을까요?"

"그럴지도 모르겠구나."

은서가 일기장의 맨 뒷장을 펼쳤다. 정돈되지 않은 글씨로 라이터라는 단어가 반복되어 있었다. 마구잡이로 채워진 글자들. 이를 악물고 쓴 듯 무거운 필압이 대부분이었다.

"굉장히 스트레스를 받았나 봐요. 보고만 있어도 불안해져요."

"글씨에 광기가 어렸어."

"광기. 딱 맞는 표현이네요."

"에리야, 사람이 한 단어만 계속 쓸 때는 어떤 마음일까?"

"둘 중 하나겠죠. 간절히 갖고 싶거나, 간절히 잊고 싶거나."

"후자겠지, 성태는."

"아마도요."

"우리가 모르는 또 다른 라이터가 있는 게 아니라면, 맨 뒷장의 낙서는 분명 종오 아버지의 라이터를 가리키는 걸 거야. 그것도 피가 잔뜩 묻어 있는. 성태는 그걸 손에 넣었던 거지."

에리가 무언가를 깨달았다는 눈빛을 보내자, 은서가 고개를 끄덕였다.

"만약, 그렇다면…. 그 라이터는 어디에 뒀을까요?"

"지금부터 찾아보자. 같이."

"네? 저랑 같이요? 어떻게요?"

에리가 고개를 갸웃거렸다.

"분명 방안에 뒀을 거야. 사건 이후로 계속 시달렸다고 했으니까 밖으로 가지고 나가지 못했을 거야."

"정말 그럴까요?"

"본인이 통제할 수 있는 곳에 두고 싶었겠지. 중요한 물건이니까."

"만에 하나라도 집 밖에 뒀다면요?"

"그러면 어차피 못 찾는 거고. 우리는 우리가 할 수 있는 일에 집중하자."

"제발 꼭 방 안에 있으면 좋겠다."

"방안에 뒀을 거야. 분명히."

그건 에리를 위한 말이기도 했지만, 은서 자신의 바람이기도 했다. 지난 며칠을 꼬박 고민했지만, 뾰족한 수가 없었다. 집 밖에 숨겼다면 찾을 방도가 없었다. 방안에 숨겼기만을 바랄 수밖에 없었다.

"그럼 탐정님. 방안 어디에 뒀을 것 같아요?"

"짜잔. 이 순간을 위해서 준비했지."

은서가 아까 보여줬던 다섯 개의 라이터를 다시 꺼냈다. 에리가 어리둥절한 표정으로 되물었다.

"그게 무슨 말이에요?"

"에리가 오늘 성태가 되어 줘."

"네? 으윽. 싫어요. 제가 왜요?"

에리가 경기를 하며 손사래 쳤다. 은서가 괜히 짓궂은 말투로 다시 장난스럽게 말했다.

"오늘 한 번만!"

"아이, 참. 오늘은 온통 수수께끼 같은 말씀만 하시네요."

에리가 이해되지 않아 답답하다는 얼굴로 물었다. 은서는 그런 에리가 괜히 귀엽게 보였다. 은서가 웃음이 터지려는 것을 참으며 에리 손에 다섯 개의 라이터를 쥐여줬다.

"라이터를 방에 숨겨줘."

"제가요?"

"응. 내가 찾아볼게. 넌 성태가 어디에 숨겼을지 생각하면서 숨겨야 해."

"아하. 그래서 황성태 이저씨가 되라고 하신 거군요."

"그럼."

"마상할 뻔했네요. 엄마가 10번 일기로 가서 황성태 아저씨 방을 뒤지려는 거죠?"

에리가 드디어 모든 것을 알아챘다는 듯 말했다.

"정답!"

"그럼 실력 발휘 좀 해볼까나."

"다 찾을 테니깐, 꼭꼭 숨겨 봐. 제대로."

은서가 자신감에 차 큰소리쳤다. 에리가 방에 들어가서 라이터를 숨기는 동안 은서는 일기장을 만지작거렸다. 맨 뒷장의 낙서가 자꾸 걸렸던 터다. 몇 번이나 안 되는 것을 확인했지만, 또다시 혹시나 하는 마음이 들어 맨 뒷장을 펼쳤다.

"라이터, 라이터, 라이터, 라이터…. 역시 안 되네."

다른 일기와 달리 맨 뒷장에 적힌 글씨는 지워지지 않았다. 이유는 알 수 없었지만 낙서로는 과거에 갈 수 없는 것 같았다. 은서가 일기장을 보며 고민에 빠진 사이 에리가 방문을 열고 나왔다.

"안 여사님. 시간은 얼마든지 드리겠습니다."

"너무 빨리 찾는다고 삐치기 없다."

은서가 호기롭게 소리치며 방에 들어갔다. 두 시간 뒤, 은서가 백기를 들었다.

"방 안에 숨긴 거 맞아? 하나도 못 찾겠어."

거실에서 초코우유를 먹으며 TV를 보던 에리가 고개를 돌렸다. 자꾸만 터지는 웃음을 겨우 참는 표정이었다.

"어떻게 하나도 못 찾아요. 이대로 과거에 갔다가는 허탕만 쳤겠어요."

"너 내가 못 찾아서 기뻐 보인다?"

"티가 좀 나요?"

"엄청, 엄청. 거울 한번 보시지."

그제야 에리가 환히 웃었다. 두어 차례 헛기침을 한 에리가 정답을 읊었다.

"곰돌이 인형, 침대 매트릭스, 옷장, 스투키 화분, 그리고 책상 서랍."

에리는 곰돌이 인형을 뜯고, 매트릭스는 아랫면을 칼로 찢어 안에 라이터를 뒀다. 옷장을 밀어서 뒤에 테이프로 붙여뒀고, 스투키 화분을 파서 흙 속에 묻었다. 은서는 에리의 치밀함에 혀를 내둘렀다.

"진짜 잘 숨겼네. 그런데 하나는 도저히 못 찾겠는데?"

정답을 외며 들어갔던 은서가 곤란한 목소리를 하며 방에서 나왔다.

"어디 있는 거요?"

"책상 서랍에 뒀다는 거."

"아이, 참. 별로 어렵지도 않은데."

에리가 고개를 저으며 방으로 들었다. 책상 서랍을 살짝 들어서 뽑은 뒤, 서랍 칸 뒷면에 테이프로 붙여둔 라이터를 찾았다.

"방 안에도 이렇게 숨길 데가 많구나."

"엄마 대신 제가 과거로 가고 싶네요."

에리가 라이터를 숨길만 한 곳을 몇 군데 더 알려줬다. 에리의 특별 훈련은 큰 도움이 되었다. 성태가 방안에 라이터를 숨겼다면 찾아낼 수 있으리라 생각했다. 그녀는 다시 한번 기도했다. 제발 라이터를 방안에 숨겼기를. 은서가 심호흡한 뒤 10번 일기를 한 글자씩 지워나갔다.

10번

끝났다. 환청과 악몽이! 갑자기 싹 나았다. 이만큼 괴롭혔으면 됐다고 생각하는 거냐? 제발 좀 내 인생에서 꺼져라. 정신병원에 입원까지 했으면 나도 할 만큼 했다. 퇴원해서 집에 오니깐 기분 째진다.

6. 과거, 은서, 성태 집

깜박였던 눈을 뜬 은서에게 액자 하나가 보였다. 대여섯 살 즈음의 울고 있는 성태를 선자가 안고 있는 사진이었다. 지난 과거에서 봤던 액자였다. 그 액자를 보자 이번에도 제대로 왔다는 생각이 들었다. 그런데 그 사진에 자꾸만 눈이 갔다. 인화해서 방에 둘 사진이면 대게는 환하게 웃는 사진일 텐데, 서럽게 우는 성태의 모습이 자꾸만 당시 상황을 상상하게 만들었다. 넘어지기라도 했는지, 숨어 있다가 놀라게 했는지, 고대하던 선물로 벅찬 감동을 준 건지, 오랜만의 재회에 울음이 터져버린 건지…. 여러 생각 끝에 은서는 저 사진이 두 모자의 미래를 상징할지도 모른다는 생각까지 들었다.

그때, 등 뒤로 문을 여는 소리가 들렸다. 고개를 돌리자 낯익은 여인이 있었다. 젊은 선자였다. 병원에서 봤을 때보다 훨씬 편안하고 건강한 얼굴이었다. 은서를 보자 환하게 웃어 보였다. 그 미소가 빛나는 만큼 은서는 마음이 저렸다. 앞으로 있을 병간호가 얼마나 고달플지 그려졌기 때문이다.

"아들 이젠 괜찮아? 환청 안 들려?"

선자가 잔뜩 눈썹 끝을 내리며 물었다.

"이젠 괜찮아요."

"주님, 감사합니다. 정말 감사합니다."

선자가 양손을 꼭 모으고 기도했다. 선자를 가엽게 바라보던 은서는 제 코가 석자라는 생각이 번뜩 들었다. 어서 라이터를 찾아야 했다. 은서가 피곤한 표정을 지으며 힘없이 말했다.

"저 좀 쉬고 싶은데요."

"그래, 아들. 무리하지 말고 쉬어."

선자가 어색하게 웃으며 나갔다. 괜찮아졌다는 아들과 무언가 더 말을 나누고 싶은 눈치였다. 은서는 매정하게 군 것에 마음이 무거웠지만, 에리를 떠올렸다.

"매트릭스와 옷장부터 찾아볼게."

은서가 에리에게 말하듯 혼잣말을 했다. 그러니 힘이 나는 것 같았다. 에리가 알려준 곳을 하나씩 뒤지기 시작했다. 화분 안, 침대 매트릭스, 옷장, 이불 안, 스탠드, PC 본체 안…. 어디에도 라이터는 보이지 않았다. 전등을 분리하고, 옷장 안 모든 옷의 주머니를 두드려봤지만 없었다. 은서는 마음이 조급해졌다.

"맞다! 서랍!"

에리가 서랍 뒤쪽에 라이터를 붙여뒀던 걸 떠올렸다. 은서가 얼른 책상에 있는 서랍 세 개를 모두 꺼냈다. 서랍에 든 물건을 책상 위에 두고 서랍을 뒤집어 가면서 구석구석 살폈으나, 라이터는 없었다. 두 번째 서랍 아래쪽에 테이프 조각이 두 개 남아 있는 것이 전부였다. 테이프 흔적이 있을 이유가 없는 곳이었기에 한참 그 흔적을 바라봤지만, 소용없었다. 에리가 알려준 모든 곳을 살폈지만, 라이터는 없었다.

시꺼먼 불안감이 태풍처럼 그녀를 덮쳤다. 이미 버린 건 아닌지, 애초에 성태에게 없었던 건 아닌지 하는 부정적인 생각들이 희망을 뒤덮었다. 꼭 있을 것이라 생각했던 굳건한 믿음이 제발 있으면 좋겠다는 마음으로 약해졌다가, 라이터가 있는 곳의 힌트라도 찾길 바라는 마음으로 작아져 갔다. 답답함에 억울함마저 들었다. 종오는 지훈과 채혁을 죽이고 김말순 할머니 집까지 불태웠는데, 그에게 아무것도 하지 못한다는 게 미치도록 답답했다. 은서가 눈을 감고 평소 지갑 속에 품고 다니는 성경 구절을 읊었다.

"사람이 만일 그의 이웃에게 상해를 입혔으면 그가 행한 대로 그에게 행할 것이니 상처에는 상처로, 눈에는 눈으로, 이에는 이로 갚을 지라 남에게 상해를 입힌 그대로 그에게 그렇게 할 것이며 짐승을 죽인 자는 그것을 물어 줄 것이요 사람을 죽인 자는 죽일 지니."

이어서 간절한 마음으로 기도했다.

"제발, 제발, 제발…."

다시 눈을 떴을 때 책장에 있는 책 하나가 눈에 들었다. 성경책이었다. 그 순간 서늘한 기운이 스치고 갔다. 말할 수 없는 무언가에 이끌린 듯 그녀가 손을 뻗어 성경책을 꺼냈다. 손때가 거의 묻지 않은 책이었다. 떨리는 손으로 성경책을 펼치자, 가운데 오려낸 공간에 지퍼백이 보였다. 그 지퍼백 안에는 은색 지포 라이터가 들어있었다. 그녀가 감격에 겨운 목소리로 기쁨을 에리에게 전했다.

"여기였어, 에리야."

에리가 알려준 수많은 후보군에는 성경책이 포함되지 않았다. 에리에게 성경책은 감히 훼손할 수 없는 물건이었기 때문이다.

"역시 에리 넌, 절대 성태가 될 수 없나 보다."

은서가 혼잣말을 하며 피식 웃었다. 라이터를 손에 꼭 쥐고서 방문을 열었다. 밀려드는 거실의 공기에 커피 향이 가득했다. 오랜만에 느끼는 커피 향이었다. 그녀에게 커피는 행복했던 시절의 또 다른 상징이기도 했다. 진한 커피 향에 커피믹스를 타 먹다 죽은 지훈이 떠올랐다. 은서가 손에 든 라이터를 꽉 쥐고 커피를 마시는 선자에게 다가갔다.

"더 쉬지. 좀 괜찮아?"

"어머니. 정말 중요한 할 얘기가 있어요."

"어머니라니. 너답지 않게."

선자가 당황스러워하며 커피잔을 내렸다. 잔 속에서 출렁이는 커피를 보던 은서가 말없이 지퍼백을 쑥 내밀었다. 갑작스러운 그녀의 행동에 선자가 흠칫 놀랐다. 선자가 지퍼백 속 라이터를 가만히 바라보다가 물었다.

"이게 뭐니?"

"잘 보관해주세요. 절대 잃어버려서도, 버려서도 안 돼요. 제가 달라고 해도 주시면 안 돼요. 아셨죠?"

"이게 뭔데?"

"정말 중요한 물건이에요. 지금은 이렇게밖에 말씀드리지 못해서 죄송해요. 어머니. 6년 전에 지훈이 어머니께 전화가 왔었죠?"

"뭐?"

선자의 눈꺼풀이 파르르 떨렸다.

"매몰차게 거절하신 거 알아요. 절 위해서 그런 건 더 잘 알고요."

"그래, 당연하지."

"그래도 어머니, 아들을 잃은 분께 그렇게 하면 안 됐어요."

"너를 위해서 했던 일이야."

"이해는 하지만, 옳지는 않아요. 어머니."

"옳지 않아도 돼. 난 내가 해야 일을 했을 뿐이야."

"어머니…."

"누구라도 그랬을 거야. 세상 모든 엄마는!"

그간 차분하게 말하던 선자의 목소리가 뾰족하게 변했다. 은서는 그게 자기방어 기제에서 나온 행동임을 알았다. 병원에서 선자가 진심을 담아 사과했던 모습을 떠올렸다. 선자는 결코 악인이 아니었다.

"상대도 누군가의 엄마였어요. 그것도 아들을 잃었던 엄마였다고 요!"

은서가 선자의 눈을 똑바로 바라보며 말했다.

"그래도, 나는. 그래도…."

"마음이 편하지 않으셨잖아요. 안 그래요?"

"안 편했지. 나도…."

"지난 잘못을 만회할 기회가 올 거예요."

은서의 말에 선자의 눈동자가 흔들리고 있었다. 은서는 선자의 얼굴에 드러나는 감정의 변화를 놓치지 않았다.

"언제?"

"8년 뒤에요."

"대체 무슨 말이야, 그게."

"제 말 믿으셔야 해요. 8년 뒤에 안은서 선생님이 찾아와 라이터를 달라고 하면 그때 전해주세요. 그 전에 누구에게도 주면 안 됩니다."

"왜 그래야 해?"

"그러면 지난날의 잘못을 용서받을 수 있을 거예요."

"말이 되어야, 내가…."

선자가 답답한 표정으로 말했다. 그녀는 충분히 선자의 답답함을 이해할 수 있었지만, 더 자세히 말할 수는 없었다.

"때가 되면 아실 거예요. 제 소원입니다."

"소원? 그렇게까지 중요해?"

"쏟아진 물을 다시 담을 수 없다고, 치우지도 않으면 안 되니까요."

"무슨 상황인지 하나도 이해가 안 된다만, 그렇게까지 말하니…."

"약속하는 거죠?"

"그래."

은서가 간절한 눈으로 선자를 바라봤다. 그러자 선자가 천천히 고개를 끄덕였다.

"꼭 지키마."

아들을 바라보는 선자의 눈에 사랑이 가득했다. 그 눈을 보는데 문득 궁금한 것이 떠올랐다.

"제가 어머니께 사랑한다고 말씀드렸던 적이 있나요?"

"얘가 무슨. 네가 언제 그런 말을 했다고…."

같은 엄마로서 은서는 선자가 아들로부터 사랑한다는 말을 얼마나 듣고 싶을지 짐작할 수 있었다.

"사랑해요, 어머니."

사랑한다는 말에 선자의 눈시울이 붉어지다가 눈물 한줄기가 뚝 떨어졌다. 은서가 가만히 선자의 손을 맞잡았다. 손이 참 따뜻했다.

"아이고, 내가 주책이다."

선자가 얼른 눈물을 훔치며 고개를 돌렸다. 그때 새하얀 빛이 주변을 감쌌다. 은서는 폐 속 깊숙이 파고든 커피 향을 느끼며 가만히 눈을 감았다. 참 마음이 복잡했다.

7. 현재, 은서, 병원

은서가 서울에 있는 성태의 병실을 다시 찾았다. 문을 열자 8년의 세월을 18년처럼 맞은 선자가 은서를 맞이했다. 아프고도 외로웠을 시간이 그려졌지만, 은서는 얼른 고개를 저었다.

"여기 있습니다."

"감사합니다."

지난 과거에서 봤던 그 라이터였다. 눈을 가린 채 저울과 칼을 가진 디케가 볼록하게 새겨진 은색 지포 라이터. 그 사이사이에 오래된 피가 굳어 있었다. 뒷면에 마킹된 문재상 이름도, 모서리 쪽에 난 기스도 똑같았다. 명치 한가운데에서부터 감격에 겨운 성취감과 단죄에 대한 기대감이 경쟁하듯 차올랐다.

"그런데 이 라이터요…."

"뭐 하실 말씀이라도."

"아, 아닙니다."

"뭐 말씀하실 게 있으세요?"

"아녜요. 아닙니다."

선자의 행동은 분명 뒷맛이 개운치 않았으나, 이미 라이터에 손에 넣은 터라 더 캐물을 필요가 없었다.

"감사합니다, 어머니."

"선생님이 라이터를 달라고 하실 줄은 꿈에도 몰랐어요. 지난번에 만났을 때만 해도 아무 말씀 없으셔서 모르시는 줄 알았어요."

"이제야 필요하게 됐어요. 오랜 시간 잘 들고 있어 주셔서 감사합니다."

"선생님, 저는 그날이 똑똑하게 기억나요."

"뭐가요?"

"아들이 평소와 달랐거든요. 말투도, 눈빛도."

선자의 말에 은서는 자못 놀랐지만, 내색하지 않고 되물었다.

"어떤 게 달랐는데요?"

"간절했어요. 한평생 간절함이라고는 없던 녀석이거든요."

"그랬군요."

"그날, 아들이 제게 말해줬어요. 사랑한다고."

"아…. 네."

사랑한다는 말에 눈물을 흘렸던 선자의 모습이 떠올랐다.

"참 오랜만이었어요. 유치원을 졸업한 이후로 처음이었던 것 같아요."

"무뚝뚝했던 아들이었네요."

"아들들이 다 그렇죠. 그런데요…."

선자가 말을 하는 와중에 울컥했는지 잠시 멈췄다가 다시 말을 이었다.

"그 한마디 때문에 제가 지금 이렇게 버티고 있는 거예요."

선자의 말에 은서는 말문이 막혔다. 사랑한다는 말을 듣지 못했어도, 극진하게 병간호를 했던 선자였다. 그 말을 듣지 못했을 때는 분명 또 다른 이유를 만들어서 견뎌 냈을 그녀였다. 그런 선자에게 건넨 사랑한다는 말이 약일지 독일지 분간이 가지 않았다. 한참을 가만히 있던 은서가 조심스럽게 입을 뗐다.

"성태는 좀 괜찮나요?"

"그날 이후 깨지 못했어요."

"빨리 회복하길 바랍니다."

"고맙습니다."

은서는 선자와 얼른 대화를 마치는 쪽을 택했다. 병실 문을 닫고 나온 은서가 서둘러 주차장으로 갔다. 차에 타자마자 쓰러지듯 핸들에 고개를 파묻었다. 수많았던 시공간 이동이 결국 이 순간을 위한 일인 것만 같았다. 성태의 모습으로 마주했던 중학생 지훈과 장성했던 지훈이 오버랩됐다. 종오가 살인을 준비하던 모습도, 김말순 할머니와의 대화도 떠올랐다. 모든 순간이 믿기지 않을 정도로 생생했기에 더 아팠던 시간이었다. 에리가 종오를 찌르던 장면은 끝내 실현되지 않아서 얼마나 다행인지 몰랐다. 이 모든 순간에 에리가 없었다면 혼자 이기지 못했으리라. 은서가 손에 쥔 라이터의 디케를 바라봤다.

"부디 정의로운 결과를."

한동안 엎드려 있던 은서가 힘껏 액셀을 밟았다.

집으로 돌아온 은서가 에리에게 라이터를 보여줬다.

"이거야. 과거에서 내가 봤다던 게."

에리가 입을 다물지 못한 채 엄지와 검지만으로 지퍼백 모서리를 잡고 이리저리 살폈다.

"디케 문양이 진짜 디테일하네요. 대박. 그러니깐 이걸로 불을 냈다는 거죠?"

"분명 그렇게 말했어, 종오가."

"엄청난 게 들어왔네요, 우리에게."

"아직 방심하긴 일러."

"혹시라도 라이터에서 둘 중 한 사람의 DNA만 나올 수도 있으니까요?"

"맞아. 그렇게 되면 두 사람이 함께 있었다는 걸 증명할 수 없어."

"어떻게 하면 좋을까요? 우리가 먼저 DNA를 검사해볼 수는 없는데."

"없지. 대조군이 없으니."

"뭐 확실한 게 없으려나…."

묘안을 찾기 위해 고민하는 에리가 골똘한 고민에 빠졌다.

"거기에 대해서는 엄마가 생각해 둔 게 있단다."

입술을 질끈 깨문 은서가 종이 한 장을 꺼냈다. 종오에게 쓴 편지였다.

8. 현재, 종오, 종오 집

오전 11시. 종오가 팬티만 덜렁 걸치고 거실로 나왔다. 한 손에는 방금 내린 커피를 들고서. 밤새 태웠던 향초 덕에 은은한 냄새가 돌았다. 바닥을 굴러다니는 위스키병, 껍질이 까진 채 말라비틀어진 치즈, 밟혀서 눌어붙은 하몽. 종오가 온갖 장애물을 피해 엉거주춤 소파로 가서 털썩 앉았다. 햇살을 머금은 한강이 은빛으로 반짝였다.

"얘는 언제 간 거야?"

밤을 함께 보낸 여자가 보이지 않았다. 은희였는지 은이였는지 기억이 흐릿했지만, 치골의 높은음자리표 문신만은 퍽 매력적이었다. 종오는 어쩌면 퍽 괜찮은 밤이라 생각했다.

"나와 함께 하는 걸 영광으로 아셔요."

주방으로 향하는 문신의 목소리가 들떠 보였다.

"너야말로 영광인 줄 알아."

종오가 와인을 한 모금 마시며 으스댔다. 기분 좋은 취기가 나른하게 밀려들었다. 소파에 기대 가만히 눈을 감고 있는데 절로 미소가 지어졌다.

"근데 오빠, 식탁 위에 편지는 뭐야?"

"뭔 소리야?"

"이 편지 뭐냐고?"

종오가 잠깐 생각에 잠겼다. 아무리 생각해도 식탁 위에 편지를 올려둔 적이 없었다. 그가 몸을 일으켜 주방으로 걸어갔다. 문신이 식탁 앞에서 편지 하나를 들고 이리저리 살펴보고 있었다.

"뭐 하는 거야?"

종오가 목소리를 깔고 기분 나쁜 티를 냈지만, 문신은 알아채지 못한 듯 신난 목소리로 말했다.

"오빠. 이제 알았다. 난 똑똑해. 역시 나야. 왜, 아까 들어오면서 우편물 가지고 왔잖아. 그 사이에 있었나 봐."

"지금 뭐 하는 거냐고?"

"뭐 하긴. 어디서 가지고 온 편지인지 기껏 알아냈더니."

"너 지금 잘못한 거 없어?"

"내가 뭘?"

계속된 종오의 차가운 말투에 문신이 팔짱을 끼고 경계심을 드러냈다. 종오는 사과도 없이 가만히 서 있는 그녀의 모습에 화가 치밀었다.

"왜 허락 없이 남의 물건을 봐?"

"지금 화내는 거야? 볼 거 안 볼 거 다 본 사이에?"

"내 살을 보는 거랑 내 삶을 보는 건 다르지."

"왜 그래, 무섭게…. 봉투만 좀 본 거 가지고."

"허락 없이 내 물건에 손 데는 거, 아주 질색해."

"치사해서 안 만진다."

"절대 안 돼. 허락 없이는. 아무것도. 알겠어?"

"속 좁기는 진짜. 완전 재수 없어!"

문신이 날카롭게 종오를 노려봤다. 잔뜩 못마땅한 그 표정에 종오도 언짢아졌다. 그때 그녀가 성큼 다가와 피할 겨를도 없이 종오의 볼에 입을 맞췄다.

"너 뭐 하는 거야, 이게?"

"아, 몰라."

문신은 종오에게서 와인을 낚아채 크게 한 모금을 마시더니 휙 돌아서서 침대로 가 앉았다. 한 발, 한 발 흔들리는 엉덩이의 양감을 한껏 과시하면서. 종오가 당황스러움에 아무 말도 못 하자, 문신이 오묘한 미소를 지으며 옆자리를 손바닥으로 두드렸다. 옆에 와 앉으라는 간드러진 아양이었다. 그 표리부동한 애교에 종오는 어처구니없게도 화가 사르르 녹았다. 입꼬리가 올라간 종오가 향초에 불을 붙이고 문신 옆자리로 갔다.

"오빠 남자가 향초를 좋아하네."

"향초가 아니라, 불."

"불을? 왜?"

"불은 희생을 요구하면서도 당당하잖아."

종오가 불에 대한 고찰을 짧게 표현했다. 살면서 불에 대해 느꼈던 생각과 경험을 다 말할 수는 없었다. 그럴 필요도, 그럴 순간도 아니었으니까. 문신은 무슨 말인지 전혀 이해 안 된다는 표정을 짓더니, 와락 종오를 끌어안았다. 그녀가 품 안에 있는 그의 머리칼을 부드럽게 쓸어내렸다. 그녀의 품이 퍽 따뜻했다. 그리고 삼십 분 뒤. 종오는 그녀 옆에서 깊은 잠에 빠져들었다.

"편지라고?"

종오가 전날의 추억에서 깨어나며 말했다. 그녀는 분명 편지라고 했다. 종오는 그런 로맨틱한 건 질색했다. 종오가 주방으로 성큼성큼 걸어갔다. 식탁 위에 우편물이 너저분했다. 맨 위에 봉투가 보였다. 불길한 예감이 온몸을 감쌌다. 마음에 걸리는 것은 딱 한 가지밖에 없었다. 종오는 제발 그것만 아니길 바라며 봉투를 뜯었다.

살인마, 문종오.

다음 주 일요일 저녁 11시에 나를 찾아와라.

와서 무릎 꿇고 사죄해라.

죽은 내 아들 지훈을 위해.

반드시 혼자 와야 한다.

발신인은 안은서였다. 매섭고 차가웠던 스승이자 지훈의 모친. 봉투 안에는 모처의 주소와 사진도 들어있었다. 종오가 떨리는 손으로 사진을 꺼내 들었다. 불안한 예상은 정확하게 맞아떨어졌다. 제발 아니기만을 바랐던, 딱 한 가지 물건이 사진에 찍혀 있었다. 라이터였다.

언젠가 이런 일이 생길지도 모른다고 생각했다. 하지만 막상 그 상황에 직면하자 감정이 쉬이 통제되지 않았다. 지훈과 채혁에게 그라목손을 먹였던 사건이 떠올랐다. 당시 그는 촉법소년이었으므로, 몇몇 보호처분만 받았었다. 제2호 수강명령 80시간, 제3호 사회봉사 명령 180시간, 제5호 보호 관찰관의 장기관찰 2년.

보호처분이 끝나자마자 떠났다. 자유의 나라 미국으로. 도피하듯 떠난 유학 생활은 인생의 황금기였다. 그곳에서 Jonathan이라는 이름을 썼다. 조나단 문. 인생, 존나 단물이나 빨고 살겠다는 뜻으로 지었다. 그는 이름에 걸맞게 미국에서 방탕하게 살았다.

12년 만에 돌아온 한국은 변한 게 없었다. 빠르게 변하는 이슈에 경쟁하듯 환호하지만, 변화는 더딘 나라. 공평과 형평을 노래하지만, 가진 자에 대한 관대가 관습인 나라. 부조리 앞에서 불처럼 타오르지만, 금방 식어 버리고 마는 나라. 한국에서 아무도 종오의 살인에 대해 말하지 않았다. 그는 변하지 않은 고국에서 평안을 느끼고 있었다. 방금 그 편지를 보기 전까지는. 어떻게 라이터가 그녀의 손에 들어갔는지 짐작조차 되지 않았다. 굳건하리라 믿었던 행복에 금이 가고 있었다. 종오는 그 균열이 결코 작지 않다는 걸 직감하고 있었다.

5장

꺾이지 않는,
꺾을 수 없는

1. 살인죄의 공소시효 폐지

형사소송법 [시행 2022. 9. 10.] [법률 제18862호, 2022. 5. 9., 일부개정]

(중략)

제253조의2(공소시효의 적용 배제) 사람을 살해한 범죄(종범은 제외한다)로 사형에 해당하는 범죄에 대하여는 제249조부터 제253조까지에 규정된 공소시효를 적용하지 아니한다. [본조신설 2015. 7. 31.]

(중략)

부칙
제2조(공소시효의 적용 배제에 관한 경과조치) 제253조의2의 개정규정은 이 법 시행 전에 범한 범죄로 아직 공소시효가 완성되지 아니한 범죄에 대하여도 적용한다.

2. 현재, 종오, 서래섬

엷붉은 그림자를 드리운 구름이 음산한 분위기를 자아냈다. 멀건 하늘에 핏기가 번지는 모습은 과거를 떠올리게 했다. 그 시절, 라이터가 발견될까 봐 하루하루 피가 말랐다. 연락이 닿지 않는 성태에게도, 그 라목손 사건만으로 충분히 골머리를 앓고 있는 아버지께도 차마 말할 수 없었다.

그렇게 하루하루를 불안 속에서 살았다. 그러나 누구도 종오에게 방화 사건에 대해 묻지 않았다. 그런 날들이 하루씩 지나자, 어쩌면 공소시효가 완성되는 날까지 안 잡힐 수도 있을 것 같았다. 2007년 12월 21일, 형사소송법 제249조가 개정되면서 사형에 해당하는 범죄의 공소시효가 25년으로 늘었다. 종오가 노파를 죽인 것이 2009년이었으니까, 2034년이 되면 완전무결한 상태로 돌아갈 수 있었다.

그러던 중 문제가 생겼다. 2015년 7월 31일, 일명 태완이 법으로 불리는 법률이 시행되면서 살인죄의 공소시효가 폐지된 것이다. 1999년 5월, 6살이던 태완이 황산 테러를 당했다. 태완은 49일 동안 투병하다가 결국 사망했으나, 범인은 공소시효 완성이 임박할 때까지 잡히지 않았다. 이에 여론이 들끓었고 태완이 법이 시행되면서 살인죄의 공소시효가 폐지되었다. 그러나 정작 태완이 사건은 공소시효가 완성되어 범인에게 죄를 묻지 못했다. 태완이 사건의 공소시효는 2014년 7월 7일이었다. 피해자 부모가 재정신청을 내면서 공시시효를 정지시키려 했으나, 대구고등법원과 대법원이 기각함으로써 2015년 7월 10일부로 미제사건이 되었다. 태완이 법은 2015년 7월 31일에 시행되었는데, 공소시효가 완성되지 않은 사건에만 적용되었기 때문에 태완이 사건은 법안의 대상에서 제외된 것이다.

지훈과 채혁을 죽인 일은 촉법소년 때의 일이라 공소시효와 상관이 없었지만, 방화 사건은 달랐다. 공소시효가 완성되지 않았다. 이미 많은 시간이 흘러 검거될 가능성은 적었지만, 공소시효가 완성되는 것과는 차원이 다른 문제였다. 날카로운 불안을 평생 품고 살아야 한다고 여겼다. 하지만 곧 그 생각이 틀렸음을 깨달았다. 세월 앞에 장사 없었다. 하염없이 흐르는 시간 속에서 날카롭던 불안은 점차 무뎌져 갔다. 시도 때도 없이 생각나던 것이 일주일에 한 번, 한 달에 한 번으로 늘다가 언제 생각했는지 기억조차 안 나는 지경에 이르렀다. 한 해를 채우기도 전에 종오는 평안을 되찾았다.

그런데 은서의 편지 한 장으로 모든 평안이 부서졌다. 종오는 이대로 당하고 있을 수만은 없다고 생각하며, 액셀을 꾹 밟았다. 차를 멈춰 세운 곳은 서래섬이었다. 그곳에서 멍하게 동작대교를 바라보고 있었다. 유채꽃이 한참인 시기라 나들이객이 많았다. 샛노란 들판, 적금색 하늘, 푸르른 바람, 행락객의 핑크빛 소란. 퍽 평화로운 풍경 속에서 종오는 손을 떨고 있었다. 손에 흥신소를 통해 조사한 은서의 자료가 있었다. 그녀에게 무방비로 다가갈 수는 없었다. 라이터까지 쥐고 있는 그녀가 자신에 대해 얼마나 많은 조사를 했을지 짐작조차 되지 않았다.

하늘을 한 번 올려본 종오가 봉투를 열었다. 은서의 최근 사진, 집주소, 전화번호 등의 자료가 있었다. 남편과는 사별한 상태였고, 중학생 딸이 한 명 있었다. 이에리. 2009년생이었다. 지훈이 죽은 해 태어난 터울이 꽤 있는 여동생이었다.

"죽은 자식 불알 만져서 뭐 하려고…. 돈도 수억 받았으면서."

종오는 은서가 14년 묵은 일에 목메지 말고, 딸이나 잘 키웠으면 했다. 에리의 사진을 유심히 바라봤다. 어딘가 고집스럽게도 보였고, 영민하게도 보였지만 어쩐지 지훈과는 닮지 않은 것 같았다. 그때 하나의 생각이 머리를 스쳤다. 종오가 사진 속 에리를 뚫어지게 노려봤다. 한참 동안이나.

3. 현재, 종오, 화주 모처의 집

드디어 그날이었다. 흥신소로부터 은서의 정보를 넘겨받고 이틀이 지난 밤, 종오는 그녀가 준 모처의 주소로 차를 몰았다. 노란 헤드라이트 불빛이 한참이나 홀로 산길을 밝힌 끝에 목적지에 다다랐다. 도착한 곳은 산골짜기의 외딴 구옥이었다. 그가 예상했던 것보다 집이 넓었다. 종오는 차에서 내리며 은서가 왜 이런 곳으로 자신을 불렀는지 생각해봤지만, 이해되지 않았다. 아무리 생각해도 이상했다. 그녀 입장에서는 사람이 많은 곳에서 그를 상대하는 것이 더 쉬울 터였다.

종오 입장에서 불리할 것이 없었지만, 이해의 결핍이 일으키는 불안은 지울 수 없었다. 아무 준비 없이 원수를 부를 리 없었다. 온몸으로 긴장을 느끼며 한 걸음씩 걸어 나갔다. 현관문 틈새로 빛이 새어 나오고 있었다. 종오가 천천히 문을 열자 쏟아지는 빛이 그의 몸을 밝혔다. 종오의 시선은 금세 은서에게 꽂혔다. 그녀는 넓은 거실 한 가운데 있는 10인용 식탁의 가운데 자리에 앉아 차를 마시고 있었다.

"왔구나."

"안녕하세요. 선생님."

14년 만에 은서를 마주하자 짧고 뜨거운 숨이 샜고, 이어서 헛웃음이 났다. 초라하리만큼 늙어버린 중년의 여인을 보니 긴장이 탁 풀렸다.

"차 한잔 하겠니?"

자신의 손에 들린 차를 바라보며 묻는 은서의 목소리가 어색했다. 종오가 코웃음을 치며 말했다.

"됐습니다. 뭐가 들었을지 알고요."

"겁이 많구나."

"조심성이 많죠."

"조심성은 무슨…."

그녀가 무시하듯 말했지만, 조금도 신경 쓰이지 않았다. 그는 그녀 얼굴에 옅게 번지는 아쉬움을 알아챘다. 종오가 엷은 웃음을 띠며 물었다.

"그간 잘 지내셨나요?"

"우리가 안부를 나눌 사이는 아니잖아."

"상투적 인사죠. 저도 궁금하진 않았어요."

"반갑지 않게도 나와 뜻이 같구나."

그녀의 목소리에는 아무런 감정도 묻어나지 않았다. 지나간 일에 분노하며 흥분하는 편보다 훨씬 나아 보였다.

"좋아요. 본론만 말할게요. 라이터 받으러 왔어요. 어떻게 하면 돌려줄 겁니까?"

"말본새가 일수쟁이 같구나. 맡겨 놨니?"

"라이터 본래 주인은 저잖아요."

"피가 묻어 있던데?"

그녀가 상대의 마음을 뚫어보겠다는 듯 노려보며 말했지만, 종오는

50대 여인에게서 그 어떤 위협도 느낄 수 없었다. 평소 잘 알던 동네 아주머니를 만난 것처럼 편안하게 말했다.

"저런. 몰랐네요. 잘 닦아서 쓸게요."

"그거 네 피잖아."

"그게 무슨 말씀이세요?"

"다 알아."

"늙으면 의심이 많아지는 법이죠."

"늙으면 지혜가 늘지."

"자꾸 왜 그러실까. 지혜롭지 않게."

"네가 그 사진 한 장에 여기까지 온 것만 봐도 내 판단은 지혜롭게 보이는데."

"전 그저 제 물건을 돌려받으러 온 것뿐입니다. 은사님께 인사도 드릴 겸 해서요."

"지랄하네. 은사는 무슨."

"지랄이라뇨. 선생님께서 학생에게 이래도 되나요?"

"너 같은 놈에겐 돼."

종오는 그녀와 대화를 길게 끌고 싶은 생각이 없었다. 곧장 본론을 꺼냈다.

"제게 라이터를 돌려줄 생각이 있긴 하세요?"

"네가 하는 걸 보고."

"거래인가요?"

"선물이라도 받으러 온 거야?"

은서가 긴 숨을 내뱉으며 말했다. 그 날숨이 가느다랗게 떨렸다. 종오는 그녀가 대범한 척하기 위해 애쓴다는 것을 알아챘다. 그러자 외려 마음이 편해졌다.

"원하는 걸 말씀해 보시죠."

종오가 느긋한 말투로 말했다.

"너 그라목손인 거 알고 썼지? 지훈이 죽일 때."

"글쎄요. 너무 오래전이라."

"라이터 안 받을 거야?"

"생각해보니까 알고 있었던 것 같아요. 그라목손인 서."

"같아요? 똑바로 말해. 넌 알고 있었어. 지하실에서 그라목손을 발견했고, 컴퓨터로 검색도 했잖아. 컵라면 먹다가 가루로 만들어야겠다는 생각도 했고. 아니야?"

시종일관 뻔뻔한 자세를 보이던 종오가 흠칫 놀랐다. 그러나 놀라움은 금세 분노와 배신감으로 바뀌었다. 종오의 얼굴이 붉게 달아올랐다.

"황성태 만났나 봐요? 하, 이 자식."

"14년 전에는 왜 그렇게 발뺌했어?"

"불면 소년원 가니까요. 뻔한 걸 왜 자꾸 물어요?"

"양심도 없구나."

"양심요? 선생님. 정신 차리세요. 길바닥에 나가서 한번 찾아보세요. 그거 있는 사람 몇이나 되나."

"이런 미친…."

"됐구요. 이제 솔직히 말했으니 라이터 줄 건가요?"

"무릎을 꿇고 빌어. 지훈이, 채혁이를 죽인 것을 진심으로 사죄한다고, 잘못했다고 말해라."

은서가 충혈된 눈으로 종오를 뜨겁게 노려보고 있었다. 그는 잠깐의 고민도 없이 무릎을 꿇었다.

"그깟 무릎 뭐라고. 유치하게. 지훈이, 채혁이를 죽인 것을 진심으로 사죄합니다. 아주 큰 잘못을 했습니다."

아무런 저항 없이 무릎을 꿇으리라 예상하지 못했는지 은서의 표정이 구겨졌다. 그 모습을 본 종오의 한쪽 입꼬리가 올라갔다.

"이게 다예요? 아니면, 무얼 더 할까요?"

"14년 전 화주 방화 사건의 범인도 너라고 자백해."

은서의 말을 듣고 잠시 가만히 있던 종오가 키득키득 웃기 시작했다. 기괴하고 요망한 웃음소리가 거실을 가득 채웠다.

"우리 선생님. 진짜 순진하다. 진짜 너무 웃겨요. 아니 젊다고 할까요?"

"뭐?"

"늙으면 지혜로워진다면서요? 그런데 지혜라곤 요만큼도 찾아볼 수 없잖아요."

종오가 엄지와 검지를 거의 붙이다시피 하며 은서를 조롱했다.

"이 자식…."

"설마 제 입으로 미제 방화 사건을 자백하길 바라셨어요? 그건 제가 한 게 아니에요. 좋아요. 그라목손, 그건 제가 알고 했다 칩시다. 그렇게 해요. 그런데 방화 사건은요, 아니에요. 저는 모른다구요. 참나, 여기가 취조실이야 뭐야."

종오가 실소하며 비아냥거렸다. 그를 노려보는 은서의 눈에 더욱 독한 독기가 서렸다.

"너 라이터로 김말순 할머니 댁에 불냈잖아?"

"그 할머니 이름이 김말순이에요?"

"네가 죽인 할머니. 그 할머니 함자가 김말순이야."

"태어나 처음 듣는 이름입니다. 저는 몰라요."

"넌 그 집에 자주 갔었어. 아지트라고 부르면서까지. 거기서 불장난을 하곤 했지."

"하, 황성태 이 입 싼 놈."

"어서 말해. 네가 한 거라고. 그리고 그 할머니께 사과해. 그러면 준다. 라이터."

마구 쏘아붙이는 은서를 보며 종오는 깨달았다. 그녀는 라이터에 묻은 피가 누구 피인지 모른다는 걸. 영화나 소설도 아니고 현실에서 유전자 검사는 쉽지 않았을 거다. 비교 대조할 노인의 DNA를 구하지 못했을 거니까. 그렇기에 집요하게 자백을 유도하고 있는 게 확실했다. 그녀가 라이터를 넘겨주면서까지 받고자 하는 게 자백이라면, 종오는 절대 하지 말아야 했다.

"저는 분실한 라이터를 받으러 왔을 뿐입니다. 그러기 위해서 거짓 증언까지 해야 하나요? 설령 제가 이 자리에서 자백해도 이런 상황에서 자백은 법적 효력이 없어요. 명백한 협박이니깐요. 제가 범인이 아닌데 왜 자꾸 그러세요. 녹음이라도 하고 있나요? 아니면 녹화요?"

"개자식…."

"욕하시는 걸 보니 내 말이 맞나 보다. 표정 관리도 안 되는 분이 뭘 이런 걸 다 꾸미고 그랬어요. 적성에 안 맞게."

"닥쳐."

"다시 여쭐게요. 선생님, 라이터를 줄 생각이 있긴 해요?"

은서가 대답 대신 서릿발이 앉은 얼굴을 한 채 자리에서 일어났다. 그리고 방독면을 쓰기 시작했다. 그녀의 생경한 행동에 잠시 멍하게

있던 그는 그녀의 손을 보고 깜짝 놀랐다. 가스총이 들려있었기 때문
이다.

"그, 그거 가스총이에요?"

종오가 주춤거리며 물러서며 말했다.

"보면 몰라?"

"시키는 대로 다 했잖아요. 총은 내려놓으시죠."

"협상은 끝이다."

"뒷일을 감당하실 수 있으시겠어요?"

"감당 안 하려고. 방금 결심했거든."

"뭘요?"

"너 같은 쓰레기는 내가 직접 벌하기로. 법도 사치야."

"직접 벌한다고요? 그깟 가스총으로 그게 된다고 생각하시는 거예
요?"

당당한 말과 다르게 종오의 목소리가 떨리고 있었다. 종오는 고민에
빠졌다. 라이터 회수를 다음으로 미루고 일단 도망부터 가야 하는지
를.

"이대로 도망치면, 라이터를 경찰에 넘길 거야. 자신 있으면 도망가
든가."

옛 스승은 제자의 고민을 단번에 알아차린 눈치였다. 하나 애당초
자신 있었다면 찾아오지도 않았을 터. 라이터에 묻은 피가 자신과 노
파의 것이 아니라는 확신이 없었다. 도망이라는 선택지를 주고 있는
것 같지만, 외통수였다. 종오가 머리로 온갖 해답을 모색하면서 현관
쪽으로 한 걸음씩 물러섰다.

"선생님, 천천히 말로 풀어봐요. 그래, 돈. 돈 받으셨잖아요? 수억 받

으시고 이제와 이러시면 안 되죠.”

“돈? 돈? 내 아들을 죽여 놓고서. 뭐? 돈 받으셨잖아요?”

돈이라는 말에 은서가 발작하듯 쏘아붙였다.

“좀 진정하시구요. 그때는 제가 어리기도 했잖아요. 안 그래요?”

“천만에. 넌 어리지 않았어!”

“아무리 그래도 그렇죠. 부당한 게 있으면 법으로 해결해야지. 이게 뭐 하시는 거에요? 선생님이라는 분이요.”

“닥쳐!”

초라하리만큼 늙어버렸다고 생각했던 그녀는 온데간데없었다. 방독면이 그녀의 나약함을 완벽히 가리고 있었다. 그녀가 가스총을 치켜들어 종오의 얼굴에 조준했다. 시퍼런 총구가 섬뜩했다. 아무리 가스총이라도 이 정도로 가까운 거리에서, 그것도 안면에 맞으면 중상을 입을 것이 뻔했다. 식은땀 한 줄기가 등을 타고 주룩 흘렀다.

그때 총을 든 그녀 손이 떨리는 것이 보였다. 방독면으로 손의 떨림까지 가릴 순 없었다. 순간 한 번의 기회가 더 있을지 모른다는 생각이 들었다. 그녀가 가스총을 많이 다뤄 봤을 리 없었다. 미숙할 게 분명했다. 딱 한 번만 피하면 일발 역전의 기회가 생길 것 같았다. 종오가 방아쇠 속 그녀의 손가락을 노려봤다.

“마지막으로 묻자. 너, 후회는 하고 살았니?”

“다들 그게 왜 궁금하죠? 선생님이나, 성태나.”

“대답해!”

“후회했죠. 당연히.”

“거짓말하지 말고!”

“진짜로 뼈저리게 후회했어요. 진심으로요!”

종오가 억울하다는 듯 꽥 소리를 쳤다. 종오의 눈에 흠칫 놀란 은서가 보였다.

"진짜야?"

"그럼요. 제가 왜 그때…."

종오가 잔뜩 인상을 쓰며 뒷말을 삼켰다. 안달난 은서가 서둘러 되물었다.

"그때, 뭐?"

"그때 왜 라이터를 흘렸을까요."

"뭐라고?"

"그때 라이터만 잘 챙겼으면, 완벽했는데. 이 개고생도 안 해도 되고."

"사이코패스…."

"세월이 그렇게 흘렀는데도 피아식별이 안 되세요? 촉법소년 때 일이잖아요. 법이 용서하는. 선생님도 참 답답해요. 그건요, 절 탓할 게 아니라, 법을 탓해야 하는 거예요. 아시겠어요?"

두 사람의 눈빛이 뜨겁게 맞섰다. 가스총을 겨누고 있던 은서가 천천히 입을 열었다.

"지훈아. 이제야 네 복수를 한다."

주변의 공기를 얼릴 만큼 서늘한 목소리였다. 종오는 그 말이 단죄를 알리는 말임을, 그녀가 총을 쏘기로 결심했음을 알 수 있었다. 그는 호흡을 멈추고 미동도 없이 섰다. 모든 것이 멈춘 그 공간에서 종오의 관자놀이를 타고 흐르는 땀만이 움직이고 있었다. 그는 온 신경을 방아쇠 안 손가락에 집중했다. 정적의 공간에서 삐하는 소리가 그를 감쌌다. 위압적인 분위기 탓일까. 몇 초의 시간이 몇 분처럼 느껴지고 있었다. 그때 등 뒤에서 철컹하는 소리가 났다. 현관문에서 나는 소리였다. 가스총에 온 신경을 쏟고 있던 그가 놀라 몸을 움츠렸다. 동시에 은서의 눈이 커지며 종오의 등 뒤로 시선이 이동하는 게 보였다. 종오도 고개를 돌렸다. 거기에 사진으로만 봤던 여중생이 있었다. 이에리였다. 그 짧은 순간, 종오는 모든 판단을 끝내고 에리 쪽으로 몸을 날렸다. 에리를 만났을 때 어떻게 행동할지 수없이 그려봤기 때문이다.

"안 돼!"

때아닌 에리의 등장에 당황했던 은서가 뒤늦게 소리치며 가스총을 쐈지만 이미 늦은 뒤였다. 종오는 숨을 참고 에리를 노려보며 전력으로 달렸다. 에리를 인질로 잡아야 했다. 그러면 모든 것이 수월하게 처리될 터였다. 에리와 가까워질수록 승리감이 느껴졌다. 심장이 마구 벌떡였다.

그런데 이상했다. 곧 닿을 거리만큼 가까워졌는데도 에리의 표정에서 두려움이 느껴지지 않았다. 기분 나쁠 정도로 침착했다. 가냘픈 체구에 어울리지 않는 대담한 표정이었다. 모든 걸 예상했던 것처럼, 오히려 기다리고 있었던 것처럼 날카롭게 노려보고 있었다. 종오는 무언가가 이상하다는 생각이 들었으나, 돌이킬 수 없었다. 네 걸음, 세 걸음, 두 걸음. 마침내 손만 뻗으면 닿을 거리가 된 순간 에리가 등 뒤에 감췄던 손을 꺼냈다. 손에 쥔 칼날이 번쩍였다.

4. 현재, 종오, 화주 모처의 집

"에리야, 안 돼!"

은서가 쇠 긁는 목소리로 소리쳤지만, 에리가 이미 손에 든 칼을 휘두른 뒤였다. 그 순간 종오가 옆으로 몸을 틀어 에리의 칼을 피했다. 베는 것도, 찌르는 것도 아닌 애매한 동작이었다. 에리는 일격이 빗나가자 무게중심이 흔들렸고, 종오가 그 틈에 칼을 쥐고 있던 손을 걸어찼다.

"악!"

단말마의 비명과 함께 에리 손에 있던 칼이 공중으로 날아갔다. 에리의 시선은 순진하게도 허공의 칼을 쫓았고, 종오의 시선은 영악하게도 에리의 목덜미를 쫓았다. 찰나의 순간 종오는 순식간에 옆으로 돌아 에리의 목을 휘감았다. 그가 남은 힘을 짜내 힘껏 에리의 목을 졸랐다. 에리가 몸을 이리저리 비틀어대며 발버둥 쳤다.

"엄, 엄마⋯."

"에리야! 네가 여기에 왜 왔어?"

은서가 이해가 되지 않는다는 얼굴로 에리를 바라보며 물었지만, 에리는 아무 대답도 할 수 없었다. 종오에게 기도를 제압당했기 때문이다. 애끓는 목소리의 은서와 눈에 띄게 떨고 있는 에리. 종오가 그들을 여유롭게 바라봤다. 그는 거칠게 숨을 쉬며 호흡을 정리해나갔다. 그때 갑자기 훅하고 매운 기운이 들어왔다. 눈이 따갑고 재채기가 나왔다. 은서가 발사한 최루가스가 거실에서 퍼지고 있었다. 그의 손에 붙들린 에리도 고통스레 새된 기침을 했다. 그는 에리의 목을 휘감은 채로 뒷걸음질 쳐 현관문을 활짝 열었다. 등 뒤에서 불어오는 바람이 최루가스를 은서 쪽으로 몰아갔다. 종오는 현관문 밖에 한 발을 걸치고 서서 깨끗한 공기를 마셨다. 그를 향해 은서가 다시 가스총을 겨누며 소리쳤다.

"에리를 놔 줘!"

"그거 쏘려구요? 딸내미가 여기 있는데요?"

종오는 전완근에 힘을 바짝 줘 에리를 들어 올렸다. 그러자 그를 향한 총구가 덜덜 흔들거렸다. 그 진동은 방독면에 가려진 그녀의 분노를 고스란히 전하고 있었다.

"놔줘. 안 그러면 죽여버릴 거야!"

"아니, 이렇게나 상황판단이 안 되실까?"

종오가 다시 에리의 목을 강하게 졸랐다. 에리가 괴로운 듯 온몸을 꼬며 신음했다. 에리는 조금 전에 비해 확연히 힘이 빠져있었다. 에리의 타액이 팔에 흘렀다. 그 모습을 본 은서가 총구를 내리며 애절하게 소리쳤다.

"그만! 알았으니까, 제발 그만해. 그만하라고!"

"가스총부터 창밖으로 던지시죠. 창문도 활짝 열구요. 어서요!"

은서가 꾸물거렸다. 가스총을 버리면 힘의 균형이 순식간에 기울 것을 모를 리 없었다. 하나 열쇠는 종오의 손에 있었다. 그는 닦달하는 대신 에리의 목을 강하게 졸랐다. 기도를 압박당한 에리가 고통에 겨워 신음했다.

"제발, 제발. 그만!"

에리의 몸부림을 본 은서가 즉각 비명을 질렀다. 종오는 최루가스의 여파로 여전히 눈이 따끔거렸지만, 은서를 조종할 리모컨을 쥐었다는 생각에 자꾸만 웃음이 났다.

"총부터 버리라고! 외통수라고!"

"알았어, 알았다고."

목이 졸린 에리가 콜록대며 죽어가는 목소리로 은서를 불렀다.

"어…, 엄…, 엄마…."

그 모습을 본 은서가 종오를 노려보며 창가로 걸어갔다. 창문을 활짝 열고, 창밖으로 가스총을 던졌다.

"큰 실수를 하셨네요. 딸을 달고 오다니."

"에리를 풀어줘!"

"그 흉측한 가면도 좀 벗죠."

"개자식….'

"창문 열어놔서 가스도 다 빠졌는데요, 뭘. 어서 벗어요."

주먹을 꽉 쥐었던 은서가 천천히 방독면을 벗었다. 붉게 상기된 은서의 얼굴이 드러났다. 늙고 나약하기 그지없었음에도 눈빛만은 매서웠다. 종오는 그 눈빛이 반가웠다. 노려보는 것 말고는 아무것도 할 수 없는 그녀의 마지막 발악으로 보였기 때문이다. 하지만 그마저도 오래가지 못했다. 그녀는 방독면을 벗자마자 콜록거리면서 숨을 학학거리기 시작했다. 아예 엎어져 눈물과 콧물을 쏟아냈다. 현관 밖에 서서 그 모습을 보는 종오의 입꼬리가 올라갔다. 에리가 분한지 발길질을 했으나 기도를 조르자 곧 잠잠해졌다. 한참 헛구역질을 하던 은서가 시뻘게진 눈으로 종오를 바라보고 말했다.

"…이제 에리를 풀어줘!"

"답답하시기는. 라이터부터 돌려줘야죠."

은서가 망설였다. 하지만 종오는 급할 것이 없었다. 별다른 말 없이 다시 인질의 기도를 압박했다. 에리가 고통스럽게 몸을 비틀었다.

"그만해. 줄게, 준다고!"

은서가 주먹을 쥔 손을 부들거리며 식탁으로 향했다. 그녀가 앉았던 의자에 깔린 쿠션을 들어 올려서 지퍼백을 꺼냈다. 종오가 에리의 목을 꽉 쥔 채 지퍼백을 노려봤다. 안에 라이터가 있었다. 은서는 라이터를 넘기지 못하고 지퍼백을 응시하고 있었다. 수많은 생각에 휩싸여 있는 게 눈으로 보였다. 그러나 종오도 계속 기다릴 수 없었다. 다시 에리의 목을 감싼 팔에 힘을 줬다.

"으…, 어…, 어…."

에리가 다시 고통을 토하자, 은서가 신경질적으로 종오에게 라이터를 던졌다. 라이터가 종오의 발 앞에 떨어졌다. 종오가 라이터를 줍기 위해 에리의 목을 삼쌌던 팔을 풀었다. 에리가 그대로 풀썩 주저앉았다. 그 모습을 본 은서가 딸에게 다가오려 했다.

"에리야!"

"기다려! 확인부터 하고."

종오가 손바닥을 보이며 은서를 제지했다. 종오가 조심스럽게 라이터를 들어 올렸다. 정의의 여신 디케 사이로 피가 까맣게 굳어 있었다. 디케가 더 이상의 정의는 없다는 듯 피 흘리는 것 같았다.

"정의는 개뿔."

종오가 눈앞에 은서를 한 번 노려보고 라이터를 돌렸다.

서울지검 형사1부장검사 문재상

뒷면에 부친 이름이 선명하게 새겨져 있었다. 종오의 시선이 라이터 우측 하단으로 이동했다. 라이터를 돌려 빛에 반사하자 일자로 죽 긁힌 자국이 보였다. 종오에게 그 흔적은 라이터가 진짜인지 가짜인지 구별하는 감별법이었다. 누군가 모조품을 준비한다 해도 따라 할 수 없을 흔적이었다. 디케 문양, 마킹된 부친의 소속과 이름, 우측 하단의 긁힌 자국까지. 부친의 라이터가 분명했다.

저절로 웃음이 나왔다. 그것도 아주 환하게. 평생 신경 쓰였던 입안의 가시가 빠진 듯, 십수 년 체기가 쑥 내려가는 듯 후련한 기분이 들었다. 노파의 집에서 불을 냈던 기억, 겁에 질려 그곳에서 도망치던 기억, 갈피를 잡을 수 없이 아득한 두려움에 빠졌던 지난 기억들이 빠르게 스쳐 지나갔다. 생각보다 쉽게 라이터를 손에 쥐게 되었다는 생각이 들었다.

종오가 다시 은서를 바라봤다. 그녀는 별다른 행동을 하지 않고 가만히 서서 종오만 노려보고 있었다. 모든 수를 빼앗긴 그녀가 더는 할 수 있는 것은 없어 보였다. 그런데 옆에서 서늘한 기운이 느껴졌다. 얼른 고개를 돌리니 언제부터인지도 모르게 에리가 서 있었다. 있는 힘을 다해서 제 어미에게 기어가도 모자랄 판에 옆에 와서 서 있는 모습이 생경했다. 그때까지도 종오는 무언가가 잘못되었다는 생각을 하지 못했다. 옆구리에서 통증이 느껴지기 전까지는.

5. 5시간 전, 에리, 은서 집

"이번 일은 엄마가 혼자 해야 한다니까."

은서의 말에 답답한 듯 주방으로 간 에리가 물 한잔을 한 번에 들이켰다. 그 뒤 다시 거실 소파에 앉으며 따져 물었다.

"엄마가 무슨 수로 살인자를 혼자 상대해요? 건장한 남자잖아요."

"호랑이 굴에 널 끌고 갈 수 없어. 엄마 마음을 좀 알아줘."

"백지장도 맞들어야죠."

"네가 무슨 말을 해도 절대 안 돼."

은서는 기어코 혼자서 종오를 만나겠다고 했다. 그렇지만 에리는 포기할 수 없었다.

"전 사실 엄마가 문종오를 왜 만나려는지도 아직 이해가 안 돼요. 그냥 라이터를 경찰에 넘기면 되잖아요."

"이 라이터 하나 들고 간다고 재수사를 쉽게 해주지 않을 거야. 14년이나 된 사건이니까. 판을 키워야 해."

"그렇게까지 해야 할까요?"

"게다가 라이터에서 두 사람의 피가 안 나올 수도 있잖아. 그땐 어쩌려고?"

"그야…."

"그러니깐 곧장 경찰에 넘길 수 없어. 종오를 만나야 해. 만나서 결판을 봐야 해."

"만나서 뭘 어쩌시려고요?"

에리가 걱정스런 얼굴로 은서를 보며 말했다.

"들어야지. 놈이 직접 말하는 걸. 그라목손인 거 알고 썼다는 거, 일부러 지훈이를 죽였다는 거 모두 다."

"그 말을 들어서 뭐 하려구요. 그렇다고 오빠가 살아…."

에리가 하려던 말을 멈추고 입으로 손을 틀어막았다. 그리곤 은서의 눈치를 살폈다. 은서는 개의치 않는 표정으로 말했다.

"그래. 그런다고 지훈이 살아 돌아오지는 않지. 하지만 난 꼭 들어야겠어. 놈의 자백을. 그 말을 녹음할 거고, 세상에 밝힐 거야. 지난날 법이 잘못 판단했다는 것을 알릴 거야. 그날의 진실을 밝히고 싶어. 억울하게 죽은 아들의 죽음을. 난 엄마잖아."

"엄마…."

"그리고 가능하다면…. 방화 사건도 자백하게 만들고 싶어."

"가능할까요?"

"일단 부딪혀 보는 거지. 안 된다고 손해 볼 일 없잖아? 라이터 때문에 찾아온 종오로 인해 무슨 일이 생기면, 그때는 라이터에 대해 제대로 수사해주겠지. 이러려고 그렇게 과거에 다녀왔던 것 같아. 진실을 밝히라고."

은서가 일기장을 꺼내며 말했다. 에리가 일기장의 표지를 매만졌다. 낡은 종이의 질감을 만지는데 왠지 모르게 먹먹한 기분이 들었다. 지훈을 살릴 수 있을 거란 기대를 함께 품었던 일, 사건의 진실에 가까워지기 위해 밤새 생각을 나누었던 일, 지훈을 살리는 일을 포기해야 했던 일, 할머니와 방화 사건과의 관련성을 찾아 나서던 일, 숨겨진 라이터를 찾기 위해 함께 머리를 맞대던 일들이 떠올랐다. 매 순간 최선을 다했지만, 막상 별 도움이 못된 것 같았다. 과거로 가는 일도, 복수도 결국은 오롯이 엄마의 일이었다. 에리가 할 수 있는 일이라곤 잠든 엄마의 곁을 지키는 일과 함께 고민해주는 것밖에 없었다. 어쩐지 계속 주변인으로 머무는 것 같았다. 그래서 이번만큼은 적극적으로 돕고 싶었다.

"너무 위험해요. 아무래도 안 되겠어요. 같이 가요, 엄마."

"놉. 절대 안 됩니다."

"엄마, 제발요."

"이건 엄마의 일이야. 엄마가 매듭짓도록 도와주렴."

계속되는 실랑이에도 평소와 다르게 단호한 거절이 거듭되자, 에리는 작전을 바꿔야겠다고 생각했다.

"진짜 안 되나 보네요. 알았어요, 엄마. 그럼 엄마가 문종오를 어떻게 상대할 건지 계획을 말해보세요."

"이것까지는 안 보여주려고 했는데….”

은서가 어쩔 수 없다는 듯 고개를 절레절레 흔들며 방에 들어가 상자 하나를 들고나왔다. 상자 안에는 총이 들어있었다. 에리가 기겁하며 물었다.

"이게 뭐예요? 총 아녜요?”

"가스총. 연습도 많이 했어.”

"세상에. 어디서 났어요?”

"교활한 토끼는 굴을 여럿 파는 법이거든. 어때, 딸. 이제 걱정이 좀 줄었어?”

태어나 처음 보는 총을 보고 심장이 마구 뛰었지만, 이것만으로는 안심이 되지 않았다.

"아니요. 부족합니다.”

"너무 걱정 마. 종오도 더는 소년범이 아니니 함부로 나서지는 못할 거야.”

"그럼 문종오와 언제, 어디서 만나기로 했는지 말해주세요.”

"말하면 네가 올 거잖아.”

"안 갈게요. 엄마가 이렇게까지 걱정하는데 어떻게 가요. 대신 혹시라도 문제가 생기거나 엄마와 연락이 안 되면 경찰에 신고는 해야 하잖아요. 그러려고 물어보는 거예요.”

"그렇게까지 해야 할까?”

"그럼요! 설마 저를 고아로 만드실 작정은 아니죠?”

에리가 은서의 약점을 툭 건드렸다. 해선 안 될 말임을 알았지만, 은서를 지키기 위해서 어쩔 수 없다고 생각했다.

"절대 아니지. 내가 너는 지켜야지, 에리야.”

은서가 에리를 끌어안으며 말했다. 에리는 그 품이 따뜻해서 더욱 미안한 마음이 들었다. 에리를 품에 안은 은서가 말했다.

"약속해, 절대 오지 않겠다고."

"약속해요."

에리가 손을 내밀었고, 은서가 새끼손가락을 걸었다.

저녁이 되자 은서가 집을 나섰다. 떠나기 전에 에리에게 절대 오면 안 된다고 신신당부를 했다. 절대 안 따라갈 거라던 에리는 은서가 떠나자마자 토끼 인형과 조각칼 두 개를 챙겼다. 수년째 조각을 하면서 손에 익은 조각칼이었다. 한 시간 뒤 콜택시를 불러서 은서가 알려준 곳으로 갔다. 택시 안에서 에리는 반드시 자기 손으로 복수를 하겠다고 생각했다.

택시에서 내린 곳은 차도 사람도 없는 외딴곳이었다. 멀리 보이는 집 하나만 외로이 있었다. 불안했다. 딸을 지키기 위해 다른 장소를 알려준 것이 아닌가 하는 걱정이 들었기 때문이다. 아무 의심 없이 단번에 믿었던 자신이 한심하게 느껴졌다. 산속의 밤은 유독 깜깜해서 에리를 더 초조하게 만들었다. 에리는 휴대폰의 불빛에 의지해 집 쪽으로 나아갔다. 그때 길가에 주차해둔 은서의 차가 보였다. 그제야 안심할 수 있었다. 에리는 은서의 차 뒤에 몸을 숨기고 문종오가 나타나기만을 기다렸다.

한 시간도 넘는 시간이 지났을 때, 승용차가 접근하더니 한 남자가 내렸다. 검은 옷을 입은 그는 호리호리한 몸매에 키가 180cm도 넘어 보였다. 에리는 그가 문종오임을 알았다. 상상했던 것보다 훨씬 무서웠다. 너무 평범했기 때문이다. 사람 셋을 죽인 살인자는 좀 더 괴물

같을 줄만 알았다. 보통 사람과 아무 구분이 안 되는 외양에 소름이 돋았다.

그가 두리번거리며 천천히 걸음을 뗐다. 잔뜩 경계하는 태도에서 상대 역시 방심하지 않고 있음이 느껴졌다. 그 모습을 보는 에리의 손이 달달 떨리고 있었다. 이 순간에 마주하고서야 에리는 생각했다. 여태 진짜 무서움을 느껴본 적이 한 번도 없었다는 것을. 에리는 진정한 공포 앞에 마주했음을 절감했다.

무서워서 도망가고 싶었다. 당장 경찰을 부르고 싶기도 했다. 하나 에리는 두 가지 선택지 모두 고를 수 없었다. 엄마의 계획을 수포로 만들 수 없었기 때문이다. 그런 고민을 하는 사이, 그가 현관을 열고 집으로 들어갔다. 에리도 그제야 자리에서 일어나 천천히 걸음을 옮겼다. 한 걸음씩 걸을 때마다 수천 가지 생각과 두려운 장면이 그려져 심장이 미친 듯이 뛰었다. 에리는 공포를 이겨내며 끝내 현관에 바짝 다가섰다. 다른 한 손에는 칼을, 다른 한 손에는 분홍색 토끼 인형을 들고서.

'간이 부은 토끼야. 제발 이 무서움을 다 가져가 줘.'

에리가 문 아래에 분홍색 토끼 인형을 놓아뒀다. 무서움이 사라진 것 같기도 하고, 아닌 것 같기도 했다. 에리가 은서를 구원하기 위해 현관을 천천히 열었다. 그 순간 에리는 은서와 눈이 마주쳤다. 엄마는 너무 놀라 입도 떼지 못하는 듯했다. 동시에 종오가 뒤를 돌아보더니 순식간에 달려들었다. 에리의 시선이 은서에게서 종오로 옮겨갔다.

"안 돼!"

은서가 소리를 지르며 가스총을 쐈다. 펑 하는 소리와 함께 가스가 퍼졌지만, 이미 빗나간 뒤였다. 종오는 순식간에 가까워지고 있었다. 에리를 향해 달려드는 그의 눈에 살의가 서려 있었다. 먹잇감을 발견한 하이에나처럼. 사람을 죽인 적이 있는 남자의 얼굴을 마주한 에리의 심장이 쪼그라들었다.

에리가 등 뒤에 감췄던 칼을 꺼내 문종오를 겨냥했다. 오늘을 위해 특별히 예리하게 갈고 닦았다. 수많은 나무를 깎아가며 손처럼 사용할 수 있게 된 조각칼이었다. 에리는 달려드는 종오를 향해 비장하게 칼을 휘둘렀다.

하지만 종오는 마치 예상이라도 한 듯, 에리의 동작이 느리게 보이기라도 한 듯 가볍게 옆으로 피했다. 종오가 피할 거라고는 조금도 생각하지 못했던 에리는 무게중심이 흐트러졌다. 그 사이 종오가 에리의 손을 걷어찼다. 에리의 시선이 하늘로 치솟는 칼로 옮겨졌다. 동시에 종오가 달려들어 에리의 목을 감쌌다. 에리는 순식간에 제압당했다. 종오가 에리의 목덜미를 뒤에서 끌어안고 거친 숨을 헐떡였다. 뜨거운 입김이 끈적하게 와닿았다. 지독한 불쾌감이었지만, 더 통렬한 통증에 그런 감정을 느낄 겨를이 없었다.

종오가 에리의 목을 붙잡고 들어 올렸다가 내렸다가를 반복했다. 온 힘을 다해 저항했지만 소용없었다. 온몸에 힘이 빠졌고, 눈물과 콧물을 흘렸다. 에리는 한없이 미안한 마음이 들었다. 의욕만 앞서서 일을 망친 자신이 너무 바보 같고 한심했다.

결국, 엄마가 가스총을 버리고, 라이터를 던졌다. 그제야 종오는 에리를 놓았다. 에리가 풀썩 쓰러져 그에게 몸을 기대앉았다. 혐오스러운 살인자에게서 떨어지고 싶은 마음이 굴뚝같지만, 당장은 몸에 힘이 들어가지 않았다.

종오가 라이터를 손에 들었다. 그는 라이터를 살피는 와중에도 간간이 고개를 들어 은서를 살폈다. 그의 안중에 에리는 없었다. 에리는 그의 눈을 피해 힘을 비축했다. 조금의 시간이 지나자 어느 정도 몸을 움직일만했다. 종오를 바라보며 조심스레 양말 안에 감춰뒀던 또 다른 칼을 꺼내 들었다. 종오는 여전히 에리를 신경 쓰지 않았다. 에리가 일어나 옆에 설 때까지도 전혀 눈치채지 못했다. 에리가 칼을 든 팔을 힘껏 젖혔다. 그제야 종오가 고개를 돌렸고, 두 사람의 눈이 마주쳤다. 그는 에리가 왜 자신의 옆에 서 있는지 궁금한 얼굴로 바라볼 뿐이었나. 그는 에리를 위협 대상으로 생각하지 않는 듯했다. 고마울 따름이었다. 에리는 손에 칼을 꼭 쥐고서, 있는 힘껏 그의 옆구리를 향해 칼을 찔렀다. 에리의 심장이 거칠게 뛰었다.

6. 현재, 은서, 화주 모처의 집

은서가 가장 불안해했던 일이자, 에리에게 말하지 않았던 딱 한 가지가 결국 일어나고 말았다. 13번 일기에서 여러 장면을 봤을 때 만해도, 그것들의 의미를 알 수 없었다. 터무니없는 허상에 가까웠다. 하나 시공간 이동을 하면서 그 장면들을 하나씩 마주했다. 청년이 된 지훈을 만났고, 김말순 할머니도 만났다. 지훈이 끓여주던 콩나물국을 에리가 끓여왔고, 종오가 그라목손을 들고 있는 장면도 봤다. 마치 정해진 운명을 미리 본 것 같았다. 그래서 불안했다. 에리가 종오를 칼로 찌르는 장면마저 현실로 이뤄질까 봐. 어떤 일이 있어도, 그 일만은 막아야 했다. 마지막까지, 끝까지 피하고 싶었다. 그 일이 발생하기 전에 복수를 마무리 지어야 했다.

에리가 현관문을 열고 나타났을 때 만해도 종오를 죽이려고 온 줄 몰랐다. 갑작스런 딸의 등장이 파괴한 개연성은 은서를 당황으로 몰고 갔다. 은서는 에리가 어떻게 이 먼 곳에 왔는지 생각하고 있었다. 하나 에리 손에 들린 칼을 봤을 때 모든 궁금증이 사라졌다. 더는 그런 의문을 가질 여유가 없었기 때문이다. 은서는 사력을 다해 소리쳤다. 안 된다고.

결국 에리는 실패했고, 종오에게 붙잡혔다. 은서는 처음으로 정해진 운명을 거슬렀다고 생각했다. 에리의 살인을 막아냈다고 생각했다. 하나 그 때문에 에리가 종오에게 붙들렸다. 그는 비열하게 에리의 숨통을 조여가며 협박했다. 그녀가 가스총과 방독면을 버리고, 라이터를 내준 뒤에야 그는 에리를 놓았다. 그때 에리가 양말 속에 숨겼던 칼을 꺼내 들었다. 은서는 그제야 깨달았다. 조금 전에 에리가 종오를 찌르려던 장면은 그녀가 봤던 장면이 아니라는 것을. 13번 일기에서 에리는 피로가 역력한 얼굴로 종오의 옆구리를 찔렀다. 바로 지금의 얼굴이었다. 동시에 깨달았다. 그 장면 속 에리는 피로했던 게 아니라, 종오에게 시달릴 대로 시달려서 쓰러지기 직전이었음을. 심장이 터질 듯했다. 은서가 남은 힘을 모두 담아 절규했다.

"하지 마, 에리야. 그만둬!"

그러나 에리의 손의 칼날은 멈추지 않았다. 칼날은 정확하게 종오의 옆구리를 향해 날았고, 닿았고, 들어갔다.

7. 현재, 에리, 화주 모처의 집

칼날이 옆구리에 닿는 촉감이 손끝을 타고 전해졌다. 복수가 완성되는 순간이었다. 촉법소년으로서 범죄를 저질렀던 종오에게 촉법소년인 에리가 똑같이 되갚는 복수. 그때 엄마의 목소리가 귀를 때렸다.

"하지 마, 에리야. 그만둬!"

은서가 필사적으로 절규하는 소리였다. 그 바람에 찌르는 동작을 중간에 멈칫하고 말았다. 칼날은 겨우 끝부분만 파고들었을 뿐이었다. 에리는 칼을 깊게 쑤시지 못했다. 한동안 기도를 졸렸던 터에 힘이 빠진 네나 주서함까지 더해지자 동삭이 무뎌졌다. 에리는 직감했다. 실패라고. 에리의 불길한 예감은 맞아떨어졌다. 종오는 쓰러지지도 않은 채 그저 한발 물러서며 옆구리를 붙잡았다. 에리는 실패가 본인의 탓인지, 은서의 외침 때문인지 고민했다.

"아이 씨!"

종오가 신경질을 냈다. 에리는 그가 심하게 다치지 않았다는 것을 알았다. 당황해하는 종오의 손에 들린 라이터를 재빠르게 빼앗고, 힘껏 그를 밀쳤다. 라이터를 꼭 쥔 에리가 은서를 향해 몸을 날렸다. 은서가 달려드는 에리를 꼭 껴안았다.

"너 안 오기로 약속했잖아. 손가락 걸고!"

"도장을 안 찍었잖아요."

에리가 울먹이는 와중에 슬몃 웃으며 말했다.

"너 진짜!"

"미안해요, 엄마."

"그래도 멈춘 건 잘했어."

"제 손으로 끝내고 싶었는데…."

"무슨 말이야. 멈춰줘서 얼마나 고마운데."

"엄마에게 보답하고 싶었어요. 복수로요."

"보답은 무슨."

"절 딸로 받아주고, 지금까지 키워주셨잖아요."

"네가 날 살렸어. 너 없었으면 난 진작 죽었을 거니까. 그러니 진짜 감사해야 할 사람은 나야. 모든 건 내 잘못이야. 미안해, 딸."

"미안해요, 엄마."

두 사람이 서로를 부술 듯 꽉 끌어안았다. 에리의 뺨에 그동안의 부담이 뜨겁게 흘렀다. 은서도 눈물을 흘렸다. 에리는 터지는 울음에 어깨가 저렸지만 어쩐지 마음만은 편안했다.

8. 현재, 은서, 화주 모처의 집

품속의 에리가 오늘따라 유독 가냘프게 느껴졌다. 이토록 여리디여린 아이가 은서의 고통을 덜고자 나선 것이 너무 안쓰러웠다. 반면 에리의 살인을 막을 수 있어서 얼마나 다행인지 몰랐다. 복잡하게 엉킨 감정이 북받쳐 오를 때, 종오가 고함을 쳤다.

"지금 날 죽이려고 했어?"

별다른 타격을 입지 않은 종오가 전력으로 달려들었다. 은서가 몸을 날려 종오의 왼발을 움켜쥐었다. 종오가 다리를 뽑아내려고 바둥거렸지만, 그녀 역시 사력을 다해 다리를 붙들었다. 종오가 답답했는지 또다시 괴성을 질렀다. 그리고 잡히지 않은 발로 은서의 배를 마구 찼다. 순간 앞이 까매지며 그대로 쓰러졌다. 은서가 데쳐진 새우처럼 몸을 웅크리고 배를 감싸 쥐었다.

"진짜 죽을 뻔했다고!"

종오가 고함을 치더니 쓰러진 은서에게 침을 뱉었다. 고개를 돌리려 했지만, 뺨에 그대로 맞았다. 얼른 손으로 닦았지만, 처참한 심정은 닦이지 않았다. 하지만 더 급한 건 배를 타고 올라오는 통증이었다. 태어나서 처음 느껴보는 고통에 숨이 쉬어지지 않았다. 어느덧 종오가 에리를 쫓고 있었다. 아플 시간도 없었다. 은서가 어금니를 악물고 억지로 아랫배에 힘을 줬다. 그러자 뭉친 근육이 풀어지는 느낌이 들며 호흡이 돌아왔다.

"이에리, 이리 와! 라이터 내놔!"

종오와 에리는 10인용 식탁을 가운데 두고 빙글빙글 돌고 있었다. 종오가 식탁 위로 올라가면 소파 쪽으로 도망쳤다가, 소파로 쫓아오면 다시 식탁 쪽으로 도망갔다. 에리는 잡힐 듯 말 듯 위험천만한 순간을 가까스로 버텨내며 용케 간격을 유지하고 있었다. 답답한 종오가 손에 잡히는 대로 물건을 집어 던졌다. 몇 개는 빗나갔고, 몇 개는 맞췄다. 하지만 에리는 포기하지 않고 집안을 빙빙 돌았다.

"너 도망치면 네 엄마가 뒈져. 엄마를 버리고 갈 거야? 라이터 주면, 그냥 갈게. 그거 내놔. 내놓으라고!"

에리가 대답 없이 고개를 가로저었다. 은서는 깨달았다. 에리가 은서를 두고 도망가지 않기 위해 집안만 빙빙 돌고 있다는 것을. 에리는 은서를 위해 극한의 공포와 정면으로 맞서고 있었다. 하나 오래가지 않을 싸움이었다. 에리의 호흡이 흐트러지고 있었다. 에리와 종오의 간격도 더 아슬아슬해지고 있었다. 그녀는 순간 에리가 칼로 종오를 찌르려 할 때 말리지 말았어야 했을까 하는 생각이 스쳤다. 괜히 운명을 거슬러 더 큰 위기를 만든 것 같았다. 부질없는 회한이었다. 자신의 잘못된 판단이 에리를 위험에 빠뜨린 것만 같았다. 결국, 되도록 쓰지 않으려 했던 마지막 카드를 쓸 수밖에 없었다. 은서가 눈을 질끈 감고 에리를 향해 소리쳤다.

"에리야, 건물 뒤 창고로 가. 당장!"

9. 현재, 에리, 화주 모처의 집

에리는 은서의 말을 이해할 수 없었다.

"네?"

"건물 뒤 창고로 가라고!"

에리는 왜 건물 뒤 창고로 가야 하는지 이해가 되지 않았다. 그러나 이유를 물을 수도 없었다. 바로 앞에 있는 종오 역시 그 이유를 들을 게 분명했기 때문이다. 에리가 은서를 바라보며 난처한 표정을 지었다. 창고에 가면 무엇을 할 수 있는지, 지금 이 상황에서 종오를 따돌리고 어떻게 창고까지 갈 수 있는지 방법을 모르겠다고 표정으로 말했다. 엄마가 알아주기를 간절하게 바라며. 그러자 은서가 에리의 마음을 알아차린 듯 설명을 덧붙였다.

"거기에 기주 삼촌이 있어!"

"기주? 기주가 누군데?"

종오가 옆구리를 문지르며 신경질적으로 소리쳤다.

"기주 삼촌요?"

기주 삼촌. 지훈과 함께 죽었던 채혁의 부친이었다. 자신을 유난히 아껴줬던 기억이 떠올랐다. 냇가에서, 공원에서 함께 시간을 보냈던 기억도 떠올랐다. 그러다가 문 앞에 세워둔 분홍색 토끼 인형을 준 사람이 기주였다는 사실도 떠올랐다. 어릴 적 기억이긴 했지만, 종오보다 훨씬 덩치가 컸던 것 같았다. 그가 있으면 이 상황이 해결될 것 같았다. 생각에 거기에 이르자 에리가 반사적으로 현관 쪽을 바라봤다. 그쪽으로 가려면 종오를 지나쳐야 했다. 식탁을 사이에 두고 종오가 에리를 노려보고 있었다. 에리는 도저히 그를 지나쳐 현관으로 나갈 수 없었다. 에리가 미간을 잔뜩 찌푸리며 난처한 표정으로 서 있었다.

"기주인지 기준인지. 가, 가라고. 그 라이터만 주면 내가 그냥 보내줄게. 나 찌른 것도 봐줄 테니깐, 그거 던져 이리. 얼른!"

종오가 답답한지 짜증을 냈다. 그때였다. 은서가 달려들어 뒤에서 종오를 끌어안았다. 손톱을 세워 그의 얼굴을 후벼 팠다. 종오가 거실이 떠나가도록 고통을 토했다. 듣는 이마저 고통을 느끼게 만드는 처절한 절규였다.

"지금이야, 어서 가!"

은서가 사력을 다해 종오를 붙들며 말했다. 그럼에도 에리는 쉬이 다리가 떨어지지 않았다. 조금 전까지 목을 졸렸던 고통이 떠올랐기 때문이다. 에리가 고민하는 동안 종오가 은서를 엎어 쳤다. 둔탁한 소리를 내며 바닥에 떨어진 은서를 마구 발로 찼다. 맞을 때마다 고통에 허덕이는 소리를 내면서도 은서는 포기하지 않고 종오에게 매달렸다. 온몸을 던지는 은서를 보자, 에리는 눈물이 샘솟았다. 더는 지체하면 안 된다는 생각에 현관을 향해 달렸다.

"이에리!"

종오가 에리를 붙잡기 위해 손을 뻗었지만, 에리가 옆으로 몸을 돌리며 피했다. 종오의 손끝이 에리의 옷을 스치며 지나갔다. 에리는 곧장 바깥으로 달렸다. 뒤따르려는 종오를 은서가 온몸으로 붙들었다.

뒤에서 무차별한 구타 소리가 들렸다. 처절한 보리타작 소리 사이사이에 은서의 비명도 섞였다. 그러나 에리는 멈출 수 없었다. 맨발로 창고까지 달렸다. 심장이 터질 듯 쿵쾅거렸다. 그 소리가 피리 부는 사나이의 연주처럼 살인자를 이끌까 봐 두려웠지만, 불수의근의 연주는 좀처럼 멈춰지지 않았다.

창고에 들어가자마자 문을 잠그고 전원 스위치를 눌렀다. 뒤를 돌아보자 의자에 앉아 팔다리가 묶여 있고, 입에 재갈이 물려있는 한 남자가 있었다. 기주였다.

10. 세 시간 전, 은서, 기주 집

은서는 기주 집으로 향하고 있었다. 종오와 만나기로 한 장소가 기주 집이었기 때문이다. 에리에게는 한사코 혼자 상대하겠다고 했지만, 건장한 청년인 종오를 혼자 상대할 자신이 없었다. 가스총만으로는 부족했다. 기주의 도움이 필요했다.

채혁을 잃은 뒤 기주는 삶이 망가졌다. 그는 고통 속에 죽어간 채혁을 잊지 못했다. 받아들일 수 없는 재판 결과는 사회에 대한 불신을 뼈에 새기게 했고, 이는 인간 혐오로 이어졌다. 술만이 유일한 그의 위로였다. 술이 없으면 잠들지 못했다. 직장생활을 이어갈 수 없었고, 옆에서 끝까지 지켜주던 아내와도 이혼에 이르렀다.

그는 결국 인적이 드문 산속 깊은 곳으로 거처를 옮겨 인간관계를 단절한 채 은둔했다. 죽을 날을 받아두고 사는 사람처럼 지내던 그를 일깨운 것이 은서였다. 그녀는 복수를 제안했다. 기주는 그날로 술을 끊겠다고 했다. 두 사람은 뜻이 맞았다. 둘은 적당한 때가 올 때까지 서로를 이용하며 의지하기로 약속했다. 은서는 그 적당한 때가 오늘이라고 생각했다.

현관을 열고 들어가자 10인용 식탁에 기주가 앉아 있었다. 그의 얼굴에 긴장감이 돌았다. 아니나 다를까 기주는 기대감으로 인사를 대신했다.

"드디어 이날이 오네요."

"잘 버텨줬어요, 그동안."

"일전에 전화로 말했던 그 라이터를 볼 수 있을까요?"

"물론이죠."

은서가 가방에서 라이터를 꺼내 기주에게 보여줬다.

"서울지검 형사1부장검사 문재상이라. 진짜 말씀하신 대로네요."

"이것만 있으면 놈은 분명 올 거예요."

"그런데 말이에요…."

커다란 체구의 기주가 덩치에 맞지 않게 말을 끌었다. 그는 중요한 할 말이 있을 때 습관적으로 말을 끌곤 했다. 은서는 그의 이 습관을 볼 때면 늘 불안했다.

"말씀하세요."

"내가 먼저 그놈을 죽이게 해주세요."

"안 돼요! 약속했잖아요."

은서가 정색하면서 말했다.

"은서 씨가 구했다는 이 라이터를 믿을 수 없어요."

"못 믿는다고요? 기주 씨. 여기 피 묻어 있는 거 안 보여요?"

"그게 누구 피인지 어떻게 알아요? 사람 피인지, 동물 피인지."

"기주 씨!"

"14년이나 지난 라이터에서 DNA가 훼손되었을지 모르잖아요. 둘 중 한 사람의 DNA만 나오지 않아도 증명하기 어렵고요. 당장 저조차도 종오가 범인이라고 확신하지 못해요."

"제가 말했잖아요. 방화 사건의 범인이 종오라고."

"그걸 어떻게 믿어요, 제가."

은서는 시공간 이동을 통해서 똑똑히 봤다는 말을 하지 않고는 설득하기가 너무나 어려웠지만, 차마 그 말을 할 수 없었다.

"제 말이 틀리면요, 오늘 종오는 안 올 겁니다. 올 리가 없죠."

"그거야 그렇지만…."

"반드시 올 거예요. 와서 무슨 사달이 생겨야만 해요. 그래야 경찰이 그 연유를 따질 테고, 그때 라이터의 존재가 드러날 거예요. 아시겠어요?"

"놈이 안 오면요?"

"놈이 오늘 여기 안 오면 그땐 기주 씨 마음대로 하세요. 기주 씨가 시키는 거 제가 다 할게요. 뭐든지요."

"놈을 보자마자 죽일 거예요. 어떻게 참아요, 제가."

"조금만요. 조금만. 보복은 처벌이 무거워요."

"14년을 기다렸어요. 이 순간만을요. 제가 그깟 처벌을 두려워할 것 같아요?"

기주의 목소리가 결연했다. 은서는 도저히 그를 설득해내지 못할 것 같았다. 기주가 이렇게 나올지 모른다고 짐작은 했지만, 막상 맞닥뜨리니 당혹스러웠다.

"그래도 이건 정말…."

"제 인생을 걸었어요. 아시잖아요?"

"제발요."

"그냥 그놈을 죽이고 저도 깜빵 가겠습니다."

"꼭 직접 복수를 하셔야겠어요?"

"네."

"아…. 정 그렇다면. 꼭 그래야 한다면…. 기주 씨 마음대로 하세요."
은서가 포기하듯 말했다.

"정말인가요?"

"차라리 그게 좋겠어요. 기주 씨만 괜찮다면 문종오 같은 놈, 죽여버리는 게 낫죠. 법의 심판을 받게 하는 것도 아까워요."

"잘 생각했어요. 은서 씨, 고마워요. 제가 지훈이 몫까지 다 갚아 줄게요. 처절하게, 고통스럽게 죽이겠습니다."

기주가 들떠서 건물 뒤편 창고로 갔다. 찾을 게 있다고 했다. 기주가 사라지자 그녀는 얼른 가방에서 약을 꺼냈다. 종오에게 먹이기 위한 약이었지만, 넉넉하게 챙겨오길 잘한 것 같았다. 물에 약이 빠르게 녹아들었다. 그녀는 젓가락으로 바닥에 가라앉은 가루까지 꼼꼼하게 녹여냈다. 죄책감이 들었지만, 어쩔 수 없었다. 곧 종오가 올 텐데 이대로 계획을 망쳐버릴 수는 없었기 때문이다. 기주를 위한 일이라 위안했다.

은서가 약을 탄 물을 들고 창고로 갔다. 기주가 분주하게 무언가를 찾고 있었다. 은서가 관심을 가지는 척하며 태연하게 물을 건넸다. 기주는 아무 의심 없이 단번에 물을 마셨다. 잠시 후 그대로 잠들었고, 그녀는 그에게 재갈을 물리고 묶었다.

11. 현재, 기주, 기주 집

창고 문을 열고 들어온 사람은 여중생 정도로 보였다. 조금 더 자세히 보자 에리라는 것을 알 수 있었다. 믿기지 않았다. 이렇게 위험한 곳에 에리가 있을 이유가 없었기 때문이다. 그는 은서가 왜 이런 위험한 곳에 에리를 데리고 왔는지 도저히 이해할 수 없었다.

기주가 에리를 바라보며 이름을 불렀지만, 입에 물려있는 재갈 때문에 온전한 단어로 전달되지 않았다. 상황 파악이 안 된 에리가 그 자리에서 얼어붙어 있었다. 수년 만에 만난 에리와의 추억이 빠르게 스쳤다. 잠자리채를 들고 함께 메뚜기를 쫓았던 것도, 벨크로 글로브로 캐치볼을 했던 것도, 분홍색 토끼 인형을 줬던 것도 떠올랐다.

"문 열어. 문 열라고!"

밖에서 종오가 문을 부술 기세로 두드렸다. 그 소리에 에리가 번쩍 정신이 들었는지 다가와서 손과 발에 묶인 끈을 풀었다.

"삼촌. 엄마를…. 엄마를 구해주세요."

손이 자유로워진 기주가 재갈을 풀며 답했다.

"삼촌만 믿어."

그때 창고 문이 박살 났다. 에리가 기겁하며 기주 뒤에 숨었다. 기주는 채혁을 지키지 못했지만, 에리만은 반드시 지키리라 다짐했다.

"너는 또 뭐야!"

종오가 괴성을 지르며 달려들었다. 기주가 차분하게 고개를 숙임과 동시에 주먹을 날렸다. 그의 주먹이 종오의 턱주가리에 그대로 꽂혔다. 지난 십여 년간, 복수만을 위해 살아온 기주였다. 매일 밤 샌드백을 두드렸다. 술 없이 잠들기 위해 지쳐 쓰러질 때까지 주먹을 휘둘렀다. 이 한방을 위해서. 종오가 견딜 주먹이 아니었다.

종오가 휘청이며 쓰러지자, 기주가 얼른 올라탔다. 종오가 갓 잡힌 붕장어처럼 파닥거렸지만, 기주 역시 긴 세월을 기다린 강태공이었다. 양쪽 다리로 상체를 압박하고 종오 얼굴에 주먹을 퍼부었다. 붕장어를 손질할 때 송곳으로 대가리를 고정하듯 종오의 대가리를 땅바닥에 박아 버리겠다는 기세로 내리찍었다.

얼마나 시간이 흘렀을까. 산득 흥분해 마구 휘두르던 주먹질이 물에 잠긴 듯 무거워졌다. 마구잡이로 내리쳤던 주먹 어딘가가 부러진 듯 쓰라린 통증이 밀려왔다. 종오는 피떡이 되어 있었다. 몰골이 처참했다. 얼굴의 모든 구멍에서 피가 흘렀고, 도깨비처럼 이마 여기저기에 혹이 올라와 있었다. 더는 저항도 하지 못하고 축 늘어졌다. 그제야 기주가 종오에게서 내려와 땅바닥에 고개를 처박고 울었다.

"내가…, 드디어 아빠가…."

스스로를 향한 격려였고, 채혁을 위한 위로였다. 울먹이던 기주가 고개를 들어 에리를 찾았다. 공포에 질린 채 에리가 떨고 있었다. 기주는 에리에게 못 보일 꼴을 보였다는 생각이 들어 은서가 원망스러웠다.

"여긴 왜 왔어…. 어서 엄마에게 가."

기주가 차오르는 숨을 겨우 가다듬고 최대한 따뜻하게 말했다. 그런데 에리의 눈이 화등잔처럼 커지더니 숨을 급히 들이마셨다. 기주는 자신이 좀 더 부드럽게 말하지 못해 그런 줄 알았다.

"삼촌. 뒤, 뒤!"

에리가 소리쳤다. 자세히 보니 에리의 눈은 기주가 아니라 뒤를 응시하고 있었다. 그의 뒤에서 부스럭거리는 소리가 났다. 온몸에 털이 곤두서는 서늘한 기운이 기주 몸을 훑었다. 기주가 재빨리 뒤를 돌아보려 했을 때는 이미 둔탁한 소리와 함께 통증이 밀려들고 있었다. 그는 바닥에 고꾸라지고서야 종오가 나무막대로 그의 머리를 후려갈겼다는 것을 알았다. 일어나보려 했지만, 본드를 붙인 것처럼 바닥에서 몸이 떨어지지 않았다. 희미해져 가는 의식 속에서 기주는 생각했다. 샴페인을 너무 빨리 터트렸다고.

12. 현재, 에리, 기주 집

에리가 미처 어찌하기도 전에 기주를 공격했던 종오가 탈진하듯 쓰러졌다. 에리가 얼른 기주에게 달려갔다.

"기주 삼촌, 괜찮아요. 삼촌."

에리가 세차게 흔들었으나 정신을 잃은 기주는 꼼짝도 하지 않았다. 에리는 어떻게 할지 가늠이 안 됐다. 반면 온 얼굴에서 피가 흐르는 종오는 바닥에 누운 채로 에리를 다그쳤다.

"이에리. 라이터 내놔. 내놓으라고!"

바닥에 누워 기력을 차리고 있는 것 같았다. 금방이라도 일어설 것처럼 거칠게 몰아쉬는 숨소리가 에리를 극한의 공포로 몰아붙였다. 조금만 더 시간을 지체하면 다시 종오와 상대해야 할 터였다. 에리는 기주를 두고 빠져나가서 도움을 요청해야 할지, 곁을 지켜야 할지 가늠이 안 됐다. 그때 창고 문이 열렸다. 은서였다.

"에리야, 괜찮아?"

"엄마…."

한 손으로 배를 움켜쥔 은서가 오른쪽 눈만 뜨고서 두리번거렸다.

달걀만큼 부푼 왼쪽 눈두덩이가 검붉게 물들어 있었고 코와 입술에서 피가 흘렀다. 다리도 다쳤는지 절뚝거리면서 힘겹게 걸어왔다. 에리는 종오의 구타가 얼마나 잔혹했을지 상상되어 다리에 힘이 풀렸다. 은서가 에리, 기주, 종오를 차례로 살펴봤다.

"기주 씨는…."

에리는 대답 대신 종오와 그의 손에 들린 막대를 바라봤다. 은서가 알겠다는 듯 고개를 끄덕이더니 한쪽 나리를 설며 종오에게 다가갔다. 종오가 은서를 바라보고 일어서기 위해 끙끙거리며 말했다.

"더럽게 끈질기네…."

"엄마니깐. 나는 지훈이와 에리의 엄마니깐."

은서가 종오 손에 있는 나무막대를 빼앗았다. 종오가 일어서려고 할 때 은서는 기합을 넣으며 온 힘을 다해 종오의 머리를 가격했다. 퍽, 하는 둔탁한 소리가 창고를 채웠다. 종오가 그대로 정신을 잃었다.

"엄마…."

에리는 드디어 끝났다고 생각했다. 종오가 아무리 건장한 청년이라도 다시 일어설 것 같지는 않았다. 그럼에도 은서는 막대를 들어 종오의 머리를 두 차례 더 가격했다. 은서는 멈추지 않았다. 힘에 겨운지 잠깐 숨을 몰아쉬더니 다시 막대를 높게 치켜들었다. 순간 중심을 잃고 휘청거리더니 발목이 꺾이며 그대로 바닥에 고꾸라졌다. 둔탁한 소리와 함께 쓰러진 은서는 일어서지 못했지만, 끝까지 종오를 노려봤다.

에리는 이곳에 있는 모두가 죽을힘을 다하고 있다는 걸 느꼈다. 은서도, 기주도, 심지어는 종오도. 겁에 질린 채 도망치는 사람은 자신뿐이었다. 가족의 복수는 가족이 하는 거라고 해놓고선 아무것도 못 하고 있었다. 결국, 스스로 이 일을 끝내야 한다는 생각이 들었다. 눈앞의 살인마를 죽이고도 벌 받지 않는 사람은 자신밖에 없었다.

에리가 천천히 고개를 들었다. 이 모든 일의 시발점인 종오가 보였다. 더는 그가 두렵지 않았다. 에리가 은서의 손에 들린 나무막대를 빼서 손에 꽉 쥐었다.

"안 돼! 하지 마. 기다려봐, 에리야."

은서가 에리의 생각을 읽기라도 한 듯 필사적으로 소리쳤다. 처량하게 갈라진 쇳소리가 간절했으나 에리는 멈출 생각이 없었다. 그저 깊고 뜨겁게 숨만 들이마실 뿐이었다. 종오에게 뚜벅뚜벅 걸어갔다. 끝을 향해서.

"에리야, 그러지 마. 내가 할게. 넌 안 돼, 에리야…."

은서가 더욱 애처롭게 소리치며 에리를 향해 기어왔다. 그러나 에리는 뒤돌아보지 않았다.

13. 현재, 은서, 기주 집

"제발, 에리야. 멈춰. 제발…."

은서가 바닥을 기며 온 힘을 다해 소리쳤다. 달려가 에리를 막고 싶었지만, 접질린 발목에 힘이 들어가지 않았다. 은서는 에리가 직접 복수에 나서는 것만은 막아야 했다. 촉법소년이고 아니고가 중요한 것이 아니었다. 딸에게 그런 기억을 가진 채 살게 할 수는 없었다. 에리를 제 2의 문종오로 만들 수 없었다. 한번 마음을 먹으면 꼭 해버리는 윤서를 닮은 에리가 굳게 다짐한 것 같아 무서웠다. 은서는 결국 눈을 감았다.

'하나님, 제발 도와주세요.'

더는 자신의 힘으로 막을 수 없다는 걸 깨달은 은서가 간절하게 기도했다. 그러자 기도에 응답하기라도 한 듯 창고 문이 활짝 열렸다.

"멈춰!"

은서 눈에 천사로 보이는 사내들이 뛰어 들어왔다. 경찰이었다. 경찰의 등장에 에리는 들고 있던 나무막대를 땅에 떨어뜨렸다. 동시에 은서에게 달려가 안겼다. 그녀의 품에서 작은 어깨를 들썩이며 펑펑 눈물을 쏟아냈다. 그간의 두려움이 모두 눈물이 된 듯했다. 은서는 그런 에리의 등을 쓸어내렸다.

"괜찮아, 이제 다 끝났어. 괜찮아."

은서의 위로를 받은 에리가 더욱 서럽게 울었다. 그동안 경찰은 종오와 기주를 보더니 구급차를 요청했다. 그리고 은서의 다친 얼굴을 보고 걱정스러운 목소리로 물었다.

"괜찮으세요?"

"어떻게 여기를…."

"따님이 신고했어요."

은서가 이해할 수 없는 표정으로 품에 있는 에리에게 물었다.

"네가? 언제? 어떻게?"

"계획이 실패하면 경찰을 불러야 한다고 생각했어요."

에리가 경찰의 눈치를 보며 바짝 다가가 작게 속삭였다.

"언제 신고했어?"

"현관문을 열면서요. 들어오면서 112에 신고했어요."

"어떻게?"

"문자 메시지로요."

"문자 메시지?"

"요즘은 문자 메시지로도 경찰에 신고할 수 있어요."

울어서 눈이 퉁퉁 부은 에리가 어깨를 으쓱거리며 배시시 웃었다.

"그런데 경찰이 왜 이제야 온 거야?"

"30분 뒤에 예약 발송되도록 했거든요."

"30분?"

"30분이면 충분했으리라 생각했거든요. 그보다 길어지면 위험할 것 같더라고요. 성공하면 문자를 회수하려 했어요."

"대단하다. 칼을 2개나 준비하고, 경찰에 문자 메시지도 보내놓고."

"교활한 토끼는 굴을 여럿 가지고 있는 법이거든요."

눈에 눈물이 가득 차오른 에리가 활짝 웃었다. 은서가 힘겹게 따라 웃으며 에리의 어깨에 머리를 기댔다. 치열했던 하루였다. 녹음은 실패했고, 난생처음 죽도록 구타당했지만, 딸을 지켜냈다는 기쁨이 더 컸다. 라이터를 뺏기지 않은 것도 다행이었다. 은서는 응급조치를 받을 때도 라이터를 손에 꼭 쥐고 있었다. 에리가 은서와 함께 구급차에 올라타며 말했다.

"그 라이터, 정말 소중하게 붙들고 계시네요."

"마지막 남은 게임체인저니까. 종오가 찾아온 계기이자, 미제사건의 유일한 단서일지 모르는."

"라이터에 있는 그 피요. 어떻게 될까요?"

"놈이 그토록 불안해하는 걸 보면, 어쩌면…."

"제발. 꼭. 부디."

은서가 말을 아꼈고, 에리가 눈을 질끈 감고 기도했다.

"참. 싱크대 상부 장에 일기장이 있어. 좀 가지고 올래?"

"그럼요."

에리가 얼른 주방으로 간 사이 문득 성태가 떠올랐다. 의식이 돌아왔는지 알 수 없었으나, 일의 마무리를 알려야겠다는 생각이 들었다. 은서가 성태에게 메시지를 보냈다.

끝냈어. 모든 걸.

그러자 곧장 성태 번호로 전화가 왔다.

"선생님."

발신자는 성태 모친이었다. 선자의 목소리가 떨리고 있었다.

"어머니께서 무슨 일이시죠?"

"아무래도 마음에 걸려서요. 들고 가신 라이터요. 중요한 물건이죠?"

"몹시요."

"혹시 그게 가짜면 어떻게 되나요?"

"무슨 말씀이세요?"

은서가 자신도 모르게 소리를 높였다. 옆에서 휴대폰을 보던 구급대원과 은서의 눈이 마주쳤다. 은서가 휴대폰 볼륨을 가장 작게 낮췄다.

"실은요, 하도 중요한 물건이라길래 보관은 했는데요."

"그런데요."

"그 피가 영 찝찝한 거예요. 불안하고."

"그래서요?"

"…바꿨어요."

"뭐라고요?"

"제가 바꿔 쳤다고요. 그게 아들 발목을 잡을까 봐요. 그 라이터 만든 공장을 찾았어요. 전국을 뒤져서요."

"네?"

"거기서 똑같이 레이저 마킹을 한 거예요."

"그, 그, 그럴 리 없어요. 종오도 진짜라고 믿었어요. 저도 봤어요. 라이터에 긁힌 자국까지 있었던 거요."

머릿속이 하얘진 은서가 흥분한 목소리로 말했다. 은서는 우측 하단에 긁힌 자국을 분명히 봤다. 종오 역시 유심히 라이터를 살펴보던 장면을 떠올렸다.

"그것도 레이저 마킹할 때 같이 한 거예요. 하나하나 똑같이요. 그쪽 전문가분이 똑같이 만들어주겠다면서…."

"피는요? 피도 가짠가요?"

"제 피예요, 그거."

"뭐라고요? 그럼 진짜는요? 진짜 라이터는 어디 있는데요?"

"버렸어요. 오래전에요."

은서가 전화기를 든 손을 툭 늘어뜨렸다. 온몸에 힘이 빠지고, 말문이 막혀 아무 말도 나오지 않았다. 선자가 라이터를 바꾸리라고는 꿈에도 생각한 적 없었다. 종오마저도 속을 정도였으니, 은서가 진위를 구별할 리가 만무했다.

"괜찮으세요?"

휴대폰에 고개를 처박고 있던 구급대원이 은서를 걱정스러운 눈빛으로 바라봤다.

"별일 아닙니다."

"무슨 일 있어요?"

그때 마침 구급차에 올라탄 에리가 은서에게 바싹 다가와 물었다.

하나 상황을 설명할 여유가 없었다. 은서가 에리 손에 들린 일기장을 보며 말했다.

"하나 남았지?"

"뭐가요?"

"일기 말이야."

"딱 하나, 9번이 남았죠."

"급해. 바로 좀 다녀와야겠어."

"여기서요? 왜요? 무슨 일인데요?"

상황을 모르는 에리가 놀란 얼굴로 되물었다. 은서가 에리에게 다가가 귓속말을 했다.

"쉿. 이 라이터, 가짜래. 바꿔치기했대."

믿기지 않는다는 표정을 짓는 에리의 어깨를 은서가 다독였다. 경찰에게 라이터를 넘기기 전에 일을 바로잡아야 했다. 은서가 구급대원에게 말했다.

"잠깐 좀 자도 될까요?"

"그럼요. 눈 좀 붙이세요."

구급대원이 친절하게 답하며 웃었지만, 은서는 따라 웃을 여유도 없었다. 서둘러 일기장을 펼쳤다. 글씨가 사라지는 모습을 구급대원이 볼 수 없도록 몸을 돌리고 나직하게 읽어 나갔다. 붕대를 감지 않은 한쪽 눈을 부릅뜨고서.

9번

정신병원에서도 환청과 악몽은 끝나지 않는다. 요새는 그 할망구까지 꿈에 나온다. 번지수 잘못 찾는 할망구 때문에 죽겠다, 아주. 이렇게는 못 살겠다. 죽으면 환청도 악몽도 없겠지. 내일은 좀 더 깊게 그어야겠다.

"마지막이에요, 엄마."

에리가 글씨가 사라진 종이를 보면서 속삭였다. 에리의 눈에 눈물이 그렁그렁 맺혀 있었다. 은서는 수많은 말을 대신해 맞잡은 에리의 손을 꽉 쥐었다.

14. 과거, 은서, 정신병원

눈을 떴을 때, 은서는 그곳이 정신병원이라는 것을 단번에 알아챘다. 은서는 간호사를 통해 선자를 다급히 불렀다. 마침 병원으로 오고 있던 선자가 금방 도착했다.

"괜찮아? 어디 아픈 건 아니고?"

"어머니, 제 말씀 잘 들어 주세요. 제 방 서랍에 있는 성경책 안에 라이터가 있을 거예요. 그걸 잘 보관해주세요."

"라이터? 그걸 왜…."

"정말 중요해요. 어머니와 저를 살릴 수 있는 물건이에요. 누가 달라고 해도 절대로 주시면 안 돼요. 그게 설령 저일지라도요."

"성태 네가 달라고 해도?"

"네, 절대로 주시면 안 돼요. 그리고…."

"그리고, 또 뭐?"

"라이터에 피가 묻어 있을 거예요. 그래도 놀라시면 안 돼요. 버려도 안 되고, 바꿔도 안 됩니다. 아셨죠?"

은서가 선자를 간절하게 바라봤다.

"나, 참. 이해할 수 없네. 그게 그렇게 중요한 일이야?"

"목숨만큼 중요해요."

"그래, 알았다. 언제까지 보관해야 하니?"

"나중에, 한 십 년 쯤 뒤에 안은서 선생님이 라이터를 달라고 할 거예요. 그때까지요."

"뭐?"

"이상하게 들리겠지만, 제 말 꼭 들어주셔야 해요. 지금 너무나 간절하고, 중요해요. 어머니가 제 부탁을 잘 들어주시리라 믿고 있구요."

"그, 그래. 알았다."

"다시 말하지만, 절대 바꿔치시면 안 됩니다. 버려서도 안 되고요."

"무슨 사연이 있는 라이터길래…."

"나중에 저를 구원할 물건이에요."

"나, 참. 당최 무슨 말인지…. 일단 알았다, 알았어. 잘 챙겨 둘게."

"감사합니다."

"그런데 성태야, 너 지금 괜찮은 거지?"

"완전히 괜찮습니다."

은서는 순간 그녀의 말이 떠올랐다.

'그날, 아들이 제게 말해줬어요. 사랑한다고. 초등학교 입학한 이후로 처음 들었어요. 그 한마디 때문에 제가 지금 이렇게 버티고 있는 것 같아요.'

은서는 마음이 아팠지만, 선자를 이용해서라도 설득해야만 했다.

"사랑합니다. 어머니. 그리고 늘 감사합니다. 이번 부탁 꼭 들어주세요."

"뭐야? 갑자기 새삼스럽게."

"제겐 어머니밖에 없어요."

"나도 그래, 아들. 부탁 꼭 들으마. 치료 잘 받고, 얼른 나아서 가자. 우리 집으로."

은서가 천천히 고개를 끄덕였다. 선자와 짧은 면회를 마치고 은서가 병실로 돌아왔다. 얼른 현재로 돌아가서 라이터를 확인하고 싶었다. 그러나 좀처럼 새하얀 빛이 보이지 않았다. 마음처럼 되지 않는 상황에 가슴이 두근거리기 시작할 무렵, 남자 목소리가 들렸다.

- 황성태, 인마. 지금이라도 진실을 말해. 말하라고!

놀란 은서가 고개를 두리번거렸으나 아무도 없었다. 병실에는 그녀뿐이었다. 그러나 또 다른 남자 목소리가 들렸다.

- 제발. 성태야….

순간 심장이 멎는 것 같았다. 지훈의 목소리였기 때문이다. 바로 옆에 있는 것처럼 생생했다. 은서는 성태가 들었다던 환청이 이것이라는 것을 직감했다.

- 이제 포기하자. 쟤는 글렀어, 지훈아.

처음에 들렸던 목소리였다. 채혁인 것 같았다.

- 아…. 엄마를 생각하면 그게 안 돼.

지훈의 목소리가 슬프도록 애처로웠다. 은서의 마음이 쓰라리게 아
렸다.
"훈아. 훈아!"
은서가 어디를 보고 말해야 할지 몰라 빙글빙글 돌면서 소리쳤다.

- 쟤 왜 저래?

채혁이 의아한 목소리로 말했다. 그러나 지훈은 아무 대답도 없었
다.

- 훈아, 느그 엄마인갑따.

이번엔 어느 노파의 목소리가 들려왔다. 은서는 단번에 김말순 할머
니임을 알아챘다.

- 할머니, 그게 무슨 말씀이세요? 쟤가 왜 우리 엄마예요?

지훈의 음성이 들렸다. 반가움에 은서가 다시 소리쳤다.
"훈아! 엄마야, 엄마. 훈아!"
은서가 수화상태가 좋지 않은 전화를 하는 사람처럼 더욱 크게 소
리쳤다. 그러나 지훈은 동문서답을 했다. 답답함에 애가 끓었다.

- 단디 보그라. 성태인지 엄마인지.

다시 노파의 목소리였다. 은서가 이번에는 천장에 대고 소리쳤다.

"엄마야, 엄마…. 훈아…. 채혁이도 많이 아팠지? 할머니, 저예요, 저."

- 쟤 오늘 이상하네요. 유독.

채혁의 목소리에는 의아함이 가득했다. 은서는 그제야 자신의 음성이 닿지 않는다는 것을 깨달았다. 성태가 겪은 환청은 일방통행인 모양이었다. 어떻게든 대화를 하고 싶은 마음이 간절했다. 그녀는 필담이면 가능할 거란 생각이 들었다. 병실을 뒤졌지만, 필기구가 보이지 않았다. 시간이 많지 않음을 직감한 은서는 불안해졌다. 방법을 떠올리고 떠올렸다. 그러다 돌연 13번 일기에서 봤던 장면 하나가 떠올랐다. 성태가 벽에 피로 글씨를 적던 장면이었다. 지금까지는 13번 일기에서 봤던 장면이 현실에서 일어났다면, 이번에는 그 장면을 이용해야 할 때였다. 은서는 깊이 고민할 것도 없이 검지 끝을 물어뜯었다. 꽤 두껍게 물어뜯긴 손가락 끝에서 피가 흥건하게 나왔다. 그녀가 손끝을 짜내면서 벽에 글씨를 적어 내려갔다.

사랑하는 훈아

벽에 붉게 글씨가 적히자 지훈이 곧장 응답했다.

- *훈이? 엄마? 엄마예요?*

"훈아…."
아들의 목소리에 은서가 반사적으로 대답했다. 그녀는 이내 그녀의 목소리가 닿지 않는다는 것을 깨닫고 깨물었던 손가락을 짜내기 시작했다.

- *진짜 엄마예요? 엄마가 어떻게…. 필체도 맞아. 엄마 글씨야!*

지훈이 흥분된 목소리로 말했다. 아들의 떨리는 목소리를 듣자, 은서의 가슴도 세차게 떨렸다. 은서는 하고 싶은 말을 서둘러 써나갔다.

아들 잘 지내니?

- *전 괜찮아요. 엄마, 많이 힘들었죠? 죄송해요, 엄마.*

네가 뭐가.

- *엄마. 너무 힘들어하지 마세요.*

엄마 안 힘들어. 하나도.

연거푸 손가락을 깨물고 짜내며 필담을 이어갔지만, 가슴 속 말을 담기엔 턱없이 모자랐다. 되도록 많은 대화를 위해서는 최대한 짧게

함축해서 써야 했다. 그때 노파의 목소리가 들렸다.

- 훈이 애미야. 거서도 힘들제? 내는 니가 복수 같은 거 안 했으면 한데이. 산 사람은 고마 살아야제.

제가 살려고 하는 거예요. 어떻게든요.

- 저는 엄마가 힘든 게 싫어요.

지훈이 간절하게 소리쳤다.

엄마는 괜찮아, 아들.

그 순간 새하얀 빛이 번뜩였다. 시야가 완전히 가려지기 전, 노파의 마지막 목소리가 희미하게 들려왔다.

- 훈이 애미야, 고마 됐데이. 복수는 또 다른 복수를 낳는 기라.

아직 할 말이 가득한 은서가 다급하게 외쳤다.
"할머니, 지훈아…."
은서는 하고 싶은 말을 다 하지 못한 채 눈을 감고 말았다.

15. 현재, 은서, 응급실

다시 눈을 떴을 때 응급실 침상 위였다. 하얀 천이 둘러진 좁은 공간에서 에리가 은서의 손을 꼭 붙잡고 있었다.

"잘됐어요?"

"라이터, 라이터는?"

은서는 눈을 뜨자마자 주머니 속에 라이터부터 찾았다. 피가 묻은 라이터가 들어있었다. 외형만 봐서는 달라진 것을 알 수 없었다. 구석에 긁힌 자국도 그대로였다. 그녀는 곧장 선자에게 전화를 걸었다.

"일전에 주셨던 라이터요. 그거 바꿔치기한 거 아니죠?"

"네?"

"왜 성태가 병원에서 신신당부했었잖아요."

"선생님이 어떻게 그걸…."

"바꾼 거 아니죠? 굳게 약속하셨잖아요."

선자가 대답에 뜸을 들였다. 그 짧은 시간이 억겁처럼 길게 느껴지는 은서였다.

"어머니, 어머니. 안 들리세요?"

"선생님…."

"안 바꾸신 거 맞죠? 그렇다고 말해주세요."

답답한 은서가 애원하듯 말했다.

"아니…. 도대체 어떻게 아셨는지 모르겠네요."

"제발요, 그러지 마세요."

"바꿨어요."

은서는 가슴이 무너져 내렸다. 은서의 표정을 본 에리도 입술을 깨물며 고개를 저었다.

"성태가 간절하게 부탁했었잖아요. 왜 그러셨어요? 왜요?"

"그게…. 성태에게 부탁받은 날, 병원에서 다시 전화가 왔어요. 성태가 이상한 것 같다고요."

"뭐라고요?"

"손가락을 깨물어서 벽에 글자를 썼더라고요. 그것도 사랑하는 훈아, 잘 지내니, 엄마는 괜찮아, 하는 글들을요. 나중에 물어보니 성태는 기억이 없다더라고요. 정신 분열 증상이 심각했어요."

"아…. 그건…."

조금 전에 있었던 아들과의 간절했던 대화가 발목을 잡을 줄은 꿈에도 몰랐다. 답답한 마음에 가슴이 터질 것 같았다.

"성태가 라이터를 잘 보관해달라고 했던 날 생긴 일이니까요. 그 부탁을 할 때도 제정신이 아니었던 거죠. 그래서 그랬어요. 불안한 마음에 그만. 얼마나 어렵게 찾았는지 몰라요, 그 라이터 만들었던 공장을요."

"어머니…."

"제가 잘못을 한 건가요, 선생님?"

그녀의 말에 은서는 말없이 전화를 끊었다. 모든 희망이 물거품이 되었다. 이제 더는 남은 일기도 없었다. 은서는 끝도 없는 어둠 속으로 빨려드는 기분이 들었다.

"지난 13번의 시공간 이동 끝에 남은 건 절망이네."

은서가 자조적인 웃음을 지으며 말했다. 에리가 은서를 불안하게 바라봤다.

"엄마…."

"다 끝났어, 이제. 마지막 기회를 망쳤어."

"엄마 탓이 아니에요."

"성태 엄마는 아들을 위해서라면 뭐든 하는 사람인데, 내가 경솔했어."

"어떻게 했어도 그분은 라이터를 버렸거나 바꿨을 거예요."

"내가 조금만 잘했으면. 그렇게 많은 기회를 모두⋯."

"엄마⋯."

끝없는 실패감에 휩싸인 은서는 열세 번이나 되는 기회를 모두 놓친 자신을 책망했다. 머릿속에 지난 13번의 시공간 이동이 하나씩 아프게 스쳐갔다.

"열세 번⋯. 13의 의미⋯. 결국에는 이렇게 정해져 있었나⋯."

은서의 자책이 깊어지자, 그녀를 바라보는 에리의 표정도 무거워졌다. 에리가 가만히 눈을 감고 무언가를 생각하다가 말을 꺼냈다.

"엄마. 혹시, 어쩌면요. 제가 예전부터 생각해뒀던 게 하나 있긴 한데요."

"됐어. 괜찮아, 이제."

"한 번만 들어주세요."

"아냐, 이제 다 끝났어. 너무 힘들어. 더는 아무것도 안 하고 싶어."

은서는 정말 조금의 힘도 남지 않았다. 종오에게 구타당했던 모든 곳이 쓰라렸다. 모든 것을 포기하자 견디기 힘든 통증이 한 번에 밀려들었다. 그러나 에리는 간절했다.

"딱 한 번만요. 끝이 아닐지 몰라요."

"일기가 없잖아, 이제. 바꿀 수 없어. 이제 그만 고민해도 돼. 어차피 이렇게 될 일이었어. 바꿀 수 없는 운명⋯."

모든 것을 내려놓은 은서가 허망하게 말했다. 그러나 에리의 눈이 반짝거렸다.

"맨 뒷장에 낙서가 남았잖아요."

"뭐?"

"라이터만 반복해서 새까맣게 써놨던 거요. 어쩌면 그걸로도 과거로 갈 수 있지 않을까요?"

"그건 그냥 낙서야."

"일기장이 얼마나 똑똑한지는 모르겠지만, 일기와 낙서를 구분할 수 있을까요?"

"에리야, 전에도 말했지만 안 되더라. 너도 봤었잖아."

"제 생각에는요⋯."

은서가 에리의 말을 가로채며 힘없이 고개를 가로저었다.

"아니야. 내가 몇 번이나 더 읽어봤었어."

"아⋯."

"끝까지 포기하지 않아 줘서 고마워. 하지만, 이게 현실이고 인생이야. 우린 최선을 다했어. 비록 실패하고 말았지만."

"한 번만요."

"안 된다니까."

"딱 한 번만요⋯."

"에휴. 그래, 알았어."

은서는 안 될 것을 알면서도 에리의 성화에 못 이겨 일기장을 펼쳤다.

"라이터, 라이터, 라이터, 라이터. 이것 봐, 안 되지?"

그녀가 낙서를 보면서 글자를 읽어 나갔지만, 글씨는 지워지지 않았다. 에리는 말없이 일기장만 바라볼 뿐이었다. 그런 에리가 안쓰럽게 보였다. 희망이 없는 일에 끝까지 포기하지 않는 모습이 가여워 에리 손에 그녀의 손을 가만히 포갰다. 순간 찌릿한 기분이 들었다. 전기가 통한 듯한 느낌이었는데, 묘한 기시감이 들었다. 은서는 곧 그 감각이 기시감이 아니라, 예전에 경험했던 일이라는 것을 깨달았다. 일기를 읽기 전 병원 옥상에서 성태와 손을 포갰을 때 느꼈던 그 느낌이었다. 의아했다. 수백 번, 수천 번 에리와 손을 잡아도 아무렇지 않았는데 왜 지금 그때 그 느낌이 드는지 알 수 없었다. 멍한 얼굴로 생각에 잠긴 은서를 향해 에리가 말했다.

"엄마, 혹시 글자가 지워지고 있었던 게 아닐까요?"

"그게… 무슨 말이야?"

"우리 눈에 당장 안 보였을 뿐이라면요?"

에리가 여전히 일기장에 시선을 꽂은 채로 말했다. 딸의 말 한 마디, 한 마디가 너무 무거웠다.

"뭐라고?"

"글자가 너무 많이 포개졌으니까요. 당장에 안 보였던 거라면요?"

전혀 생각하지 못했던 말에 은서는 말문이 막혔다. 머리를 한 대 얻어맞은 느낌이었는데, 이상하게 정신이 맑아졌다.

"해보는 거죠. 안 되면 어쩔 수 없구요. 엄마."

"…그래. 해보자."

"고마워요, 엄마."

"내가 고맙지."

은서가 엷게 미소 지었지만, 얼굴에 확실히 에너지가 돌고 있었다.

"낙서로 과거에 갈 수 있다면, 언제로 돌아가게 될까요?"

"최근이 아닐까? 맨 마지막 장이잖아."

"아닐 수도 있어요."

"그러면?"

"낙서는 언제든 어디나 쓰잖아요. 일기야 순서대로 쓴다고 해도 말이죠. 저도 공책이 남아 있어도 낙서는 맨 뒷장에 하곤 하거든요."

"아…."

어쩌면 정말 마지막 기회가 있을지 모른다는 생각이 들자 온몸에 소름이 돋아났다.

"과거로 돌아가면 이것만 기억하세요."

"뭐?"

"절대 라이터를 잘 보관하라고 부탁하지 마세요. 또 바꿀 거예요."

"그러면?"

"라이터를 숨겨요. 절대 버리지 않을 물건에."

은서와 에리의 눈이 마주쳤다. 두 사람은 아무 말도 하지 않았지만 같은 생각을 했다는 걸 알 수 있었다. 은서가 서둘러 일기의 맨 뒷장을 펼치고 다급하게 낙서를 읽어 나갔다.

라이터 라이터 라이터 라이터 라이터 라이터 라이터 라이터 라이터 라이터 라이터 라이터 라이터 라이터 라이터…

은서가 쉬지 않고 라이터를 읽어 나갔다. 아무리 읽어도 변화가 없었지만 포기하지 않았다. 백 번을 넘게 읽었을 때, 그녀의 목소리가 가늘게 떨렸다. 까만 면이 조금씩 연해지고 있었던 터다. 계속해서 읽어 나가자 조금씩 지면이 드러났고, 한참을 더 읽자 남은 단어들을 손가락으로 셀 수 있을 정도가 되었다. 마침내 마지막 하나의 단어만 남았을 때 고개를 들어 에리를 바라봤다. 에리의 얼굴이 붉게 달아올라 있었다. 은서는 말없이 고개를 끄덕였다. 그리고 호흡을 가다듬었다.

"다녀올게. 에리야."

"조심히 다녀오세요, 엄마."

두 사람이 쏙 닮은 눈으로, 똑 닮은 마음으로 서로를 바라봤다.

"라이터."

은서가 하나 남은 단어를 읽자, 일기장의 모든 글씨가 사라졌다. 그녀가 마지막 시간 여행을 위해서 눈을 감았다.

16. 과거, 은서, 성태 집

은서가 눈을 뜬 곳은 성태 방이었다. 그녀가 앉은 책상 앞에는 일기장이 있었고, 손에는 펜이 들려져 있었다. 맨 뒷장에 라이터라는 단어가 빼곡히 채워진 상태였다. 은서에게 중요한 건 낙서를 쓴 시기였다. 무조건 9번 일기보다 앞이어야 했다. 마지막으로 과거에 갔던 9번 일기 뒤에 쓴 낙서라면 선자가 이미 라이터를 바꿔치길 했을 터였다.

서둘러 일기장을 잡으려던 은서가 급한 마음에 일기를 떨어뜨리고 말았다. 책상 아래로 떨어진 일기장을 주우려던 그녀의 눈에 쓰레기통에 구겨진 종이 두 장이 보였다. 분명 일기장과 같은 재질의 종이였다. 은서는 얼른 쓰레기통에 손을 넣어 종이를 꺼낸 뒤 한 장씩 펼쳤다.

종오 아버지 라이터를 주웠다. 피까지 묻어 있다. 아무래도 그 불, 종오의 짓

330

인 것 같다. 오늘은 그 자식 생일이라, 더는 촉법소년도 아닌데. 대체 어쩌려고 이러는 건지 모르겠다.

은서가 떨리는 손으로 나머지 한 장도 펼쳤다.

나만 입을 다물면 된다. 아무도 종오가 범인인 걸 모른다. 그런데 이 라이터는 어떻게 해야 하지. 아, 모르겠다.

은서는 7번과 8번 사이에 찢은 흔적이 있었던 것을 떠올렸다. 얼른 일기장을 들었다. 이미 읽었던 일기는 모두 사라진 뒤였지만, 그녀는 어렵지 않게 찢어졌던 곳을 펼칠 수 있었다. 찢어진 흔적과 쓰레기통 안의 종이가 정확하게 일치했다. 낙서를 쓴 시기는 7번과 8번 사이가 분명했다. 빠르게 뛰던 은서의 심장이 더욱 세차게 달음질치기 시작했다. 종이를 들고 몇 글자를 읽었지만, 뜯긴 종이라서 그런지 글자가 사라지지 않았다. 그녀가 얼른 종이를 쓰레기통에 다시 넣었다. 괜한 나비효과를 만들 수 없었다.

은서가 책장을 빠르게 살폈다. 지난 과거에서 봤던 성경책이 같은 자리에 있었다. 은서는 성경책을 꺼내며 성태가 했던 말을 떠올렸다.

'독실하긴요. 초등학교 졸업 선물로 받은 성경책이 지금까지 같은 자리에 쭉 꽂혀 있기만 한걸요. 한 페이지도 안 봤어요.'

그녀는 확신했다. 선자가 모든 것을 정리해도 성태의 성경책만은 절대 버리지 않을 것을. 또 선자가 성태의 성경책을 보지 않을 것도. 선자의 성경책은 가죽 케이스가 다 닳을 정도로 손때가 묻어 있었다. 오랜 시간 제 손에 익은 성경책만 쓴 게 분명했다. 교인들 중엔 자신의 성경책만 보는 사람이 꽤 있다는 걸 은서는 알고 있었다. 그렇다면 처음 라이터를 발견했던 성태의 성경책이 가장 안전할 거란 생각이 들었다. 지퍼를 열어서 안을 보자 라이터가 들어있었다. 그녀는 눈을 감고 라이터가 잘 보관되길 간절하게 기도했다.

이걸로 끝이 아니었다. 은서는 두근거리는 마음을 안고 컴퓨터 책상에 앉았다. 성태의 이메일 계정을 몰랐으므로 자신의 계정으로 접속했다. 그녀는 에리가 예약 문자로 경찰에 신고했던 것을 떠올리며, 메일을 예약 발송해두고자 했다. 그래야 미래의 은서가 확실하게 라이터를 받을 수 있었다.

에리가 만 14세가 되기 전에 황성태가 올 거야.
그때 이렇게 말해.
성경책 안에 있는 라이터를 들고 오라고.
그러면 만나겠다고.
네게 찾아올 기적을 믿어도 돼.

은서가 은서에게.

하얀빛이 눈앞을 밝히기 시작했다. 마음이 급해진 은서가 눈을 부릅뜨고 손을 재게 놀렸다. 되도록 먼 미래에 메일을 보내려고 했지만, 예약 발송은 최대 5년밖에 되지 않았다. 어쩔 수 없이 5년 뒤로 날짜를 정하고 발송 버튼을 눌렀다.

17. 현재, 은서, 응급실

감았던 눈을 떴을 때, 응급실의 하얀 커튼이 보였다. 은서는 얼른 휴대폰으로 이메일을 확인했다. 과거에서 보낸 이메일은 이미 읽은 상태였다. 안도의 한숨을 쉬는데, 침대 끝에 엎드려 있던 에리가 일어났다.

"엄마, 정신이 좀 들어요?"

"나 때문에 깼구나."

"잠깐 존 거예요. 엄마는 또 그 메일 보고 있었어요?"

"너도 메일의 내용을 알고 있니?"

"그렇게 많이 들었는데 잊을 리가요."

"내가 성태로부터 라이터를 받았니?"

"기억 안 나세요? 병원 옥상에서 받으셨다고 했잖아요."

"정말?"

은서의 가슴이 뛰었다.

"그럼요. 성경책에서 꺼내서 줬다면서요."

에리가 손에 라이터를 들어 보였고, 은서는 안도의 한숨이 나왔다.

"다행이다, 진짜."

"참, 오늘따라 이상하시네요. 역시 많이 다치신 건가. 혹시 머리가 아파요?"

"괜찮아, 정말. 그런데 에리야. 이 메일, 내가 보냈다는 것도 알고 있어?"

"해킹 같다고 하셨잖아요. 엄마는 그런 메일 보낸 적 없다면서요."

"과거의 내가 보냈더라고. 그 메일. 예약 발송으로."

"세상에, 정말요? 그런데 발신인이 엄마라면, 왜 예약 발송을 했어요? 그냥 보내도 되는 거 아닌가요?"

"누구보다 나를 잘 알았으니까. 그 시절에는 지훈이 일로 마음이 아파서 널 키우는 일 외에는 아무것도 하지 않았거든. 메일을 읽을 여유라고는 눈곱만큼도 없었어. 3년쯤 뒤였나. 오랜만에 접속해보니 휴면계정인 거야. 휴면을 해제하니 수천 개의 메일이 와 있지 뭐야. 시간이많이 지나기도 했고, 읽을 감당도 안 돼서 싹 지웠었어."

"그레시 예약 발송을 했었군요."

에리가 고개를 끄덕이며 말했다. 진짜 라이터를 손에 쥐었지만, 은서는 달라진 과거로 인해 바뀐 것은 없는지 불안했다.

"에리야, 네가 종오 못 죽인 거 맞지?"

"결정적인 순간에 엄마가 말렸죠."

"하나님, 감사합니다. 이제 진짜 끝이야."

손에 라이터를 꼭 쥔 은서의 눈에서 뜨거운 눈물이 흘렀다.

에필로그
구원

  납골당의 한쪽 구석에 은서와 에리가 서 있었다. 모녀의 시선은 한 사진에 머무르고 있었다. 윤서와 민기가 사진 속에서 환하게 웃고 있었다. 에리가 은서의 손을 꼭 잡았다.

  "엄마. 전 행운아예요. 엄마가 두 명이나 있으니까요."

  "윤서야, 강한 아이야. 우리 에리는."

  은서가 사진 속 윤서와 눈을 맞추며 말했다. 에리가 은서에게 머리를 기댔다.

  "참, 성태 삼촌이랑 마지막으로 만났을 때 무슨 얘기 하셨어요?"

  "성태 모습으로 과거로 가면서 느꼈던 것들을 얘기했지."

  "어떤 것들을 얘기했는데요?"

  "우리는 열세 번밖에 못 갈 거라 생각했잖아. 일기가 열세 개라서."

  "그랬었죠."

  "많은 사람이 13을 불길하게 생각한다는 거 알아?"

  "알죠. 13일의 금요일도 그렇고, 최후의 만찬에서도 열세 번째로 식탁에 앉은 유다가 배신을 하니까요."

  "그럼 몇몇 항공사는 좌석에 13번 열을 뺀다는 것도 알고 있니?"

  "정말요? 그건 몰랐어요."

  "그뿐만이 아니야. 13번 게이트가 없는 공항도 있고, 13층이 없는 건물도 있어.”

“사람들은 13을 불길하게 생각하나 봐요. 정말로요.”

“그래서일까. 일기가 열세 개라는 게 내심 불안했었어. 결국엔 안 좋게 끝날까 봐.”

“아이, 참. 혼자 불안한 생각을 하고 그래요. 말을 하시지 그랬어요.”

에리가 팔짱을 끼며 입술을 삐죽 내밀었다. 은서가 밉지 않은 투정을 하는 에리의 머리를 부드럽게 쓸었다.

“너까지 불안하게 만들고 싶지 않았으니까.”

“중국에서는 13이 좋은 의미로 쓰이기도 한 대요. 그러니깐 부정적인 생각에 얽매이지 마세요. 게다가 엄마는 열세 번이 아니라 열네 번 과거로 간 걸요.”

“맞아. 열네 번 갔지.”

“그 열네 번의 기적은 구원이었어요. 우리에게요.”

“성태도 그렇게 얘기하더라.”

은서가 가볍게 고개를 끄덕이며 웃었다. 은서가 눈을 감고 지난 일을 떠올렸다. 순간 13번 일기를 통해 갔던 과거에서 봤던 장면들이 떠올랐다. 한 점의 빛도 없는 공간에서 새하얀 존재가 보여줬던 미래의 장면들. 찰나의 순간이었지만 이상하리만큼 또렷하게 떠오르는 기억이었다.

은서와 성태가 병원 옥상에서 두 손을 맞잡는 장면, 은서가 건장한 청년이 된 지훈의 손을 잡는 장면, 성태가 지훈의 품에 안겨 서글피 우는 장면, 에리가 종오를 칼로 찌르는 장면, 지훈이 우유를 마시는 장면, 은서가 콩나물국을 먹으며 우는 장면, 주택이 불타는 장면, 은서가 막대로 종오의 머리를 내리찍는 장면, 성태가 어느 할머니 옆에서 우는 장면, 종오가 그라목손을 들고 있는 장면, 성태가 벽에 피로 글씨를 적고 있는 장면, 성태와 선자가 병원에서 대화하는 장면, 은서와 에리가 납골당에 있는 장면, 그리고 성태가 종오의 목을 칼로 찌르는 장면.

그곳에서 봤던 장면이 열네 개였고, 지금 납골당에 있는 것을 포함한 모든 장면이 현실에서 일어났다는 걸 깨닫자 온몸의 털이 곤두섰다. 거대하고 운명적인 힘이 재차 느껴지는 순간이었다.

"성태 삼촌의 마지막은 어땠어요?"

"평안했어."

"그거 알아요? 엄마도 그래 보여요."

"평안해, 정말."

에리가 은서에게 머리를 기대며 말했다. 그런 에리를 은서가 따뜻하게 끌어안았다.

"결과가 빨리 나오면 좋겠어요."

"라이터에서 할머니와 종오의 DNA가 모두 나왔다니까, 기다려보자."

"목마른데 뭐라도 마시러 갈까요?"

"배는 안 고파? 제주도까지 왔는데 뭐라도 먹지."

"밥은 됐구요, 카페나 가요."

"나도 커피 한잔 마시고 싶네."

"우리 안 여사님. 이제 커피 마시는 거예요?"

은서는 안온한 미소로 대답을 대신하며 에리의 손을 뜨겁게 잡았다. 에리도 은서를 따라 미소를 지었다. 쏙 빼닮은 두 사람의 미소가 환히 빛났다.

끝